KB049537

히츠지 가메이 지음
himesuz 일러스트
김보미 옮김

이세계 마법은 뒤떨어졌다! 6

야카기 스이메이

친구인 샤나 레이지의 영걸 소환에 휘말려, 의지와는 상관없이 이 세계로 소환된 일반인……이라고 본인은 말하고 있다. 사실은 현대 속에 살고 있는 마술사이며, 마술사로서도 확실한 실력을 자랑한다.

페르메니아 스팅레이

이세계에서는 새로운 마법을 고안해낼 정도의 귀한 천재 마법사. 레이지의 여정에 함께하지 않는 스이메이를 싫어했지만, 괴물에게서 구해줬을 때 다시 평가하고, 제국에서 스이메이와 합류한다.

레피르 그라키스

지금은 사라진 노시어스의 왕족 혈통으로, 정령의 가계에서 태어난 반인반정의 소녀. 구세교회에서 여러 번 신탁을 받지만, 늘 그 내용 때문에 괴로워한다. 스피릿(정령)의 힘을 과도하게 사용하면 몸이 작아진다.

리리아나 잔다이크

전직 제국군 정보부 소위. 양아버지인 로그 잔다이크 밑에서 자랐다. 암마법 실력이 뛰어나고 감정 기복이 적다는 이유로 인접국에서는 제국의 인간 병기로 불렸다. 현재는 암마법의 부작용을 치료하면서, 스이메이의 여정에 동행한다.

쿠치바 하츠미

사디어스 연합에 소환된 용사로, 스이메이의 소꿉친구. 하지만 소환 당시의 사고로 원래 세계에서의 기억을 잃는다. 구리가라타라니 환영검이라는 검술을 다루며, 마장 비슈다를 스이메이와 함께 쓰러뜨렸다.

샤나 레이지

이세계의 영걸 소환에 선택된 남고생. 어려움에 처한 사람을 모른 체하지 못하는 열혈한. 영걸 소환에 의해 용사가 되고, 마왕 토벌을 위해 길을 떠난다. 특기는 육체를 강화하는 마법 『번 부스트』로, 길드에서는 『어트리뷰트 마스터(전속의 패자)』라는 별칭을 얻었다.

아노 미즈키

샤나 레이지의 영걸 소환에 휘말린 여고생. 한때는 『구천 성왕 이오 쿠자미』를 연기했지만, 지금은 모습을 감추고 있다. 이세계에 와서 마법을 쓸 수 있게 됨으로써 오랜 꿈인 독자 마법을 고안해내기 위해 획책 중.

티타니아 루트 아스텔

아스텔 왕국 왕녀. 소환 용사 레이지의 마왕 토벌에 동행한다. 실제로는 칠검 중 한 명으로 『박명』이라는 별칭을 가진 이도류의 검객. 하지만 용사 앞에서는 왈가닥 모습을 보이기 싫어 마법사 숙녀를 연기하고 있다.

목차 contents 6
이세계 마법은 뒤떨어졌다!

이세계 마법은 뒤떨어졌다!
6

히츠지 가메이 지음 | **himesuz** 일러스트 | **김보미** 옮김

S NOVEL

커버 그림, 본문 일러스트 | **himesuz**

프롤로그　그 추억

"——드래곤이요?"

어느 날 밤. 슈피리어 위저드(현대 마술사)인 야카기 스이메이는 아버지 야카기 카자미츠에게서 어떤 유명한 환상 생물의 이름을 들었다.

——드래곤(용종, 龍種). 환상 소설이 넘쳐나는 현대에서는 파충류의 신체와 날개를 가지고, 입에서는 독과 불을 뿜는 몬스터로 알려진 생물이다.

동양에서는 용으로서 선의 상징으로 주목받지만, 서양에서는 악마—— 악성을 가진 정령의 화신으로 간주되며, 신이나 천사에 의해 퇴치되는 『악』의 역할을 담당한다.

그런 용의 이미지의 근본은 파충류의 신체에서도 알 수 있듯이 뱀이다. 흔히 성서에서 뱀은 악으로 그려지며, 아담과 이브를 꼬드긴 존재로서 죄의 상징이기도 하다.

이는 고대에 성서를 규범으로 하는 종교가 고대 이집트나 토착 종교 등 뱀을 믿고 받드는 종교와 적대시해온 결과이며, 뱀=악마라는 사고가 서양권에 널리 퍼졌기 때문이다.

그런 이유로 고대부터 용은 인간의 적으로 묘사되며 악으로 인식되어왔다.

……스이메이가 되물은 것은 아버지가 느닷없이 "드래곤이라고 들어봤니?"라고 물어왔기 때문이다. 물론 스이메이

에게는 아버지만큼 깊은 지식이 있을 리 없어 소파 위에서 머리를 흔들 뿐이었다.

"드래곤은 역사서나 문헌에는 흔적이 남아 있지만, 그 존재는 인정되고 있지 않아. 그래서 우리 마술사들 사이에서도 그 존재는 감춰지고 있다."

"감춰져요……?"

"그렇다는 건."

완곡한 표현에 스이메이가 인상을 쓰자, 카자미츠는 안락의자의 팔걸이를 손가락으로 탁탁 두드렸다.

"실제로는 존재한다는 거예요?"

"이제 과거의 일이지만."

그렇게 말한 아버지는 여느 때처럼 베란다 창문 너머로 흐린 하늘을 바라볼 뿐이었다. 아버지의 다음 말을 기다리는데, 문득 아버지의 시선이 스이메이를 향했다.

"스이메이, 커피를 내려다오."

"이런 이야기 도중에요?"

"마시고 싶어졌다. 어쩌겠니. 아들놈에게 커피 심부름을 시키는 건 부모의 특권이야."

"그게 뭐예요. ……인스턴스면 돼요?"

"상관없다. 하지만……."

"블랙으로요. 알아요."

"너도 마실 테냐?"

"우유랑 시럽을 넣은 거면요."

"너도 어서 블랙커피의 맛을 알아야지."

"언젠가는요."

아버지의 변함없는 표정에, 스이메이가 작은 미소로 답했다. 아버지는 석고상처럼 표정에 변화가 없지만, 그렇다고 절대로 감정이 없는 것이 아니다. 감정이 밖으로 드러나지 않게 된 것일 뿐, 지금처럼 가벼운 농담을 하기도 한다.

그걸 아는 건 아버지와 가까운 사람들뿐이지만.

"그래서 그 드래곤 이야기는요? 마술계에서도 감춰져왔잖아요?"

"그래. 그랬던 건 극소수의 사람들만 알면 됐기 때문이다. 하지만 그럴 수도 없어졌다."

스이메이가 내린 커피를 마신 뒤, 카자미츠는 다시 말문을 열었다.

"아카시츠쿠세이야(빛을 고하는 자)가 유럽에서 용의 출현을 도출해냈어. 역사상 가장 큰 규모의 신비 재해로 말이다."

아카시츠쿠세이야는 천야회(千夜會)의 사상(事象) 예측기다. 흔해빠진 작은 사상부터 큰 사상의 결말을 예측하는── 말하자면 미래를 예측하는 물건이라고도 할 수 있다. 본질은 그것과는 살짝 다르지만 어쨌든.

"역사상 가장 큰 규모라면……."

"말로 표현하면 모호하지. 어쨌든 그래서 다른 마술사에게 알려지는 건 시간문제라는 거다. 이제 비밀성 같은 건 아무래도 좋아. 물론 아까도 말했다시피 진짜는 이제 없어. 살아남은 드래곤은 30년도 전에 **멸망시켜서**, 이 세상에 드래곤이 태어날 일은 두 번 다시 없다."

"그럼 어째서 드래곤이 나타난다는 예측이 나온 거예요?"

"그 대답은 트와일라잇 신드롬(종말 사상)에 있다. 스페인에 원인과 결과가 불안정한 장소가 돌발적으로 발생한 모양이다. 그런데 그 규모가 갑종형의 발생원 같다는 거지. 거기서 태어나는 괴물의 형태가 아마도 용의 모습과 성질을 가지고 나타날 거라는 예측이다."

"괴물이……."

괴물. 종말의 괴물들이라고 불리며, 종말 사상의 일종으로 간주된다. 아직 상세한 것까지는 밝혀지지 않았지만, 세계에 정해진 종말이라는 끝을 가속시키기 위해서, 세상에 존재하는 모든 생물을 멸망시킨다고 여겨지는 사상이, 『생물을 습격하는 괴물』이라는 형태를 취한 개념적인 존재이다.

그 대부분이── 병종형으로 개나 늑대와 비슷한 형태를 취하지만, 갑종형으로 불리는 존재는 때때로 그 형태를 바꾸어, 인간이 생래적으로 두려워하는 모습을 취한다고 한다.

그것이 유럽인들의 사상(思想)에 바탕을 둔 악의 상징, 용과 겹쳐졌을 것이다.

"하지만 그런 게 세상에 나타난다면."

"유럽에 막대한 피해…… 아니, 아마 그 정도로는 끝나지 않겠지."

사상 최대 규모. 거기에 용의 형태와 특성을 가진다면 영웅이나 성인 수준의 초인이 나서지 않는 한, 쓰러뜨릴 수는 없을 것이다. 하지만 지금 세계에 레겐다 아우레아(황금 전설)에 기록된 성 조지나 성 실베스텔 같은 위인은 없다.

 잘못하면 세계가 멸망할 수도 있다.

 "그럼 아버지도?"

 "그래, 맞다. **나도** 소환됐어. 이번 드래곤 토벌에 선발된 마술사는 스무 명 정도다. 소수 정예로 가게 됐어."

 "주도는요?"

 "천야회다. 이번만큼은 딴 곳에 전부 위탁할 수 없다고 판단한 모양이야. 총괄은 카트라이아 가문의 장녀이자, 천야회의 집행 대표인 후멜크루스. 총괄 보좌는 그 여동생인 제아루키스가 맡았다."

 "집행관 역대 최강 2인이 총지휘하는 거네요……."

 "명목상으로는 그래. 실제로 현지에서 마술사들을 움직이는 건 다른 사람이 맡게 될 거다."

 ──드래곤과의 전투에서는 그녀들이 주된 전력이 되겠지만. 카자미츠는 그렇게 조용히 덧붙였다.

 카자미츠가 말한 두 사람, 카트라이아 자매는 현재 천야회 집행국의 힘의 상징이다. 두 사람 모두 시간을 조작하는 마술을 다루며, 전투에서는 막강한 힘을 자랑한다고 알려졌다. 하지만 두 사람 모두 아직 이십 대 초반이라는 젊은 나이로, 우두머리라고는 해도 현지에서는 경험이 많은 마술사에게 지휘를 양보하는 형태가 될 것이다.

아직 필로소피아스(철학자) 급에 불과한 스이메이에게는 전혀 다른 차원의 이야기지만.

"드래곤에 집행국 최고 마술사라. 굉장한 얘기네요. 유럽은 자주 가지만, 엄청 먼 얘기처럼 들려요."

"아니, 이건 너에게도 남 일이 아니야."

아버지가 한 말의 뜻을 이해하지 못하고, 스이메이는 잠시 머뭇거렸다.

"네? 남 일이 아니라면……."

"이번 예지에서 아카시츠쿠세이야는 몇 개의 가능성을 이끌어냈다. 드래곤의 발생, 유럽의 파괴, 각성, 수많은 죽음, 종말화의 가속. 물론 그것들은 가능성이라서 바뀔 수도 있어."

그런 에두른 말 뒤에 아버지가 꺼낸 핵심은.

"그리고 사상 예측기가 원했던 마지막으로 우리를 이끌어줄 대답은, 스이메이. 널 반드시 데리고 가는 거다."

그렇게 말한 뒤, 아버지는 날카로운 눈빛을 향해왔다. 뒤이어 스이메이가 놀라 소리쳤다.

"저, 저요?!"

"그래. 이유까지는 나오지 않은 모양이지만, 아마도 드래곤과의 전투에서 네 힘이 열쇠가 된다는 거겠지."

야카기 카자미츠는 중대한 사실을 여전히 무뚝뚝한 표정으로 말했다. 하지만 그런 아버지의 말투에는 조금이지만 자랑스러워하는 감정이 엿보였다.

중요한 순간에 아들의 힘이 필요하다. 그 사실이 기쁜 것이겠지만, 역시 스이메이에게 그 이야기는 아닌 밤중에 홍두깨일 뿐이다.

"하지만 아버지, 제가 도움이 될 것 같지는 않은데요. 저는 계급도 낮은 저위 마술사잖아요?"

"마술사 계급에 관해서라면 본래 마땅히 주어져야 할 계급이 보류된 것뿐이야. 그만한 실력이 되도록 교육했고, 너도 나름대로 해나갈 자신은 있을 텐데?"

"마술사로서는 싸울 수 있어요. 지금까지 아버지의 전투에도 따라다녔고, 신비 재해에 대응하는 법도 배웠어요. 하지만 그런 고위 마술사들 사이에 섞여서 싸우는 건, 역시 불안……."

해요, 라고 스이메이는 작게 말했다. 스이메이가 중압감에 말끝을 흐린 것은 어떤 의미에서는 당연했다.

저위 마술사와 고위 마술사가 적대나 협력에 관계없이 마술을 동시에 사용하면 『디스패리티아웃(위격차 소멸)』이라는 마술 법칙이 따라붙는다. 저위의 신비는 고위의 신비 앞에서 소멸되기 때문에 저위 마술사가 사용한 마술이 고위 마술사가 사용한 마술의 룰 에리어(지배 영역)에 접근하면 소멸하고 만다.

본래라면 웬만한 격차가 아니고서야 적용되는 현상이 아니고, 성립에는 조건도 필요해서 그다지 신경 쓸 일도 아니다. 하지만 이번에 모이는 마술사들은 실력자들이기에 그런 문제가 떠오른다.

　그럴 경우에는 고위 마술사가 디스패리티아웃이 발생할 것을 참작해 마술을 짜야 해서 일단 번거로움이 커진다. 드래곤 토벌이라는 중요한 국면이다. 고위 마술사가 실력 발휘를 하는 전장에서 저위 마술사를 활용할 시간 따위는 없을 것이다. 보조 마술이나 부여 마술을 사용해 협력하는 거라면 위격차 소멸을 신경 쓸 필요도 없기에 이야기는 다르다. 하지만 스이메이는 자신이 사용하는 보조 마술이나 부여 마술이 고위 마술사들에게 필요하다고는 생각되지 않았다.

　그렇다면 도움이 되겠냐는 물음에 그렇다고 끄덕일 수 있을 리 없다.

　그러자 카자미츠가 눈을 감았다.

　"네가 지금 불안해하는 건 내 교육법 탓도 있어. 그 점에 관해서는 쿄시로에게도 잔소리를 들었을 정도고."

　"……무슨 말씀이세요?"

　"말하자면 지금까지 널 너무 엄하게만 가르쳤다는 거다. 웬만해서는 칭찬에 야박한 편이었지?"

　"아…… 뭐, 그건 그랬죠……."

　카자미츠가 스이메이에게 마술을 가르칠 때 스이메이가 좋은 기술을 구사해도 카자미츠가 그것을 칭찬하는 일은 거의 없었다. 그것은 분명한 사실이다. 하지만 그 점에 대해서는 스이메이도 아버지가 과묵한 성격이라서 어쩔 수 없다고 생각하고 감수했다.

그것이 뭐가 잘못됐다는 걸까. 아버지의 완곡한 표현만으로는 요령부득이었다.

"……스이메이. 대마술은 쓸 수 있겠지."

"네……? 네, 물론이죠. 어엿한 슈피리어 위저드가 되려면 하나 정도는 쓸 수 있어야 한다고 한 건 아버지니까요. 영창 속도를 생각하면 실전에서 쓰기에는 다소 어려운 것도 있겠지만……."

아버지가 내준 시험 때문에 얼마 전에 전투용 마술을 몇 개 정도 고안해낸 적이 있다. 아버지가 맡는 힘든 전투에 따라가는 일이 늘어서 그 마술들을 선택했지만, 실전에서 쓰기에는 아직 실력이 부족하다.

"스페인 전투에서는 단독으로 대대적인 의식 없이 대마술을 발동할 수 있는 실력자는 우리 둘 포함해서 다섯 명이 고작일 거다."

"그럼 이번 전투에는 집행관 두 명 말고는 그렇게 실력 있는 마술사는 안 가는 거예요? 유럽에 큰 타격을 입힐 괴물이 출현하는데도요?"

"아니, 그런 의미가 아니라…… 흠, 여기서 이렇게 내 부족함이 드러나다니."

눈을 감고 생각에 잠기는 아버지의 모습과 그 말은, 스이메이로서는 의아할 뿐이었다.

………한편, 카자미츠는 스이메이가 이해력이 부족한 것도 자신이 부덕한 탓으로 여겼다.

현재의 스이메이는 다른 고위 마술사들이 보더라도 드래곤과의 전투에 충분히 데리고 갈 수 있는 전력이다. 그러나 카자미츠 자신이 스이메이를 자만하는 마술사로 만들까 봐 마술사로서는 스이메이에게 어려운 문제만 냈던 것, 카자미츠를 포함한 주위 마술사들의 역량이 심상치 않은 것이라고 바르게 말해주지 않은 것, 마술에만 빠진 생활은 좋지 않다고 생각해서 마술과 관계가 없는 평범한 사람들과의 생활── 본래라면 마술사에게는 쓸데없는 생활을 하게 한 것 등이 지금 스이메이가 **착각**하게 된 원인이라고 해도 좋았다.

어디에 내놔도 부끄럽지 않은 아들이다. 오히려 다른 마술 조직에서도 기꺼이 환영할 실력과 재능을 가졌다. 하지만 그렇게 되도록 키운 것이 아들을 『자기 실력도 제대로 알지 못하는 겁쟁이 마술사』로 만들고 말았다.

마술사에게 최대의 적인 『자만』은 뿌리 뽑았다고 할 수 있다. 하지만 그 대가로 적으로 돌린 신중함이 과연 어떤 적이 될지가, 앞으로 스이메이가 풀어나가야 할 과제였다.

하지만 지금은──

"이유는 가보면 알겠지. 물론 방심은 금물이다. 너에게도 이 전투보다 힘든 전투는 아마 앞으로도 없을 테니까."

스이메이는 카자미츠의 말에 수긍한 뒤, 다 마신 컵을 들고 싱크대로 갔다.

　수도꼭지에서 흐르는 물을 계속 보고 있자니 문득 목덜미에 위화감이 느껴졌다.

　"드래곤인가……."

　어떤 불길한 예감이 열을 가하듯 목덜미에 불가사의한 열이 덮쳤다. 아버지의 말로는 그것은 어머니가 가지고 있던 능력 때문이라고 한다. 그것이 무엇을 암시하는지 지금의 스이메이는 알 수 없다.

　……그렇다, 그래서 마술사 야카기 스이메이의 싸움은 이날부터 시작되었다고도 말할 수 있었다.

제1장 월하 용인

정적으로 가득 차 누구의 침입도 허락하지 않는 블랙우드 숲은 지금, 화염이 요란스럽게 타들어가는 소리와 눈을 멀게 할 정도로 강렬한 불꽃에 휩싸여 있었다.

스이메이와 하츠미가 마장 비슈다를 쓰러뜨린 직후, 돌연 나타나 인르라고 자신을 소개한 드래고뉴트(용인)가 발사한 용의 포효── 드래곤 로어가 숲을 불태웠다. 이제 남은 것은 먼지와 타다 남은 불씨, 형체를 알아볼 수 없는 잔해뿐이다. 하늘에는 밤을 위협하는 붉은 불꽃이 어둠 아래 붉게 물결쳤다.

그곳에 있던 스이메이와 하츠미를 제외한 모든 것이 드래곤 로어의 위력에 날아갔다. 스이메이가 찾던 영걸 소환의 유적도 흔적도 없이 사라졌다.

지금 두 사람의 시선 위에 있는 인르는 불꽃 위에 있다. 그는 문약(文弱)한 청년이라는 표현이 어울릴 만큼 호리호리한 체형을 가졌다. 등에 닿는 특징 없는 녹색 장발도 어우러져, 싸움과는 무관한 귀인으로 착각할 정도다. 하지만 실제로는 여러 명의 마족들을 한 손으로 날려버릴 만한 힘을 지녔고, 그 다리는 뿌리 깊은 나무처럼 땅에 박혀 몸을 지탱하고 있다.

보기와 다른 것은 그 몸에 감도는 무위도 그렇다. 과학적으로 해명할 수 없는 중압감이 그들 주위를 휩쓸었다.

한편, 검 끝을 상대방 눈높이에 겨눈 자세를 취한 하츠미는 날아오른 불똥이 금발에 닿는 것도 상관없는 걸까. 경계심을 늦추지 않고, 녹색 눈동자를 번뜩이며 인르에게 반문했다.

"함께 가줘야겠다고……?"

"그래. 이유는 아직 밝힐 수 없지만 네 힘이 필요하거든."

"나 같은 어린 여자애 힘 따위는 뻔하다고 생각하는데?"

"네 힘뿐이라면 그렇지. 하지만 지금 너에게는 본래 가진 힘뿐만이 아니라 다른 힘도 깃들어 있다. 틀린가?"

그 말이 암시하는 것은 하츠미가 가진 용사의 힘일까. 하지만 용사의 힘이 필요하다고 하기에는──.

"하지만 지금 상황이라면 마족을 쓰러뜨려달라는 이유는 아닌 것 같네."

"물론이다. 놈들은 둘째 문제다. 일이 잘 굴러가면 놈들 따윈 도중에 사라질 운명이니까."

거침없이 말하는 인르의 목적은 용사가 불려온 이유와는 또 다른 모양이다. 하지만.

"솔직히 너무 수상해. 일단 함께 가줘야겠다니? 내 뜻과는 상관없다고?"

"우리에게 필요하니까."

"보통은 먼저 신뢰를 쌓으려고 하지 않나?"

"애초에 믿고 따라오라는 허튼소리는 할 생각도 없었다.

아무튼 널 정중히 대할 생각 같은 건 없거든. 어떻게 생각하든 상관없다."

"무슨 말이야? 대체 나한테 뭘 바라는 거지?"

"이유는 못 밝힌다고 했을 텐데……. 단순히 우리가 널 **쓰겠다는** 말이다."

"사람을 물건 취급하고……."

인르의 표현에, 하츠미는 노골적으로 인상을 쓰며 불쾌감을 드러냈다. 그런 말을 듣고 화가 나지 않을 사람은 없을 것이다.

한편 하츠미를 비스듬히 뒤로 숨긴 스이메이는 붉게 충혈된 눈을 향하면서 대화에 끼어들었다.

"그런 구린 부분은 대충 둘러대면서 얼버무리지 않나? 데리고 갈 거면 좀 더 달콤한 말로 꼬득이는 게 정석이잖아?"

"그렇긴 하지. 하지만 사실이 그러니까. 속일 생각은 없다."

"뭐……?"

이유를 밝힐 수 없다는 것치고는 몹시 당당했다. 그런 인르의 들쭉날쭉한 대응에 스이메이가 미간을 찌푸리자.

"그 전에 일단은."

인르는 그렇게 말한 뒤, 용사는 다음 문제라는 듯이 스이메이 쪽을 향했다.

"흑의의 남자. 귀공의 이름을 묻고 싶은데."

"내 이름?"

"그래. 내 포효를 보기 좋게 막은 귀공의 이름 말이야. 꼭 알아두고 싶군."

그렇게 말한 뒤, 인르는 황옥처럼 빛나는 눈동자를 정면
으로 향해왔다.

"그건 미리 물어봐야 하는 건가?"

"당연하지. 이름을 묻는 건 강자에 대한 예의. 설마 댈 이
름 따위 없다 같은 재미없는 대답을 할 건가?"

실망시키지 말라는 뜻을 넌지시 전한 인르는, 역시 끝을
알 수 없는 무위를 발산했다. 하지만 먼저 예를 갖추는 것
은 마술사의 예의와도 통한다고 스이메이는 생각했다.

그것을 거부할 이유가 없었기에 스이메이는 예에 따라 말
했다.

"결사 소속 마술사, 야카기 스이메이…… 너희들 어법에
맞추면 스이메이 야카기라고 하는 편이 좋으려나?"

스이메이가 말하자 어쩐 일인지 인르가 눈썹을 움찔했다.

"스이메이 야카기라고?"

"그런데?"

자신의 이름이 어쨌다는 걸까. 스이메이가 인르의 반응에
의아해하자, 인르는 몸에 감돌게 했던 힘을 해제했다.

"그래. 그럼 귀공이 로미온을."

"어?"

"아니, 사죄와 감사 인사를 해야 한다고 생각해서 말이지.
그러니 전투 태세는 어울리지 않아."

말한 순간, 인르가 무위를 해제했다. 그것보다 스이메이

가 궁금했던 것은──

"무슨 말이지? 내가 잘못 들은 게 아니라면 방금 당신, 로미온이라고 한 거 맞지?"

"그래. 엘프 로미온. 제립 대도서관 사서로 근무했던 남자. 귀공이 지금 떠올린 그대로다."

스이메이가 놀라 물은 말을, 인르가 긍정했다. 한편 하츠미는 무슨 말인지 몰라 대화에서 고립되었다. 하지만 말뜻을 모르기는 스이메이도 마찬가지였다.

"그 녀석 일로 사죄와 감사 인사를 한다고?"

"제국에서 로미온이 일으킨 사건, 귀공이 매듭을 지어줬다고 들었어. 그 친구의 부덕을 매듭지어준 것에 대해서 대표로 감사 인사를 해야지."

그렇게 말한 뒤 인르는 "──고맙게 생각해"라면서 고개를 까딱하는 정도로 가볍게 인사했다.

"……그러니까 그 말은 녀석이 당신의 동료였다는 얘기야?"

"그래. 같은 이상을 가진 동지다. 아니, 이제는 동지였다고 해야겠지."

그에게 동료 의식은 이미 과거의 것일까. 로미온이라는 이름을 들으니 스이메이도 그에 대한 의심히 깊어졌지만, 로미온도 어둠에 삼켜지기 전에는 정직한 꿈을 꾸었던 것은 알고 있다.

하지만.

"잘은 모르지만 사과할 정도라면 처음부터 잘 좀 통제하라고. 그 녀석도 그랬지만, 그건 구원받을 수도 없다고."

"그 점에 대해서는 할 말이 없어. 녀석의 뜻이── 아니, 녀석이 어둠에 삼켜졌다는 걸 눈치채지 못한 건 전부 우리 실수야."

"그럼 그 소동은 본의가 아니었다?"

"그래. 물론 그건 제국에서 소동을 일으킨 게 아니라, 그 소녀에게 해를 끼친 게 그렇단 거다."

그렇다는 건 제국에서의 소동으로 그, 아니, 표현으로 판단해서『그들』에게 득이 되는 일이 있었다는 말이다. 그 사건으로 리리아나와 로그 이외에 피해를 입은 자들이라면──

"말이 과했군."

"나는 더 말해줘도 괜찮은데."

"사양하지. 귀공은 감이 좋아 보이는 데다, 초조해하면서도 빈틈이 없어."

인르는 눈빛에 칼을 품고 말했다. 역시 이 남자는 엉거주춤한 태도가 가시지 않은 것을 간파했다.

그러자 그는 문득 우수에 찬 눈동자를 하면서, 유감이라는 듯 한숨을 토했다.

"로미온은 우리 쪽에서 처분할 생각이었다. 하지만 이쪽이 그 녀석을 치기 전에, 먼지 귀공이 쓰러뜨려버렸어. 만회는 할 수 없었어."

말 끝에 이제 와서 그런 말을 해도 변명밖에 안 되겠지만…… 하고 한숨을 쉬었다. 미련이 남은 듯한 그의 목소리에는 어쩐지 스스로의 부주의를 부끄러워하는 자조가 섞여 있었다.

그러나 그것보다 신경 쓰이는 것은.

"로미온 건은 알았어. 하지만 내가 녀석을 쓰러뜨린 걸 **당신은 어떻게 알고 있지**? 도서관에는 우리를 감시했던 녀석은 없었는데?"

"그건 이쪽의 정보력이라고만 말해두지."

대담한 말이다. 하지만 그런 말을 할 수 있을 만큼의 정보력은 틀림없이 갖추고 있을 것이다. 스이메이를 아는 것이 그 증거라고 할 수 있었다.

물을 것을 전부 물은 스이메이는 슬쩍 어깨를 움츠리면서 말했다.

"저기, 고마우면 그냥 가주는 게 어때?"

"거절하지. 용사를 데리고 가는 목적도 있지만, 무엇보다 나는 귀공에게 흥미가 있어. 어둠에 삼켜진 로미온을 압도한 귀공의 힘에 말이지."

"……쯧! 참아달라고."

인르가 보내온 것은 역시 사냥감을 발견한 육식수가 보일 법한 사나운 시선과 미소였다. 그라체라와 같거나 그 이상으로 전투에서 즐거움을 발견하는 타입일 것이다. 드래곤, 그리고 배틀 정키(전투광). 스이메이에게는 미친 사람 다음으로 상대하기 싫은 인종이다.

벌레는 씹은 것처럼 스이메이가 인상을 찌푸리자, 인르가 의아하다는 듯 눈을 가늘게 떴다.

"잘 모르겠지만 너는 왜 그렇게 겁을 내지? 그만한 힘을 가졌다면 그렇게까지 겁낼 필요 없잖아? 이상하군."

"쓸데없는 참견이다. 이쪽에도 사정은 있다고."

"그래. ……뭐 좋다, 슬슬 시작하고 싶은데, 어쩌겠어? 나는 둘을 한꺼번에 상대해도 상관없다."

"싸우는 게 전제냐."

"지금 상황으로는 내가 가자고 해도 순순히 따라올 용사 아가씨가 아닌 것 같은데. 그렇다면 힘으로 데리고 가는 방법밖에는 없지 않겠어?"

"…………."

"그렇게 험한 얼굴 하지 마. 그게 싫으면 나한테 이기면 그만이다. 간단한 얘기지."

인상을 쓰고 노려보는 스이메이에게 단순 명쾌한 대답을 한 뒤, 인르는 여전히 대담무쌍한 태도로 다시 무위를 그 몸에 둘렀다.

——대화의 중심에 자신이 있지만, 실제로는 자신을 빼놓고 멋대로 대회가 진행되었다.

그런 부조리한 상황에 쿠치바 하츠미는 분노와 초조를 담아 칼끝을 지금 눈앞에 있는 새로운 적에게 겨누었다.

그 적은 인르라고 자신을 소개한 드래고뉴트 청년이다.

자신을 따라오라고 하면서 이유도 설명해주지 않고, 지금은 싸움을 재촉해왔다.

한편 그가 내뿜는 무위의 정면에 선 야카기로 말하자면, 인르가 나타났을 때와 마찬가지로 이마에서 식은땀을 흘리고 있다. 그 땀이 흐르는 얼굴은 가장 만나고 싶지 않았던 상대를 만난 것처럼 험악하다. 겉으로 드러난 두려움은 없지만, 마족 장군 비슈다를 상대했을 때는 없었던 공포가 그의 마음을 지배하고 있는 것처럼 보였다.

지금도 야카기는 중지와 검지를 초조하게 비비면서 한순간도 인르에게서 시선을 떼지 않고 있다.

그런 그를 등 뒤에서 불렀다.

"야카기. 내가 먼저 나갈게."

싸움을 피할 수 없다면 전술은 조금 전과 같다. 그에게 후위 원호를 맡기고, 자신이 전위를 맡는다. 검객과 마법사라면 당연한 전술이다.

그러나 야카기는 돌아보지도 않고 엄한 목소리로 말했다.

"아니. 넌 뒤에 있어. 이번만큼은 안 돼."

"무슨 소리야? 둘이서 싸우는 게 좋잖아? 너야말로 벅찬 상대라고 생각하니까 그런 표정인 거잖아?"

"…………."

"야!"

"……그래, 맞아. 벅찬 상대야. 최악의 트라우마가 되살아날 만큼."

야카기의 초조하게 떨리는 목소리를 듣고 깨달았다. 지금도 떨리는 손끝은, 그 움직임은, 불안함 때문이 아니라 공포로 인한 것임을.

"……그렇게 무서워?"

"그래. 그때도 상대는 드래곤이었으니까."

"그건 야카기의 아버지가?"

"그래. 그때는 이겼으니까 다 극복했다고 생각했는데, 생각이 물렀어. 또 무언가를 잃을지도 모른다고 생각하면 마구 떨려."

공포로 인한 땀은 강자를 앞에 두고 있기 때문만은 아니다. 패배 끝에 기다리는, 패자가 치러야 할 대가에, 다시 그것을 맞이할지도 모른다는 사실에 그는 몹시 두려워했다.

패배가 두려운 거라면 더욱 둘이서 상대해야 하지 않을까. 그렇게 무언으로 호소하자.

"아니, 괜찮아. 여긴 나한테 맡겨. 이 녀석은 조금 전 마족과는 달라. 차원이 다른 생물이야. 기억이 있는 상태의 너라면 몰라도, 하츠미의 기술이나 타라니, 그리고 지금까지의 경험도 기억해내지 못하는 너라면, 이 녀석은 역시 너무 벅차."

"그렇다고."

"난 조금 전에 마족들을 상대한 게 다지만, 너는 연전이야. 요새에서부터 계속 싸워왔어. 괜찮다고 생각해도 집중력은 떨어져 있어."

"그렇지."

않아, 라고 부정하려 했지만, 야카기는 그 말을 차단했다.

"그건 내가 할 말이야. 실제로 지금 너는 저 녀석을 보고 있지 않잖아?"

그 말을 듣고 깨달았다. 생각해보면 분명 야카기의 말대로 대화에만 정신이 팔려 있었다. 만약 지금 인르가 움직였다면 반응이 늦어 공격당했을 것이다.

제대로 경계하지 못한 것은 집중력이 떨어졌다는 증거다. 그런 자신의 아둔함에 꿀꺽 침을 삼켰다.

한편 야카기는 더는 아무 말도 하지 않고 앞으로 나갔다. 당해내지 못할 상대로부터 자신을 지켜주듯이, 눈앞에 그의 등이 펼쳐졌다.

"야카기……."

불렀지만, 다음 말을 이을 수는 없었다. 그렇게 부른 자신의 입은 무의식에 의해서 다물어졌기 때문이다. 자신의 입을 다물게 한 것은 역시 그의 등이었다. 싸움을 차단하듯 내밀어진 그의 넓은 등이 언젠가의 꿈과 겹쳤다. 꿈에서 본 등은 훨씬 작았는데, 지금 눈앞에 있는 그의 등은 실제 키와 어깨너비 이상으로 크게 느껴졌다.

어쩌면 자신의 눈동자에는 그만큼 그의 등이 믿음직스럽게 비치는 걸까.

"아──."

그래, 그때. 그 꿈. 자신이 자면서 떠올린 과거와 같다. 변하지 않았다. 눈앞에 닥친 위협으로부터 자신을 지키려 등을 내민 그 모습. 오직 동경하게 만드는 소년의 옆얼굴. 걱정하지 말라며 미소 짓는 다정한 그 표정. 눈앞의 들개에 맞서는 작지만 무엇보다 숭고한 용기.

그래서 오가는 그 생각.

──나는 보호받기만 하는 게 싫어서 강해진 게 아닐까?

"우, 으으……."

갑자기 뇌를 덮친 통증에 무릎이 꺾였다. 머릿속에 한순간 천둥이 울려 퍼진 뒤에 들려온 것은, 자신의 무릎이 땅에 닿는 소리였다. 갑작스러운 기억 때문에 머리에 부하가 걸렸을까. 하지만 찌릿한 통증과 의문은 금세 어딘가로 사라져버렸다.

뒤이어 야카기의 목소리가 들려왔다.

"하츠미? 왜 그래? 괜찮아?"

"으, 으응. 아무것도 아니야."

"그럼 물러나 있어. ……부탁이야."

조용히 청하는 그의 목소리에는 분명한 무게가 실려 있었다. 그것이 설득력 때문이 아니라 진심 어린 간청 때문임을 깨달았을 때 더는 고집을 부릴 의지는 사라졌다.

조용히 끄덕인 뒤, 야카기에게서 떨어졌다. 그 사이에 그가 작게 안도의 한숨을 내쉬는 것이 보였다.

어느 정도 뒤로 물러나자, 야카기는 인르에게 도발적인
말을 던졌다.

"예의 바르게 기다려준 거냐."

"모처럼 하는 싸움인데 급습은 재미없잖아? 싸움을 즐기
려면 시작은 떳떳해야 해."

"나는 모르는 세계인데. 임무가 있으면서 그걸 등한시하
고 있군."

"전사는 어떤 싸움이든 자기 유파의 법식을 따라야 하잖
아? 설령 그게 무엇을 걸고 하는 싸움이든. 귀공은 아닌
가?"

인르가 긍지를 입에 담자, 야카기는 역시나 도발적으로
대답했다.

"우리(마술사)는 상대의 허를 찔러 공격해. 시합이라면 몰
라도, 죽고 죽이는 싸움에 정정당당할 필요는 없어."

"상대의 허를 찌르는 방식인가. 확실히 정면에서 싸우지
않는 마법사답긴 하네. 하지만 그런 걸 미리 밝혀도 되는 거
냐?"

"그건 당신이 생각할 부분이고. 이왕이면 뭐든지 의심해
줘."

야카기가 위기감을 띤 표정에서 덧니를 보인 순간, 주변
이 부자연스럽게 흔들리기 시작했다.

장소의 물리 법칙 안정도가 극도로 떨어진 증좌일까. 그의
주위에 미주 전류처럼 푸른 번개가 명멸했다. 전자장의 변화

에 의해 먼지와 그을음이 피어오르고, 번개의 매개체가 되어 사라졌다. 무엇의 전조일까. 땅에 손을 짚고 몸이 오므라들 것 같은 강한 진동을 견디고 있자, 야카기 스이메이는 그런 불가사의한 현상의 중심에서 조용히 입을 열었다.

"——Archiatius overload(마력로, 부하기동)."

흔들림의 굉음에도 지워지지 않는, 불가사의한 울림을 가진 주문이었다. 직후, 야카기의 몸에서 폭발적으로 발생한 마력과 그것이 만들어낸 에테르 윈드가 폭격 직후 같은 강렬한 충격파를 발생시켜 모든 것을 날려버렸다.

칼끝을 지면에 꽂아 세우고 그것에 의지해 견디던 중, 가늘게 열린 눈꺼풀 사이로 야카기가 공중으로 날아오르는 모습이 보였다. 하늘을 나는 마법일까. 공중에서도 자유자재로 제어가 가능한 듯, 춤추며 나는 듯한 궤도를 몇 차례 반복한 뒤 눈에 보이는 범위에서 멈추었다.

한편, 인르는 그 모습을 보고 감탄했다. 표정에 미소가 섞인 것은 재미있는 재주라도 부린다고 생각하는 것이리라. 공중을 지배하는 권력을 빼앗기고서도 인르는 여유로웠다.

보통은 상당히 불리해지겠지만, 야카기가 말한 대로 다른 차원의 상대이기에 이쪽의 상식은 통하지 않을 것이다.

"훌륭한 마력이다. 이렇게 가슴이 뛴 적은 『식인귀』와 겨룬 이후로 처음이야."

인르가 엷은 미소를 머금고 그렇게 말한 뒤, 짠 것처럼 두 사람이 동시에 말했다.

"간다."

"어디——."

인르와 야카기의 목소리가 겹친 것과 동시에 싸움이 시작되었다.

——그러나 처음으로 본 것은 야카기의 너무 뜻밖인 움직임이었다.

자신이 이쪽에서 봐왔던 마법사의 전투법은 늘 적에게서 떨어져 안전 거리를 확보하고, 원거리에서 마법을 행사하는 것이다. 그 방법이 안전하고 싸우기 쉽다.

돌 던지기로 시작해서 활이나 창, 철포, 대포, 미사일 식으로 더 멀리서 공격할 수 있도록 변천해온 건너 세계의 전투법과 이치는 같다. 그것은 어디든 마찬가지다.

그러나 지금 야카기의 전투법은 그렇지 않다. 공중으로 날아올랐으면 멀리(손이 닿지 않는 상공)서 마법을 계속 쏘면 되는데도 불구하고, 마법을 쏘면서 인르의 주위를 날아다녔다. 스스로 이점을 버렸다. 자신보다 전투 경험도 많은 그가 굳이 그러는 이유를 알 수 없었다.

야카기는 하늘을 날아다니다가 착지해서 웅크렸다가 다시 날아오르는 행동을 반복했다. 방향 전환도 부드럽고 빈틈도 적다. 그리고 어딘지 모르게 상대를 현혹시키듯이 움직였다.

한편 그런 야카기를 요격하는 인르도 잘 대처한다고 할 수 있었다. 인르에게 공격이 날아드는 곳은 반구의 하늘 전체다. 생각이 미치는 모든 방향에서 공격이 날아들 가능성이 있다.

그러나 야카기가 사각(死角)으로 이동해도 금세 대응하고 회피했다. 게다가 견제용인 위력이 낮은 마술은 효과가 없는지, 정통으로 맞아도 끄덕없는 표정을 지었다.

이번에는 인르의 공격이다. 사정 거리가 짧은 마술을 쏘려고 접근한 야카기에 맞춰, 착지 때를 노려 공격했다. 맹금류가 사냥감을 사냥하는 것처럼 민첩하고 날카로운 공격이다. 흡사 색으로 물든 전광석화다. 녹색 번개가 위아래로 떨어졌다. 야카기 앞에 도착하자마자 인간의 형체로 변해 공격했다. 그 모습은 마치 뇌신(雷神) 같다.

몇 차례의 교차 끝에 번개가 야카기의 모습을 포착했다.

"쯧──."

혀를 차는 것과 동시에 야카기에게 팡, 손가락을 튕겼다. 곧이어 번개 앞의 공기가 폭발했지만, 번개는 저항이나 장애 따위는 느끼지 않는다는 듯 그대로 통과해 야카기를 포착했다.

인르의 너무나도 빠른 맹공에 단어를 짤 틈도 없었을까. 마술 방어에 늦은 야카기에게 드래고뉴트의 손바닥이 날아들었다.

그 위력은 절대적이었다. 그 야카기가, 마치 플런저에 튕겨나간 핀볼처럼 드래곤 로어가 미치지 않는 숲 방향으로 날아갔다.

……그 광경에 저도 모르게 숨을 삼켰다. 침이 넘어가는 소리가 크게 들렸다. 제대로 착지하지 못하면 치명적이다.

그러나 인르의 공격은 그게 다가 아니었다. 야카기가 나무인지 지면인지에 부딪치는 것과 동시에 그곳에 있던 블랙 우드의 줄기와 뿌리, 흙에 이르기까지 모든 것이 산산이 부서졌다.

눈앞에서 벌어진 광경을 하나도 믿을 수 없었다. 그 듬직했던 남자가 이렇게 간단히 쓰러지다니. 절망을 거부하고 날아간 방향을 뚫어지게 응시했지만, 흙먼지가 걷혀도 그곳에는 눌려 부서진 흔적뿐이다――.

"야카기!!"

"……그런 목소리로 부르지 마. 안 죽었어."

"응――?"

휩쓸렸다고 생각하고 비명 같은 절규를 외치자, 다른 방향에서 그런 목소리가 들려왔다. 목소리가 나는 방향을 향하자, 옆구리를 누르고 살짝 앞으로 기울어진 자세로 야카기가 서 있었다.

마술로 치료하는 걸까. 식은땀을 흘리며 옆구리를 누른 야카기의 손 주위에 희미한 녹색 빛이 떠올랐다.

"――방금은 잡았다고 생각했는데 말이지."

"역시 드래코마이(시살, 視殺)를 쓸 수 있는 거냐……."

"역시는 내가 할 말이다. 그걸 알고 일부러 내 시선을 피하기 위해서 움직였을 줄이야. 하지만 상처를 치료하려고 멈추는 건 어리석은데?"

야카기의 불리한 상황을 지적하면서, 인르가 대담하게 충고했다. 그러나. 야카기는 그렇게 생각하지 않는 모양이었다.

"글쎄 어떨까?"

"——무슨?"

야카기가 입꼬리를 올리며 냉소를 머금자, 어쩐 일인지 인르가 당황한 기색으로 신음했다.

직후, 인르는 살짝 휘청거리더니 뭔가를 털어내려는 것처럼 머리를 흔들었다.

무슨 일이 일어난 걸까. 지금 모습은 현기증이라도 일으킨 것 같았다.

그때 문득 깨달았다.

"눈 그림?"

야카기의 발치에 조금 전에 비슈다를 쓰러뜨렸을 때와는 또 다른, 눈을 본뜬 간단한 그림이 그려져 있었다. 자세히 보니 주변에도 비슷한 그림이 몇 개나 그려져 있었다.

"나자르 본쥬(사시[邪視] 제거) 그림이다. 사시와 사상적 기원이 유사한 네 기술(드래코마이)은 이 그림에 의해 소멸돼. 나도 마구잡이로 싸우는 게 아니거든."

"허, 이걸 막을 수단이 있었다니 놀랍군. 이거 내가 상대를 잘못 만난 것 같은데?"

　그런 말과는 반대로 인르는 재미있다는 듯이 큭큭댔다. 한편 그것이 농담이라는 것을 간파했을까. 야카기는 짜증스럽게 노려보았다.

　"시끄러. 싸움 한번 하는데 이런 준비까지 하게 만들고, 진짜 치사하네."

　"그래. 대부분이 그 차이를 메우지 못하는 녀석들뿐인데. 이거 참, 인간이 모르는 기술을 잘 알고 있군."

　"이쪽 세계 사람은, 이겠지?"

　"그렇군! 귀공은 다른 세계 사람이었군. 그래서 이세계 마법과는 다른 마법을 쓴 거고. 용사와 친한 것도 그게 이유인가."

　"맞아. 그래서 하츠미는 못 데려가."

　"그렇다면 그게 자연스럽지. 하지만 나도 데려가야 할 이유가 있어."

　인르는 말을 마친 뒤 천천히 자세를 잡았다.

　"용서하라는 말은 안 해. 원망받을 건 이미 알고 있다."

　"그 정도는 말 안 해줘도 알아. 이미 시작됐는데 좀스럽게 불평할 생각은 없어. 농담이나 싫은 소리 정도는 하겠지만."

　완력으로 승부하기로 한 이상, 원망하는 말은 하지 않는다는 걸까. 혀를 낼름 내밀면서 대담함을 보였지만, 피할 수 없는 공포에 지금도 땀을 흘렸다.

　그런 야카기의 말에 인르는 미소를 지어 보였다.

"좋군. 이럴 경우 대부분은 네가 하는 짓은 잘못됐다면서 억지를 쓰거나 우는소리를 하는 녀석들이 많은데 말이야."

"공교롭게도 정에 호소하는 건 내 취미가 아니거든."

"그런 쪽으로 꽤 소질이 있어 보이는데 잘도 말하는군."

"시끄러."

그렇게 말한 뒤 야카기 스이메이는 탕, 손가락을 튕겼다. 공기의 폭발은 더욱 격해진 싸움의 제2막을 알리는 폭력적인 포효였다.

——이쪽의 첫수가 봉인된 후, 역시라고 해야 할까. 눈앞에 있는 마법사의 공격은 한층 강력해졌다.

조금 전 스이메이 야카기가 말한 대로 준비라는, 여분의 일에서 해방되었기 때문일 것이다. 공중을 달리며 밤하늘과 대지를 오가는 움직임은 조금 전과 다름없지만, 마법은 강해지고 행사 속도와 횟수도 배로 증가했다. 이 정도는 생각한 범위 안이지만, 제기된 문제는 그게 아니다.

이 스이메이 야카기라는 남자의 경이로운 점은, 우리(드래고뉴트)의 전투법을 우리 이상으로 잘 안다는 점이다. 접근은 하되 절대로 주먹이 미치는 범위까지는 접근하지 않는다. 그러기는커녕 눈짐작으로 측정할 수 있는 거리보다 더 떨어진 거리에서 싸웠다.

보통 주먹을 휘두르면 조금 전 마족들처럼 힘의 여파 발생 따위는 상상조차 하지 못하고 날아간다. 그런데 이 남자는 그런 것까지 간파한 것처럼 움직였다.

그리고 만나자마자 사용한 포효파. 스이메이 야카기는 용효라고 다른 명칭을 외쳤지만, 사실 스이메이 야카기는 포효파의 본질을 정확히 이해했다. 드래고뉴트의 기술을 모르는 평범한 인간이라면 넋이 나간 채로 증발해버리는 것이 보통인데, 예비 동작 단계에서 재빨리 알아채고 방어책을 짰다.

예기한 것이라면 용안(龍眼)의 기술도 그렇다. 그것을 본 자와 그 장소까지 통째로 박살 내는 기술을 처음부터 이쪽이 보유했다고 판단하고, 주위를 날아다니면서 시선 안에 오래 머물지 않았다. 그리고 그것을 깨부술 기술도 훌륭히 준비했다.

모두 다 일격 필살. 물론 귀로만 들어서는 알기 힘든 기술이고, 머리로는 이해했어도 대부분이 피하지 못하고 죽음을 맞게 되는 기술뿐이다. 이 남자는 그런 기술을 빠져나가면서, 지금 이렇게 자신과 싸움을 계속 하고 있다.

"후, 후후후……."

무심코 입가에서 미소가 새어 나왔다. 보이는 것은 끊임없이 마법을 행사하는 남자의 모습이다.

스이메이 야카기가 손가락을 흔들거나 지면을 가볍게 두드리면, 등 뒤나 바닥에 다른 디자인의 마법진이 몇 개나 나타났다. 끊임없이 생겨나는 그 마법진들은 영창이 치환된 것일까. 원 도형 안에서 마법을 생성하여 다른 속성, 모르는 종류의 공격이 시야를 가득 메울 듯이 덮쳐왔다.

그런 식으로 전투 시작부터 이쪽의 예측은 빗나가기만 했다. 행사 속도도 횟수도 괜찮다. 하지만 알 수 없는 것은 스이메이 야카기의 마법 연속 행사다. 마법 행사 속도에 대해서는 빨리 움직일 수 있어서라는 것을 알기에 그다지 놀랍지 않지만, **숨이 전혀 차지 않는 것**은 도무지 납득이 되지 않았다.

마법을 쉬지 않고 연속으로 행사하면 그만큼 체내에 있는 마력을 밖으로 발산시켜야 한다. 때문에 마력의 체내 전도로 인해 체온이 올라가고, 공기가 부족해지면 몸이 착각을 해서 숨을 헐떡이게 된다. 보통은 거기에 영창 속도가 따라다니기 때문에, 그런 상태가 되는 마법사는 거의 없지만, 그렇게 되면 마법사는 마법을 일시 중단할 수밖에 없다.

그러나 눈앞에 있는 남자는 그렇지 않다. 어차피 영혼의 그릇은 인간의 몸인데도 불구하고, 입에서 들숨과 날숨이 잘게 반복되는 소리가 들리지 않는다.

그 대신에 간간히 입에서 새하얀 마력 증기를 대량으로 토했다. 그렇다면 분명 체내에 수상한 기관이 있을 것이라고 추측되었다.

연속 행사는 위협적이지만, 어떤 의미로 이 끊임없는 공격은 스이메이 야카기의 방어법이라고도 할 수 있다.

불꽃, 번개, 빛의 마법을 빗발처럼 퍼부어 언뜻 공격하는 것처럼 보이지만, 이쪽이 공격하지 못하도록 계속 견제하는 것으로 해석할 수도 있다. 그 증거로 아직도 스이메이 야카기는 필살 마법을 쏘지 않고 있다.

"공격하기 지친 거면 이쪽부터 간다."

그 말과 함께 지면을 쿵 내딛자, 마치 땅이 폭발한 것처럼 흙덩이가 바람에 날려 날아갔다. 그 한 걸음으로 마법의 영향권에서 빠져 나와 정면에 도착했을 때, 스이메이 야카기가 꿀꺽, 생침을 삼켰다.

"큭, 너무 빠르잖아!"

순간 내지른 푸념 섞인 비명. 역시 초조해 보인다. 싫은 기억이라도 있는 걸까. 이 남자는 자신을, 아니 드래고뉴트라는 존재를 두려워하는 듯하다.

그러나 그런 것은 알 바가 아니다. 턱 밑을 노리고 발차기를 날렸다. 바로 밑에서 날아온 일격을 피하기 위해 스이메이 야카기가 몸을 날렸다. 착지는 포기했나 했지만, 하늘을 자유자재로 날 수 있기에 자세도 뭐도 없을 것이다. 보이지 않는 무언가에 의해 당겨진 것처럼 부자연스럽게 이동하는 스이메이 야카기에게 손등으로 추가 공격을 감행했다.

여파로 중상을 노린 그 공격은 스이메이 야카기에 도달했다. 지향성을 가진 힘의 파동이 다리와 충돌했다. 동시에 뼈가 꺾이는 소리가 들려왔다. 얼굴에 고통이 드러난 직후, 꺾인 부분에 문자와 숫자가 그려진 녹색의 둥근 고리가 형성되었다.

회복 마법이다. 부상을 입을 때마다 스이메이 야카기는

그런 식으로 손상된 부위를 마법으로 회복시켰다.

──공격할 수 없기는 이쪽도 마찬가진가.

그런 자조적인 생각이 머릿속에 떠오름과 동시에 불꽃 마법이 쏘아졌다.

"발악이냐!"

"좋을 대로 생각해!"

막무가내 공격이라고 단정하고 외쳤지만, 예상과는 달랐다. 시야를 뒤덮은 불꽃 마법은 연막이었을까. 눈앞에 작은 마법진이 떠올랐다.

"큭──."

거리는 코앞. 맞으면 무사하지 못할 것이라고 뇌가 멋대로 판단한 걸까. 반사적으로 몸이 회피 동작을 취했다. 그러나 소마법진에서 벗어나자 소마법진과 자신 사이에 또 소마법진이 형성되어 추격해 왔다. 속도를 올려도, 지그재그로 도망쳐도, 펄쩍 뛰어올라도 소마법진은 붙지도, 떨어지지도 않고 줄을 이루었다. 장난감 호스 같다는, 때 아닌 생각을 했을 때, 마침내 그것은 자신에게 날카로운 이빨을 드러냈다.

──Chain explode(연쇄 폭발). 그런 건언과 함께 폭발이 연달아 일어났다. 순식간에 얼굴을 포착당했다.

"크앗……."

몸을 피했지만, 거리가 너무 가까운 탓에 충격파는 미처 피하지 못했다. 위력은 질베르트의 괴력에 비할 만하다. 견디지 못하고 몸을 젖혔다. 하지만 전투에 지장은 없다. 머리를 가볍게 흔들자, 밤하늘에는 군청색의 별 그림자가──.

──먼저 공세인가.

그런 소감에 위기를 느낄 새도 없이, 스이메이 야카기가 뭐라고 주절대기 시작했다.

"──Ad centum transcription. Augoeides randomizer trigger(광휘술식 약식가동. 1번부터 100번까지 무작위 전개, 전략 폭격)."

그 직후, 별빛이 빗발처럼 쏟아졌다. 하늘에서 떨어지는 빛의 마법은 제국에서 봤던 별빛을 떠오르게 했지만, 아무래도 이것은 다른 종류의 마술인 모양이다.

회피할 기회를 놓쳤기에 마력을 온몸에 휘감고 방어 태세를 취했다. 머지않아 마법은 종식됐다. 하지만.

"이게 다가 아니겠지."

그 예상대로 다음 마법이 기다리고 있었다.

어느샌가 후방으로 물러나 있던 야카기 스이메이는 착지한 자세로 단어를 짜냈다.

"──Fiamma est lego vis wizard. Hex agon aestua sursum Impedimentum mors(불꽃이여 모여라. 마술사의 분노에 찬 절규와 같이. 그 단말마는 형태가 되어 불타오르고, 내 앞을 가로막는 자에게 가공할 운명을)."

주위에 붉은 마법진이 대량으로 그려지고 스이메이 야카기의 발치에 대마법진이 전개됐다. 대마법진의 문자 도형을 에워싼 이중의 테두리 원이 각각 반대로 고속 회전하자, 주위의 지면이 불꽃에 휩싸였다.

들판의 붉은 불꽃이 스이메이 야카기의 눈동자에 비쳤다. 붉게 달군 빛은 뜨거운 의사. 그 광경에 눈을 빼앗긴 순간.

"——Fiamma o asshurbanipal(빛나라. 아슈르바니팔의 눈부신 돌이여)!"

불꽃의 빛이 오른손에 모여 부서졌다. 그 빛이 보석처럼 조각나 흩어짐과 동시에, 대마법진에서 뿜어져 나온 불꽃과 함께 들판을 태운 불꽃이 튀었다. 붉게 달구어진 대지가 펄펄 끓어올랐다.

드래고뉴트에게 불꽃은 무효하다는 상식이 머릿속에 떠오르지만, 동시에 불길한 예감이 등을 덮쳤다. 전장에서는 쓸데없는 상식보다 그 감각에 의지해야 한다. 끓어오른 대지에 발을 붙잡히기 전에, 뱀처럼 뻗어오는 불꽃에 휘감기기 전에, 전력을 다해 몸을 날려 피했다.

회피에는 성공했지만 공기 중에 퍼진 열이 몸을 덮쳤다. 피부에서 느껴지는 것은 이제껏 느껴본 적 없는 지글지글 타는 통증이다.

역시 평범한 불꽃이 아니었을까. 필시 불꽃을 발생시키는 것 이외에 다른 주문이 걸렸을 것이다. 이것을 정면으로 맞는 것은 좋지 않다, 고 머릿속에 고동이 경종이 되어 울려 퍼졌다.

불꽃을 빠져나오자 스이메이 야카기가 돌진해 왔다. 마법사가 직접 접근하는 것에 살짝 당황했지만, 간격에 들어오기 직전 눈앞에서 연기가 되어 사라졌다.

그 모습에 또 웃음이 새어 나왔다.

사방으로 흩어진 연기가 향하는 방향을 확인하기 전에 등 뒤에서 기척이 느껴졌다. 황급히 뒤돌아보니, 눈앞에는 손바닥에 소마법진을 올린 스이메이 야카기가 있었다.

"오오오오오오오오!"

"하아아아아아아아!"

날카로운 기합 소리가 동시에 울려 퍼졌다. 소리가 충돌했다. 손바닥과 함께 내밀어진 소마법진에 드래고뉴트의 주먹을 겹쳤다. 직후, 충돌한 각각의 힘이 폭발과 충격파로 변환되어 몸을 튕겨냈다.

자세를 정비하고 맞은편을 보니, 마찬가지로 충돌의 여파 때문인지 스이메이 야카기도 저만치 날아가 있었다.

──아아, 정말 흥분되는 전투다. 이제까지 이렇게 훌륭한 싸움을 한 적이 있었나. 이제껏 기대해온 전투가 지금 올 줄이야.

그렇게 속으로 쾌재를 부르자, 스이메이 야카기가 얼굴을 일그러뜨렸다. 비난조의 물음을 던져왔다.

"뭐가 웃긴데?"

"응? 내가 웃었나? 아아, 이 정도 전투라고. 어떻게 기쁘지 않겠어?"

"그러고 보니 그런 놈이었군⋯⋯."

스이메이 야카기는 질렸다는 듯이 그렇게 말한 뒤, 작게 "배틀 정키⋯⋯"라고 중얼거렸다. 그건 아마 자신 같은 종류를 가리키는 말일 것이다. 하지만 적이 괴롭게 뱉은 말은 틀림없는 칭찬이다. 강자에 어려운 적으로 인식됐을 때야말로, 지금껏 쌓아온 것에 의미가 있었다며 자신을 인정할수 있다.

따라서 이 전투에는 의미가 있었다. 그토록 소망해왔던 경지가 지금 여기 분명히 존재하므로.

다만 안타까운 점은 이 남자와의 만남이 왜 지금이냐는 거다. 뜻밖의 장소에서 이런 싸움을 하게 된 것은 다시없을 행운이다. 하지만 임무 중인 관계로 만족할 때까지 싸울 수 없을 것을 생각하니, 갑자기 불행처럼 느껴져서 견딜 수가 없었다.

"――아아, 뜻대로 안 되는군."

그렇게 무심결에 흘린 목소리는 전해졌을까. 황홀해하는 목소리와 그 말뜻은 정반대였기에, 스이메이 야카기는 더욱 인상을 썼다.

그러나 웬일인지 마법 공격을 하지 않았다. 조금 전까지는 이래도 버틸까, 라는 듯이 공격해 왔으면서. 숨을 헐떡이는 것도 아니다. 잠시 쉬는 걸까.

기술을 대기하고 있는 것이라고 생각할 수도 있지만, 지금은 공격할 때라고 판단하고 먼저 나섰다.

이쪽은 연속 공격이다. 하지만 눈앞에 있는 마법사는 접근전, 그것도 치고받고 싸울 때의 거리에 익숙한 걸까. 능숙하게 대응했다. 마법사에게 치명적인 거리에도 대응할 수 있다는 점에는 혀를 내두를 만하다.

그러나 치고받는 싸움이 특기인 상대와는 상성이 나쁜 모양이다. 물론 드래고뉴트의 힘을 인간의 완력과 강도로 버틸 수 있을 리 없다. 공격을 받아넘긴 팔은 금세 잘려서 붉은 살을 드러내고, 순식간에 넝마처럼 너덜너덜해졌다.

"크윽……."

신음을 흐리면서도 스이메이 야카기는 금세 간격을 벌렸다. 그런 남자를 단숨에 공격하지 않자, 남자가 의아한 시선을 향해왔다.

왜 끝까지 공격하지 않냐고.

그것은 공격해도 완전히 쓰러뜨릴 수 없을 것 같다는 예감과, 또 하나.

"어려운 싸움은 좋은 거다."

"뭐?"

"그렇잖아? 상대가 다루기 힘든 상대라면 그만큼 길게 싸울 수 있다. 그리고 기술을 시험해볼 수도 있으니까."

"……기술을 겨루는 건 분명 재미있어. 이런 상황이 아니었다면의 얘기지만."

"동감이다. 이거 의외로 마음이 잘 맞는데?"

"아니, 내 한탄과 당신의 한탄은 절대로 같지 않아. 틀림없어."

"그런 건 사소한 거야."

"……당신 그거지? 흥미 없는 건 전부 그런 식으로 넘기는 성격? 진짜 좋은 성격이네."

"후."

전투 중간에 잡담을 즐기면서도 스이메이 야카기는 아직도 이마에서 폭포 같은 진땀을 흘렸다. 그러나 어딘지 모르게 두려움이 옅어진 것도 사실이다. 필시 이 남자도 강해지는 것을 목표 중 하나로 삼았기 때문일 것이다. 말로는 다르다고 했지만, 지금까지의 대화에서 파장이 맞았기에 다소 긴장이 풀린 것일지도 모른다.

향하는 곳은 다르지만 바라는 것은 같다. 누구도 도달하지 못한 높은 곳과, 그 목표를 자극하는 꿈. 이 남자에게는 그것이 있다. 분명 그것을 꿈꾸고 있다.

"보기 드물어. 정말. 귀공은 그분과도 다른 빛을 가졌어."

"……?"

어둠속에 있는 빛이 무엇보다 눈부신 것처럼, 눈앞에 선 남자 역시 어둠속에 있어서 눈부시다. 드워프 여성이 든 비유는 확실히 정확했다고 할 수 있다.

"그건 그렇고 꽤 수다스럽네."

"정말. 그건 나도 의외야. 전장에서 말이 많은 것만큼 꼴사나운 것도 없는데 말이야. ——아아, 그래 이건 그거다. 너무 흥분해서 이것저것 지껄이는 그런 거."

지금까지는 전투에서 쓸데없는 관용을 베푼 적도, 대화를 나눈 적도 없다. 그러나 그럼에도 그런 쓸데없는 짓을 멈출 수 없는 것은 상대가 보기 드문 자기 때문일 것이다. 보기 드문 자는 귀하다. 너무 몰아붙여서 망가뜨리고 싶지 않기에 무의식중에 관용을 베푸는 것인지도 모른다. 무너뜨리기 위한 싸움인데, 이것은 지나친 모순이다.

스이메이 야카기는 짧은 휴식을 마친 걸까. 원거리에 있는 등 뒤의 나무들을 마법으로 베어내나 했더니 그것들을 죄다 이쪽으로 날렸다. 거목들이 공기를 가르고 굉음을 울리며 날아왔다. 블랙우드는 줄기가 굵고 단단하다. 인간이 맞는다면 무사하지는 못할 것이다.

——인간이라면.

"나한테 이런 건 눈속임도 안 돼."

그 말대로 시야에 들어온 것은 거목 뒤에 숨어 나란히 질주하는 스이메이 야카기의 그림자. 블랙우드의 줄기를 주먹으로 부수자, 그 틈을 뚫고 그가 코앞까지 닥쳐왔다.

마술사가 은색 칼을 뻗어왔다. 그러나.

"안 통해……."

검 끝이 가슴을 찔렀지만, 검날이 자를 수 있는 것은 옷자락뿐이다. 인간이 만든 칼날 따위가 그래고뉴트의 피부를 뚫을 수 있을 리 없다.

그렇다면 그 빈틈은 누가 부담해야 할까.

"그 팔은 내가 받아가마."

손을 내리쳐 스이메이 야카기의 오른팔을 절단했다. 잘 쓰는 팔을 잃는 것은 스스로 불리한 접근전으로 끌어들인 대가다. 오른팔 끝이 날아가고, 잘려나간 부분에서 피가 솟구쳤다.

멀리서 용사의 절규가 들려왔다. 남자의 얼굴이 고통으로 일그러졌다. 그러나 스이메이 야카기는 물러나지 않았다. 그러기는커녕 **오른손을 자른 뒤에 틈이 생겼다**는 듯이 뛰어들었다.

그러나 아직 예상한 범위다. 먼저 공격하게 해서 자신의 살과 뼈를 내주고 상대의 틈을 노리는 기술을 흔하다고는 할 수 없지만, 있을 수 있는 방법이다. 그러나 들어온 것은 예상과는 반대로 통째로 잘려나간 쪽의 팔이었다.

닿지 않는다. 길이가 부족하다. 거리를 잘못 계산했을까. 아니다, 오른손을 내밀었기에 단순한 괴로움이었을 것이다.

그런 점이 인간의 한계라고 깔보고, 생각하기보다 공격을 우선하려 한 그 순간, 스이메이 야카기가 말했다.

"그걸로 되겠어?"

──공중에 뜬 오른팔이 돌연 궤도를 변경해 자신을 향해

날아왔다. 그런 움직임에 그만 히죽 웃고 만다.

"──하하. 그렇게 나오는 건가."

그렇게 희열을 드러낸 것은, 오래간만에 보는 예상을 웃도는 기술이었기 때문일까. 그러나 예상 밖인 것은 그것뿐만이 아니다. 날아온 오른팔의 절단부가 스이메이 야카기가 내민 팔의 절단면과 밀어붙여지듯 합쳐졌다.

"하아아아아아아아!"

그 직후, 합쳐진 상처 부위에 둥근 고리 모양의 마법진이 생겨났다. 마법진은 녹색 빛을 반짝이며 바퀴처럼 돌았다. 동시에 다리로는 육박해 왔다. 공기가 긴장하고, 에테르 윈도가 흩어졌다. 대지가 부서졌다. 무사하다고 해도 손색없는 주먹이 날아왔다.

"큭!"

주먹이 포착한 것은 얼굴이었다.

인간에게 이 정도 위력의 주먹을 맞는 것은 생각해본 적도 없었다.

선 채로 위력을 흘려보낼 수 없어서 발로 지면의 흙을 타다다다다, 깎으면서 뒤로 밀려났다.

모든 힘을 흘려내고 멈추었을 때, 턱을 만지면서 상태를 확인하듯 목을 뚝뚝 소리 냈다.

곧장 하늘로 날아오른 스이메이 야카기가 괴로운 목소리로 말했다.

"거의 안 통했잖아……."

"공교롭게도 이쪽은 맞을수록 강해지는 생물이거든."

"인간처럼 생겨먹은 주제에 뇌에도 대미지가 없는 거냐. 그러니까 사기라는 거야."

그런 우는소리도, 몸의 통증도 기분 좋게 느껴졌다. 팔로 목을 누르고 돌려서 다시 감촉을 확인했다. 뜻밖의 고통을 안겨준 남자는 이미 다음 한 수를 위해 움직였다. 하지만 지금은 오랜만에 느껴보는 기분 좋은 감정을 만끽하고 싶었다.

마법을 쏘려는 스이메이 야카기를 보고, 지면을 박차 흙먼지를 피워 올렸다.

"이 자식이! 인간 흉내 내기냐!"

"이거이거, 속임수도 아직 쓸 만한데?"

눈앞은 순식간에 흙먼지로 뒤덮였다. 보이지 않지만 이로써 저쪽도 볼 수 없게 되었다.

불필요한 감각은 버려두고 기척을 읽는 일에만 집중했다. 상대는 강력한 힘을 보유한 마법사다. 마력을 더듬어 찾으면 어디에 있는지는 눈으로 보는 것보다 정확히 알 수 있다.

──그렇다, 그것은 본인이 늘어나지 않는다면의 이야기.

"분신? 아니, **늘었어?**"

"퍼스트 리플리컨트, 쓰게 하지 말라고──!"

늘어난 것은 마력의 기운만이 아니었다. 흐릿한 시야 속

51

에 완전히 똑같은 기척이 증가했다. 그렇다, 마치 스이메이 야카기가 몇 명이나 나타난 것처럼.

목소리가 들린 직후, 갑자기 땅이 무너졌다.

"무슨——."

다리가 휘청했다. 무엇에 당한 걸까. 마법의 원인을 찾아 기억을 더듬었지만, 짚이는 구석은 없었다. 조금 전에 발생한 불꽃 마법으로 인해 녹은 지면은 스이메이 야카기의 주변이고, 밟는다고 무너질 만큼 이곳 지반은 약하지 않다.

순간 발밑을 보니 마력광이 빛나고 있었다.

얼굴을 들자 스이메이 야카기의 얼굴에는 위기감 속에 회심의 미소가 번졌다.

'그래, 조금 전의 빛의 마술인가——.'

짚이는 것은 빛을 비처럼 쏟게 한 마법이다. 다만 퍼붓는 것만이 아니라 대지에 생긴 자국이 마법진이 되도록 한 건가.

——싸움을 시작하기 전에 스이메이 야카기는 『마술사는 상대의 허를 찌르는 자』라고 했다. 과연 이 연속 공격은 예상 밖이고, 훌륭한 전술이라고 할 수 있다. 지면이 무너져도 이쪽이 다칠 일은 없지만, 이대로는 균형을 잡기가 어려워서 생각대로 움직일 수가 없다. 그래서 다음 일격을 스이메이 야카기에게 양보하는 꼴이 됐다.

주위의 흙먼지가 일어났다. 흙먼지는 소용돌이치더니 넘실거리면서 공중으로 솟구쳐 이쪽으로 쇄도했다. 자신에게 그런(질량에 의지한) 공격은 효과가 없다는 것은 저쪽도 알 텐데—— 아니, 그렇다면 여기에는 다른 꿍꿍이가 있다.

"——Ground seal(지면 봉인의 술)."

올려다보자, 바로 위에서 눈사태가 일어났다. 머지않아 쏟아져 내린 눈에 파묻혔다.

……흙먼지가 걷히자, 고르게 깎여 기복이 없어진 지면과 그 중심에 흙이 소용돌이친 형태가 생겨나 있었다.

지면 봉인술에 의해 인르가 땅에 파묻힌 것으로 승리를 확신했을까. 뒤에서 지켜보던 하츠미가 쾌재를 불렀다.

"됐어!"

"아니."

기쁨의 말을 부정했다. 승리를 생각하는 것은 시기상조다.

눈앞의 상황과 이쪽의 말이 일치하지 않자, 하츠미는 "응?" 하고 의아해했다. 그런 하츠미를 손으로 막아 뒤로 물러나게 하자, 예상했던 대로 소용돌이의 중심이 굉음과 함께 폭발했다.

다시 피어오른 흙먼지 속에서 드래고뉴트가 모습을 드러냈다.

"——허를 찌른다고 했을 때는 기습이라고 생각했는데, 역시 이런 뜻이 있었어."

칭찬을 짜낸 목소리는, 대미지가 전혀 느껴지지 않는 태연한 목소리다. 그런 상대의 상태에 내심 분해하면서 익살로 받아쳤다.

"비겁함과 품위의 차이지."

"이거 한 수 배웠군. 마법사는 영창을 외치고 쏘는 게 기본이라 의외로 행동이 단조로워지기 쉬운데── 기분 좋은 반전인걸?"

"그건 고맙네."

스이메이가 넌지시 귀찮다는 듯이 대답하자 인르가 미심쩍다는 듯이 물어왔다. 동시에 몸을 꿰뚫은 것은 험악한 표정에 묻힌 황옥색 안광이다.

"내가 쓰러지지 않은 걸 알았잖아? 그 사이에 왜 공격하지 않았지?"

"글쎄."

"절호의 기회를 귀공이 놓쳤다고는 생각할 수 없어. 조금 전 마법이 부자연스럽게 끊어진 것도 그래. 그렇다면 공격하지 않은 이유가 있는 거겠지."

"…………."

"반응을 보니 맞나 보군."

확신을 얻은 표정에 다시 이를 갈았다.

그렇다, 인르는 핵심을 찔렀다. 그의 말대로 마술 행사가 끊긴 것은, 마술을 사용할 수 없어졌기 때문이다. 마술을 연속으로 행사해 장소의 엔트로피가 한계에 가까워져 있었다.

그러면 결정타를 날릴 수 없다. 그렇다고 매직 멜트(마술용해) 현상이 일어나지 않을 만큼 위력을 낮춘 어중간한 마술을 쏘는 것도 쓸데없는 짓에 불과하다. 그래서 부득불 시간 벌기용 마술을 선택했다.

현대 마술 이론으로 짠 마술은 행사 속도가 빠르다. 그러나 엔트로피 증대를 초래하기 때문에 막간이 필요하다는 애로사항이 늘 따라다닌다. 그런 이유로 싸울 때는 지금처럼 다음 일보에 곤란을 겪는 일이 종종 발생한다. 장단점은 이미 알고 있지만, 역시 이런 상황이 되면 분했다.

몸에 붙은 먼지를 털어내고, 눈앞의 남자가 다시 싸울 자세를 잡았다. 자신의 앞을 가로막은 그 모습은 태연하고 조금의 흠집도 없다. 그것은 강자로서의 바람직한 자세라고 말해도 좋았다.

외양은 동양의 용에 가깝지만, 전투법은 서양의 드래곤과 통하는 데가 있다. 드래곤의 어원이 된 기술인 나자르 본쥬와 그 기원을 같이하는 드래코마이에 관해서는, 용에도 팔대 용왕은 토쿠샤카의 시독(視毒)이 있기 때문에 단언할 수는 없지만, 조금 전의 지면 봉인술이 통하지 않았기에, 토극수(土克水)가 되는 물의 신이라고는 생각하기 어렵다. 대지의 힘을 흡수해 죽음을 흩뿌리는 서양의 드래곤일 것이다. 이로써 이미 확실해졌다.

용과 많이 닮은 외모도 자신에게는 위협적이지만, 무엇보다 두려운 점은 공격력과 무게감이다.

이미 목격한 강력한 타격 공격. 그 가냘픈 몸을 생각한다면 물리적으로는 불가능하지만, 비중이 다르면 이야기는 다른다. 특히 저런 인간과는 다른 생물은, 흔히 겉모습과 다르게 중량이 있다. 그래서 다른 힘—— 마술이 아니라 단순한 완력과 하츠미가 사용하는 절인의 태도에 다다른 자가 가진 불가사의한 『이치』에 의해 그런 힘을 낼 수 있다.

저 남자에게 근거리전은 절살(絶殺)할 기회다. 그러나 너무 떨어져서 싸워도 위험하다.

원거리전에서 조심해야 할 것은 드래곤 로어다. 과학적인 측면에서 보자면, 고출력 마이크로파와 소닉붐(충격파), 그리고 음향 병기가 합쳐진 플라스마 발생 장치 같은 것이다. 마술적인 측면으로 보자면, 칼로릭 오버 드라이브(열소 증속)에 따른 플로지스톤 블로우(탈연소)의 결과라고도 볼 수 있다. 급격히 발생시킨 칼로릭을 주변에 퍼뜨리고, 만물에 존재하는 플로지스톤(열소)을 억지로 몰아내, 연소라는 결과를 만들어냈다.

전투를 시작하기 전에 사용한 것은 주변을 모조리 불태웠지만, 브리스(호흡)처럼 지향성을 갖게 하는 것도 가능할 것이다.

"천둥의 한숨이 훨씬 지독하지만……."

이전에 목격한 비슷한 공격을 떠올렸다. 드래곤 로어와는 다르지만 인간과 같은 모습을 한 생명체가 목구멍 안쪽에서 토해내는 『모든 생물을 죽이는 한숨』, 다인 알 라우벨(천둥의 한숨)이다. 지상에 존재하는 인간의 형태를 한 생물이 보유할 수 있는 파괴적인 생체 운동 중에서도 가장 흉악하다고 알려진 기술 중 하나다. **방어에 무딘** 특이한 성질을 가지고 있어서 어떤 방어술을 써도 힘을 감쇠시킬 수 없는 터무니없는 기술이다.

현대 세계에도 인간을 상대로 쓰기에는 과격한 공격을 사용하는 비슷한 생물이 있다. 소위 하이스트 원(최강종)으로 불리는, 모든 생태계의 정점에 선 영장이다. 그 힘은 인지를 능가하고, 동화나 신화에 나오는 영웅이 책에서 튀어나왔다고 착각할 만큼 차원이 다른 힘을 자랑하는 것으로 알려져 있다.

그리고 그 모두가 예외 없이 인간의 모습을 하고 있으며, 인간의 아키타이프(원형, 原型)로까지 불린다. 어쩌면 이 세계에서 그 역할을 담당하는 것이 눈앞에 있는 드래고뉴트라고 불리는 생명체이지 않을까.

그 사실을 증명하듯 드래고뉴트, 인르는「인간을 벗어났다」는 표현만으로는 부족한 움직임을 보이기 시작했다. 이쪽을 희롱하듯 날아다니는 동작은 마술사의 눈으로도 쫓을 수 없다. 속도는 그다지 빠르지 않음에도 불구하고 눈으로 쫓을 수 없는 이유는 인간이 상상할 수 있는 움직임이 아니기 때문이다. 지면에 떨어진 낙뢰처럼 푸른 번개가 튀어 올랐다. 그 끝을 눈으로 쫓으면 어느새 예상 지점보다 훨씬 더 멀리까지 가 있다. 그리고 다시 눈을 돌렸을 때는 꼬리를 문 빛의 여운밖에 남아 있지 않다. 그것은 회를 거듭할수록 쫓을 수 없게 된다. 결국은 어디를 봐도 인르의 모습을 파악하는 것은 불가능할 것이다.

차원이 다른 속도 영역에 들어가면 손쓸 방도가 없다.

따라서 이쪽은 마력로의 가동률을 높이기로 했다. 해방된 노심에 또 한 번의 마음이라는 이름의 불을 지폈다. 중심부의 맥이 들떴다. 엄청난 고동이 자신을 덮치고, 한계를 초월한 곳으로 자신의 위격을 끌어올렸다.

"마력을 얼마나……."

이제 보이지도 않게 된 인르가 놀라움을 드러냈다.

——그렇다, 마력로심은 마술사의 마력 소비를 감당할 수 있는 규모의 마력을 생성하는 기관이다. 보통 마술사에게는 스스로 가질 수 있는 마력의 한계치이며, 안정 시에는 늘 그 이상으로는 넘치지 않는 『정상 마력』이 설정되어 있다.

그리고 마술 행사 시에는 그 정상 마력량과 함께 늘 노심에 의해 생성되는 마력을 이용해 신비를 발생시킨다. 정상 마력을 전부 소진하고, 노심의 마력 생성이 늦어질 때 비로소 마력 소진이 발생한다. 그것을 피하는 동시에 정상 마력을 정상 범위 이상으로 출력시키는 것이 노심 해방이라고 불리는 기술이다.

이렇게 되면 마술사의 육체적 한계 강도가 견디는 한, 마력을 계속 부풀릴 수 있다. 그리고 마력 규모가 커짐에 따라 마력을 대량으로 소비하는 마술 행사는 물론이고, 영향을 미칠 수 있는 영역을 확대할 수 있다. 동시에 자기 존재를 고차로 끌어올려 취급할 수 있는 신비를 늘리는 것이다.

인르의 모습은 아직 보이지 않는다. 상대방을 파악할 수 없는 것은 치명적이다. 하지만 그럼에도 파악할 수 있는 한 순간이 온다. 인르가 자신에 대한 공격을 끝내는 순간, 자신은 이 괴물의 위치를 특정할 수 있다.

자신에게는 신체능력 강화술식과 신체강도 향상술식을 걸었다. 그 두 가지 술식을 모두 걸었을 때, 번개 같은 충격이 등을 강타했다. 평소라면 필살의 일격이다. 하지만 한계를 넘어 끌어올려진 신체는 한 번은 버텨주었다. 날아가지 않고 버팀으로써, 인르가 보인 찰나의 빈틈이 호기가 되었다.

인르가 자신의 등에 주먹을 뻗은 채로 멈추었다. 그가 범위 안에서 탈출을 시도하기 전에 주위의 공간을 마술을 이용해 비틀었다. 시야가 마블링처럼 뒤틀렸다. 그에 따라 인르는 중심점이 바뀌고, 움직임이 둔해졌다. 그 틈을 놓치지 않고 높은 중력을 걸었다.

"──Gravitatem Bis coniunctum(중력식, 이중 연결)!"

이것만으로는 부족하다. 마술을 더하는 것이 아니라 연결 비법으로 마술과 마술을 연결해, 공백을 지웠다.

"──Gravitatem Triple contexitur(중력식, 삼중 연결)!"

인르는 조금이라도 틈이 생기면 중력의 우리에서 빠져나갈 수 있다. 때문에 손과 입과 마술을 쉴 수는 없다.

인르의 괴로운 표정에 언뜻 희열이 비쳤다. 더 보여줘. 더 달려들어. 그런 마음이 생생히 전해져왔다. 중력의 우리 안에 갇혀서도 결코 변하지 않는 그 모습. 질린다.

그렇다면. 다섯 속성의 마술을 하나씩 행사했다. 오행의 가르침에서는 서로 도와 세계를 구성하고, 팽팽히 맞버텨 파괴를 생성하는 원소들을, 하츠미의 발치에는 방어 서클을 만들었다. 이윽고 날뛰던 5원소는 차례로 반응하기 시작하고 대소멸에 의해—— 세계가 사라졌다.

그 규모는 조금 전의 인르의 드래곤 로어를 능가할 정도다. 이번에야말로 블랙우드 숲은 연합 북쪽부터 모조리 사라졌다.

그러나 숲은 날려도 드래고뉴트까지 쓰러뜨릴 수 있는 것은 아니었다. 그런 『위력에 의지한 공격』에는 내성이 생긴 걸까. 인르는 간격 밖에서 즐겁게 웃고 있었다.

5대 원소로는 부족하다. 상위 개념을 이용한 공격만이 드래고뉴트를 쓰러뜨릴 수 있다. 결론에 도달한 것과 동시에, 참아왔던 등의 통증이 새삼 큰 비명을 내질렀다.

공교롭게도 발아래 지면이 흔들렸다. 그 빈틈으로 인해, 얼어붙은 식은땀이 등을 타고 떨어졌다.

그렇다, 눈앞에는 조금의 틈도 놓치지 않는 번개가 있다.

"내 차례다. 스이메이 야카기."

순간 팔로 머리를 방어하자, 인르의 주먹이 방어를 뚫고 머리를 가격했다. 내뻗은 왼팔이 꺾여 구부러졌다. 하지만 아직 끝이 아니라는 듯이 두 다리를 가격당하고, 마지막으로 몸통에 강력한 발차기가 꽂혔다.

"크윽, 하아——아……."

날아가, 바닥을 뒹굴었다. 희미해지는 의식에 채찍질을 가해, 부상을 입은 부분에 치유 마술을 행사했다. 바로 복귀한다 해도 눈앞에는 인르의 그림자가 있다. 틈을 보인 순간 공격이 이어지는 것은 당연했다.

"끄으, 끄, 커억······."

타격을 입을 때마다 몸에 치유술을 행사했다. 그러나 서서히 치유가 늦어지고 움직임에 정체가 발생했다. 거대한 망치에 맞는 충격이 계속되고, 결국 걸레처럼 너덜너덜해져서 날아갔다.

──여기서 지는 건가.

땅을 굴러 엎어졌다. 입에서는 피와 흙 맛이 났다. 계속되는 통증에 몸과 마음이 비명을 질렀다. 그래도 일어나기 위해 땅을 긁어 흙을 움켜쥐었다.

스스로에게 던진 질문을 꿰뚫어 본 것처럼 전방에서 목소리가 날아왔다.

"이걸로 끝인가?"

"닥쳐······."

"하지만 못 일어나잖아?"

"닥쳐!"

"더 보여줄 게 없으면, 여자는 데려가도 되겠지?"

"닥치라고 했어어어어어어어!!"

"그래! 소리 질러! 절대 양보할 수 없다면 그 마음을 높이 외쳐! 으르렁대라고! 그리고 다 보여줘! 귀공의 힘은 아직 그게 다가 아니겠지! 이제 와서 힘을 아까워하면 안 되지!"

들을 것도 없다. 검객이 검을 뽑은 장소에서 죽기를 각오하는 것처럼, 마술사는 목숨을 걸기로 한 장소에서 영혼과 마력을 모조리 불태워야 한다.

그래서 일어났다. 몸이 움직임을 멈출 때까지. 마음이 꺾일 때까지. 그날 결정한 그 꿈이 이 두 눈동자에서 사라질 때까지.

"——Fiamma est lego vis wizard. Hex agon aestua sursum Impedimentum mors(불꽃이여 모여라. 마술사의 분노에 찬 절규와 같이. 그 단말마는 형태가 되어 불타오르고, 내 앞을 가로막는 자에게 가공할 운명을)."

"그 마법은 이미 봤어!"

그렇다. 보여줬다. **보여준 것이 포석이다.**

그 마음에 응답하듯, 마술이 다른 형태를 띠기 시작했다. 마치 추진 기구의 제트 분사처럼 불꽃이 후방으로 분출됐다. 아슈르바니팔의 눈부신 돌을 오른손에 쥐었다. 그리고 자연히 오른팔은 눈부신 열화에 휩싸였다.

빈틈을 노린 인르가 정면으로 돌진해 왔다. 그것을 잘못된 판단이라고 무시하고, 쇄도하는 드래고뉴트의 품을 파고들었다.

놀라 눈이 휘둥그래진 인르의 앞에서 혼신의 마술을 행사했다.

"——Fiamma o asshurbanipal(빛나라! 꿰뚫어라! 아슈르
바니팔의 눈부신 돌이여)!"

빛나는 돌을 쥔 오른손은 견고한 주먹이 되고, 후방으로
분출된 불꽃은 가속을 돕는 기구가 되어 인르의 그림자를
포착했다. 내뻗은 주먹은 이번에야말로 피할 수 없는 대미
지가 되어 인르를 날려버렸다. 뜻대로 움직일 수 없게 된 남
자를 추격하듯 아슈르바니팔의 불꽃이 쇄도했다.

불꽃 속에서 인르의 포효가 들려왔다.

"아직이다아아아아아아아아!"

휘감기는 불꽃마저 날려버릴 거대한 외침이 고막을 꿰뚫
었다. 산 자에게 파멸의 운명을 선사하는 보석의 빛을 정면
으로 맞고도 드래고뉴트는 쓰러지지 않았다.

따라서 두 번째 교차의 순간은 바로 찾아왔다. 마술의 여
운에 빠지지 않고, 스이메이는 두 번째 근거리전에 맞서 최
후의 일격을 준비했다.

즉시 손끝에 돌의 도인을 새기고 마력광을 켰다. 샛별처
럼 반짝이는 그 빛을 그어, 마술을 생성하는 문자 기호를 그
렸다.

발치에 마법진이 발생했다. 여러 번 반복하자, 그 마법진
의 테두리에 또 다른 마법진이 겹쳤다.

마술을 짜는 동안 마음속에 깜빡인 것은 지워지지 않는 그 과거다. 실력은 있었지만 마음이 약했던 탓에 돌이킬 수 없는 상황이 되어버린 그날 그때의 그 전장.

　그렇다, 그곳에서 소중한 사람을 잃었다. 그렇다, 터무니없이 강한 존재 앞에서 움직일 수 없었기 때문에. 방어에 늦은 자신을 보호하려 끼어든 아버지가 자신 대신 적룡의 포효를 정면으로 받았다.

　그리고 그때 뜻을 이었다. 구원하지 못한 자신을 대신해, 구원받지 못한 여자를 구원해달라고. 그런 맹세가 분명 있었다.

　그렇다, 그러니 그날 그곳에서 약한 야카기 스이메이는 죽었다.

　그러니——

　"이제 그때 같은 일은 두 번 다시 사양이야⋯⋯."

　폐에서 공기를 짜내듯 중얼거린 것은—— 진영창(眞詠唱).

　——Emerge from the sky of dawn. A person who has fulfilled all the wishes(그는 여명의 하늘에서 와 천지의 모든 소원을 이루는 자).

　——To release from the Apostle. To release from their

own hands. The advent(사도로부터 자식들을 해방하기 위해, 그리고 자식들을 스스로의 손아귀에서 해방하기 위해, 그는 사도 앞에 내려왔다).

영창에 노출된 세계가 진동했다. 조용히. 천천히. 마침내 격하게. 누구도 그 자리에 서 있지 못할 만큼 강력하게. 불꽃을 겨우 털어낸 인르가 주위의 이변을 눈치채고 숨을 삼켰다. 완성 단계에 접어든 마술을 멈추기에는 지금 달려든다 해도 이미 늦은 거리다.

따라서.

——Apostle fell the ground. Because it deprived of wings to light(그리하여 사도는 땅에 떨어졌다. 빛이 날개를 앗아갔기에).

——Apostle was dropped to hell. And because we affirm the evil(그리하여 사도는 떨어졌다. 몸에 깃든 나쁜 마음을 긍정했기에).

——The fall of the Apostle. As punishment(그렇다면 떨어뜨려라. 그가 단죄로서 사도를 쫓아낸 것처럼).

——Please petition. As it has been so. In order to
manifest the infinite light(그렇다면 바라라. 그가 나타낸 것
처럼. 그래, 그의 이유 없는 이유의 빛을 여기 이렇게 나타
내기 위해서).

인르가 간격에 들어온 직후——

"hope those that do not know anyone(나의 모든 것은 알
수 없게 될지니 ■ ■ ■ ——)!"

닿으라고 외쳤다. 아직 보이지 않는 영역에. 닿으라고 소
리쳤다. 이유 없는 이유의 빛을, 지금 이 손에 확실히 움켜
쥐기 위해서.

그러나 스이메이가 다루려 했던 그 빛은 아직 그에게는
너무 강하고 너무 성급하다.

"우, 빌어……먹을, 안 닿잖아아아아아아아아아아!!"

아무리 강한 의지를 가졌어도 완성되지 못한 마술은 실패
로 끝난다. 곧이어 제어할 수 없는 힘과 개념의 여파가, 충
돌하는 두 사람을 끌어들이고 삼켰다.

눈부신 빛이 사라지자 마침내 전장에 싸늘한 밤공기가 불
어왔다.

남은 것은 불에 타 눌어붙은 흙덩이와, 탄화한 나무들의
잔해라고도 할 수 없는 숯이 쌓인 대지다.

날아가 떨어진 곳에서 인르가 의문을 입밖에 냈다.

"……뭘 했지? 공기가 조금 전으로 돌아왔는데?"

"여파 때문에 시간이 정체됐는지, 공간이 되감아졌어. 저속의 빛이 발생한 영향이겠지. 발생했으니 **앞뒤가 맞춰진 거야.** 뭐, 그런 건 아무래도 좋아……."

내장에서 치밀어 오르는 열과 목구멍을 침범하는 작열감에, 피가 섞인 기침을 토했다. 내장을 다친 걸까.

그래서 건곤일척의 일격에는 실패했다. 지금 여기 있는 결과는 머릿속에 그린 그림과는 한참 멀다. 입 밖에 낸 마지막 주문은 **목소리로 만들지 못했기** 때문에 미완에 그쳤다. 아니, 자신이 그 마술을 쓰기에 충분한 사람이 아니어서 마지막 주문을 외치지 못한 것이다.

마술 실패로 발생하는 영향인 리턴 오버── 리바운드 에어(반례풍, 返礼風)에 의해, 스이메이는 천천히 무릎을 꿇었다. 운은 하늘에 맡기고 전력을 다했기에, 대책을 강구할 여력은 없었다. 저릿한 감각이 몰려왔다. 당분간은 움직일 수 없었다.

"…………."

싸움에서는 치명적인 틈이지만, 상대도 움직이지 않았다. 아니, 움직일 수 없다. 필시 인르도 무사하지는 않은 것이다. 조금 전 아슈르바니팔의 불꽃에 기습을 당하고, 지금은 『이유 없는 이유의 빛』의 격류를 몸에 맞았다. 마술로써는 성립하지 않았지만 영향은 있었다.

그대로 멈춰 있자니, 불현듯 눈앞에 그림자가 생겼다.

고개를 들자 검을 뽑아 자세를 취한 교복 차림의 소녀가 눈에 들어왔다.

"하츠미…… 물러나 있으라고 했잖아……."

"못 움직이잖아. 그럼 누군가는 나서야 하잖아?"

"지금까지 봤으면 이길 수 없다는 건 알잖아."

"쳇── 그런 건 말 안 해줘도 알아. 하지만 네가 움직일 수 있을 때까지 시간을 버는 정도는 할 수 있어. ……그리고 거기 당신도 무사하지는 않지?"

"크큭. 확실히."

인르는 미소를 띠었지만, 역시 움직이지는 않았다. 하츠미가 나서는 것은 저쪽으로서는 천재일우의 기회인데, 불에 탄 옷을 찢고 몸을 정돈하는 데 시간을 썼다.

한편, 하츠미는 검 끝을 인르의 눈을 향해 겨누었다. 그러나 칼자루를 잡은 손은 식은땀에 젖었고 희미하게 떨었다.

"……붙을까?"

하츠미가 묻자 인르는 고개를 옆으로 저었다.

"아니. 휴식 시간이다. 오늘은 이만 돌아가지."

"응?"

"뭐라고?"

전혀 예상치 못한 인르의 대답에 하츠미와 스이메이는 동시에 소리쳤다.

"왜. 이상한가?"

"그거야…….."

"싸움이 중단됐다는 건, 여기까지 해두라는 뜻일 테니까. 물러나야 할 때가 왔다는 거야."

과연 그 말은 진심일까. 의도를 알 수 없는 점치는 듯한 말투에 스이메이가 의아한 투로 물었다.

"괜찮겠어? 하츠미를 데리고 가는 거 아니었어?"

"그렇긴 한데, 그건 귀공에게 이겼을 때다. 그리고 귀공과는 원한을 남기고 싶지 않아."

"원한?"

"그래. 내가 용사를 데리고 가서 나와 귀공 사이에 원한이 남으면, 그때는 증오라는 쓸데없는 감정을 가진 채로 싸우게 된다. 그건 내가 바라는 바가 아니야. 재미있는 싸움은 설령 불공평하더라도 정면으로 붙어야 하거든."

"그러니까 이번에는 그 쓸데없는 감정이 있어서 나와의 싸움도 중단한다는 거냐?"

"그래."

인르는 눈을 감고 조용히 수긍했다. 터무니없는 말이지만, 이 남자가 전투에서 즐거움을 찾는 부류인 만큼 반드시 거짓말로 단정할 수는 없다.

의아해하자, 인르는 물러나는 듯한 움직임을 보이기 시작했다. 정말로 싸울 생각이 사라진 것이리라. 몸에 감돌게 했던 무위를 해제하고, 뜨거워졌던 공기도 서늘한 바람으로 바꾸었다.

그 모습을 본 스이메이는 그 자리에 책상다리를 하고 앉아 반쯤 어이없는 웃음을 터뜨렸다.

"……넌 정말 이상해. 너처럼 싸움에 순수하게 임하는 녀석은 지금껏 본 적이 없어."

"최고의 칭찬인데? 지금까지 실력을 닦아온 보람이 있어."

작게 웃으며 뒤돌아선 인르는 떠나기 전 우의를 다지는 듯한 말을 남겼다.

"그럼 스이메이 야카기. 또 보자."

"그래."

또 보자는 것은 재대결에 대한 약속이다. 싸움 같은 것은 두 번 다시 사양이고 결코 바라는 바가 아니지만 그래, 라고 대답한 것은, 상대의 진지함에 응답해야 한다고 마음이 외쳤기 때문일까.

인르가 떠나자 숲도 원래의 정적을 되찾았다. 아직 남은 불씨가 타들어가는 소리가 들렸지만 조용하다고 느낀 것은, 마음속을 어지럽히는 존재가 사라졌기 때문일 것이다.

하츠미는 이제야 긴장이 풀렸는지 그 자리에 풀썩 주저앉았다.

"가버렸어……."

"응."

"대체 뭐였을까? 그 사람."

"글쎄. 지금은 묘한 적이었다고 말할 밖에. 그리고 배틀 정키고."

인르에 대한 개인적인 견해는 그쯤 해두고, 스이메이는 숨을 내쉬었다.

"젠장. 다음에는 안 져……."

폐부에 남은 역겨운 공기를 토해낸 뒤, 분함을 극복하기 위해 중얼거렸다. 진 게 아니다. 오히려 이쪽의 목적은 달성됐기에 굳이 따지면 승리다. 하지만 싸움은 열세인 채로 끝났다. 기분상으로는 도저히 이겼다고는 생각되지 않았다. 그렇다면 역으로 얻은 것은 역시 패배였다고 할 수 있을 것이다.

"괜찮아?"

"뭐, 살아 있으면 어떻게든 되겠지."

스이메이가 장난스럽게 말하자 하츠미는 "그래" 하고 짧게 대답했다. 그리고 무언가 생각났다는 듯이 다시 입을 열었다.

"그러고 보니 너 말이야, 그 녀석이 하는 말에 꽤 귀 기울이는 것처럼 보이던데."

"응?"

"대화했잖아. 그 녀석하고."

"그러고 보니 그랬네."

"왜? 적이 하는 말 따위, 들을 필요 없잖아? 게다가 한창 싸우는 도중에도 쓸데없이 말했었고."

"그거야 그럴 때도 있잖아. 시합인지 죽이는 싸움인지 모를 애매한 전투에서는 그런 기미라거나 암묵적 양해 같은 거."

"떠드는 사이에 해치워버리면 될텐데."

"전적으로 동감이야. 하지만 그런 부류를 상대할 때는 아무래도 그건 멋이 없어. 그렇잖아? 정면으로 쓰러뜨려야 하는 상대는 누구나 어떻게든 한두 명쯤은 있어. 그래서 나는 자신에게 솔직했어. 물론 너만 도망치게 하는 방법도 생각했다고?"

솔직히 스이메이의 1순위는 그쪽이었다. 인르의 목적이 하츠미라면, 최악의 경우 하츠미만 안전한 장소로 이동시키면 된다.

그러나 하츠미는 납득하기 어렵다는 표정을 지어 보였다.

"……그래도 생각 없다고 말하고 싶은 표정이네."

"그거야."

"저기, 너도 내 힘은 봤잖아?"

하츠미가 고개를 끄덕이자, 스이메이는 말을 이었다.

"아직 목표를 이루어가는 중이지만 내 힘의 크기는 자각하고 있어. 요컨대 난 자율 행동하는 화약고 같은 거야. 그런 녀석이 생각하는 대로, 아무것도 모르고 힘을 휘두르면 어떻게 될지 정도는 알잖아?"

"그건……."

"나는 마술사야. 괴이뿐만이 아니라 인간도 마술로 수없이 죽인 적도 있어. 물론 그때는 습격을 받은 거라서 그렇게 해야 한다고 납득했으니 괜찮지만. 만약 그게 아니라면 어떻게 되겠어? 주변 상황을 제대로 파악하지 않은 상태에서 힘을 휘둘렀다가, 그게 만약 돌이킬 수 없는 일이 된다면——……."

기다린 것은 무거운 침묵이었다. 스이메이의 말에 하츠미는 대꾸할 수 없었다. 당연했다. 그 만약은, 기억이 없는 하츠미가 의식해야 하는 것이니까.

"나는 그러고 나서 후회하고 싶지 않아. 그래서 절반쯤은 아는 게 의무이기도 한 거야. 상대의 속사정 같은 건 안 보일 때도 있어. 상대가 적대시하는 것만 보고, 쓰러뜨려려 한다고 생각하는 건 너무 경솔해. 다만 너무 신중했다가 기회를 놓치게 되는 경우도 있으니 어느 쪽이 좋다고는 할 수 없지만. 꽤 고민되는 부분이야."

자조하며 스스로에게 묻는 듯한 말과 웃음 뒤에, 돌아오는 말은 없었다. 무언가를 음미하는 듯한 표정을 짓는 하츠미에게, 인르에 대한 소감을 밝혔다.

"뭐 그렇다고 그 녀석이 올바른 일을 하려는 것처럼은 안 보였지만."

"이용하겠다고 말한 시점에서 교섭의 여지는 없어."

하츠미의 단호한 태도에, 스이메이는 "하긴 그렇지—"라고 맥없이 동의했다.

그리고 그 자리에 벌렁 누웠다.

"야카기?"

"……피곤해 죽겠다. 이불 생각이 간절하네."

그런 얼빠진 발언에, 하츠미는 어깨를 푹 떨어뜨렸다. 당장은 돌아갈 수 없을 것 같았다.

　평원에서 교전 중이던 연합군과 마족군의 전투는 이미 종결되었다.

　전투 결과는 부상으로 인한 무승부로 끝났지만, 적의 전력을 잘못 파악한 연합군은 마족군에 비해 피해가 컸다.

　현재는 전선 요새를 본진으로 그 주변에 영지를 구축하고 군을 유지했다.

　천막에는 생존한 장군과 하츠미의 동료인 바이처 일행, 그리고 루메이어와 레피르 일행의 모습도 있었다.

　그리고 지금 그들이 있는 천막 안은 숨 막히는 열기를 품고 있었다.

　군을 앞으로 어떻게 움직일 것인가에 대한 격렬한 논의가 진행 중이기 때문이다.

　대책을 음미하는 입장에 있는 바이처에게 장군과 참모들이 차례로 방책을 제시했다.

　"바이처 전하, 지금은 일시적으로 군대를 뒤로 물리는 것은 어떻습니까? 협곡 지대로 끌어들이면 유리하게 움직이는 것도……."

　"아니, 협곡 지대에서는 불리해질 가능성이 있어. 마족 중에는 하늘을 나는 놈들도 있어. 지금은 과감히 전선을 물리고 군대를 재정비하는 방법도……."

　"둘 다 논외다. 용사님이 돌아올 때까지 우리는 철수할 수 없어."

참모들이 내놓은 엉거주춤한 의견을, 바이처는 큰 목소리로 꾸짖었다. 그러나 장군과 참모들도 의견을 쉽게 거둘 수는 없는 모양으로 그중 한 명이 말꼬리를 물고 늘어졌다.

"하지만 언제까지 이러고 있어도 상황은 전혀 나아지지 않습니다. 또 평지에서 전투가 벌어지면 이번에야말로 우리 군은 괴멸적인 피해를 입을 것입니다."

"그래서 각 소속국에 원군을 요청했다. 병사와 물자가 올 때까지 기다려라."

"기다리는 사이에도 병사들의 불안은 확대됩니다! 지금 우리가 확고한 방책을 제시하고 병사들을 움직이지 않으면 그들은 방책이 없다고 생각하고 동요할 것입니다!"

장병들이 간단히는 들어주지 않자, 바이처는 초조함이 정점에 달했는지 두 손으로 책상을 내리치면서 거칠게 일어섰다.

"확실히 모두의 말대로 우리가 의견을 모으지 않으면 병사들은 동요하겠지! 하지만 이대로 용사님을 잃는다면 앞으로 우리 군이 회복할 전망도 없어! 무엇보다, 우리를 도와주신 용사님을 버리고 도망치는 게 정말 옳은 일이라고 말하는 것인가!"

"……큭!"

"잘 들어라! 용사에게 구원받는 입장인 우리에게는 용사를 지킬 의무가 있다! 그걸 무시하는 자는 용사에게 구원을 바랄 자격이 없다! 모두 이 말을 명심해라!"

바이처의 두 번째 일갈은 모두를 입 다물게 하는 위력이 있었다. 마음을 추궁하듯 던져진 말에, 일동은 결박당한 것처럼 움직일 수 없게 되었다.

한편, 테이블 끝에 앉아 있던 루메이어가 옆에 앉은 레피르에게 말을 걸었다.

"……이거 참 저쪽은 힘들어 보이네."

"남 일처럼 말씀하지 마세요. 여기서는 루메이어 님에게도 발언권이 있다고요. 지부의 길드 마스터로서 뭔가 도움이 될 만한 발언이라도 해주세요."

레피르의 질린 듯한 쓴소리에 루이메이는 어깨를 움츠렸다.

"나는 용병술 같은 미묘한 사정은 잘 몰라. 뭐 어떤 결과가 될지 듣긴 하겠지만."

"그래도 되는 건가요……."

"돼, 돼."

루메이어는 대충 대답한 뒤 담뱃대를 뻐끔거렸다. 함께 자리에 참석한 페르메니아와 리리아나도 의욕 없는 루메이어의 태도에 난처한 표정을 지었다.

그런 그녀들을 아랑곳하지 않고, 루메이어는 대기하고 있던 병사에게 말을 걸었다.

"……어이, 거기 당신. 척후병한테서 들어온 보고는 어떻게 됐어?"

"예! 마족군은 이미 떠났다고 합니다. 각 경계 요새에서도 마족은 군대를 철수시키고 있다고 알려왔습니다. 하지만 진격 유무에 대해서는 아직 예단할 수 없다고 합니다."

"그래도 철수한다는 거잖아? 이상하지. 마지막에는 우리 쪽이 반격했다고는 해도 굳이 따지면 저쪽이 유리했을 텐데. 레피, 넌 어떻게 생각해?"

루메이어가 레피르에게 대답을 유도했다.

"군대를 철수시키는 이유는 두 가지예요. 목적을 달성했거나, 군대를 유지하지 못할 만큼 피해를 입었거나. 확실히 마족들도 출혈이 있었겠지만, 군대를 철수시킬 정도는 아니었다고 생각해요."

"그럼 마족은 목적을 달성했다, 가 되겠네요."

"리리 말대로야. 그렇게 되면 문제는."

"그 목적이 무엇이었냐는 거겠지. ……그래서 레피 네가 내린 답은 뭔데?"

"지금 현재 연합군이 입은 피해는 군대의 손실과 용사인 하츠미 씨의 행방불명이에요. 군대가 입은 피해는 완벽하다고는 말하기 어려워요. 그렇게 되면 십중팔구 마족들의 목적은 용사인 하츠미 씨겠죠."

레피르의 대답은 거의 단정에 가까웠다. 그리고 그 대답에 페르메니아가 동요했다.

"그, 그럼 스이메이 님은 실패했다? 레피르는 그렇게 예상하는 거예요?"

스이메이의 구원 실패는 그를 전폭적으로 신뢰하는 페르메니아에게는 당장은 믿기 어려운 일이었다.

그러나 레피르는 머리를 흔들었다.

"아니, 반드시 그렇다는 보장은 없어. 마족의 계획이 하츠미 씨를 군대에서 떨어뜨려놓는 데만 집중된 거라면, 그 시점에서 목적이 달성됐을 가능성도 있어. 그렇다면 군대를 철수하는 시기가 맞물려도 상관없고. 그리고 저쪽에서 용사를 쓰러뜨렸다는 선언이 나오지 않았으니 살아 있을 가능성이 높아."

"아……."

용사가 쓰러진다면, 마족 측은 용사의 목을 벴다고 크게 떠들 것이다. 그러면 연합의 사기는 바닥으로 떨어진다. 그리고 군대의 피해를 무시하고 그대로 공격한다면, 그것이 연합군을 괴멸할 가장 빠른 길이다.

"마족들이 그런 잔꾀를 쓸 만큼 영리하다면의 얘기지만."

"놈들은 교활해요. 인간의 약점을 금방 이용하죠. 그래서 용사인 하츠미 씨를 노린 거예요."

그렇게 말한 뒤, 레피르는 이번 마족의 계획에 대한 예측을 매듭지었다.

그리고 어떻게 생각하느냐는 루메이어의 물음에, 이 대화에서 얻은 답을 말했다.

"연합군은 다소 힘들더라도 지금은 버텨야 해요. 피해가 무서워서 섣불리 철수하면 마족 측에 약점을 드러내게 될

뿐이고, 우리 쪽 사기에도 영향을 미쳐요. 최악의 경우, 철수하는 마족군을 다시 부르게 될지도 몰라요."

"그래서, 그걸 나한테 말하라고?"

저 사람들한테. 바이처 쪽을 손가락으로 가리키며 그렇게 덧붙이자, 레피르 일행이 고개를 끄덕였다. 그러자 루메이어는 바이처 쪽을 향했다가, 다시 레피르 쪽으로 시선을 돌렸다.

저쪽은 아직 토론의 열기가 식지 않았다. 오히려 더욱 뜨거워졌다. 어떻게든 군대를 철수시키려는 참모를 보다 못해, 묵묵히 듣던 가이어스와 셸피도 어느새 군 회의에 끼어들었다.

"아아아아아아아아아싫어싫어싫어―. 저길 끼어들 정도면 지금 마족군에 쳐들어가는 게 나아. ……저기, 의논하고 싶은데, 그렇게 안 할래? 지금 살짝 갔다 오는 거지. 응? 좋은 생각 같지 않아?"

많은 꼬리를 일부러 살랑거리며 윙크까지 하면서 루메이어가 어필하자, 레피르는 질린 한숨을 내쉬었다.

"어째서 수인이라는 사람들은 이렇게……."

"어쩔 수 없어. 이런 생물이니까, 우리들은."

"크라리사 씨가 특수한 거네요……."

"그렇겠지."

"네."

레피르가 동의하자, 리리아나가 고개를 끄덕였다. 그런

대화가 오가는 도중, 갑자기 입구의 천막이 걷혔다.

동시에 병사가 숨을 헐떡이면서 뛰어 들어왔다.

"보, 보고드립니다!"

"무슨 일이냐!"

군 회의 중심에 있던 바이처가 반응했다. 바이처의 물음에, 병사는 숨을 고른 뒤 희색을 띠고 말했다.

"용사님께서 돌아오셨습니다!"

기쁜 소식에 천막 안은 안도의 한숨과 함께 함성이 일었다. 바이처는 바로 사람들의 흥분을 제지하고 다시 병사에게 물었다.

"그래서 용사님은 무사한가?"

"네. 직접 걸어오셨습니다."

틈을 노려 이번에는 레피르가 물었다.

"용사님 혼자?"

"아뇨, 흑의를 입은 소년과 함께입니다. 하지만 용사님의 어깨를 빌린 모습으로 봐선······."

그 말에 레피르와 페르메니아가 벌떡 일어났다.

"다친 거야?!"

"무사한가요?!"

거칠게 달려드는 두 사람에게 밀려, 병사는 엉덩방아를 찧었다. 하지만 스이메이의 상태를 아는 것이 우선이라며, 두 사람은 병사를 더욱 다그쳤다. 병사는 당황한 채 간신히 대답했다.

"아, 아뇨. 보기에는 다친 것 같지 않았지만, 그렇다고 아무렇지 않은 것도 아니고……."

"도대체 무슨 말이야! 똑바로 말해! 똑바로!"

"중요한 일이에요. 확실히 말해주세요."

"두 사람 다 너무 흥분하지 마. 자, 일단 진정해."

루메이어가 두 사람을 달래자, 리리아나가 가장 알기 쉽게 두 마디를 했다.

"우선은, 가보죠."

그렇게 해서 천막 안에 모였던 중진들은 군 회의를 일시 중단하고, 줄줄이 밖으로 나갔다.

블랙우드 숲을 빠져나와 연합 영역까지 돌아온 스이메이와 하츠미는 지금은 요새에 도착해 성벽 내부에 있었다.

하츠미는 나무 상자에 걸터앉아서, 스이메이는 바닥에 털썩 주저앉아 짧은 휴식을 취했다. 얼마 후 그곳에 페르메니아 일행이 달려왔다.

그녀들의 모습을 확인하고 스이메이가 웃으며 손을 흔들었다.

"오—, 다녀왔어."

"다녀오셨어요, 스이메이 님. 무사하신 것 같네요."

스이메이가 복귀 인사를 하자, 페르메니아는 안도하며 대답했다. 스이메이는 공중에서 방황하던 그녀의 손바닥을 탁, 쳤다.

한편, 레피르가 질림과 안도의 미소를 섞으면서 말했다.

"넌 항상 만신창이구나."

"돌려줄 말도 없네."

"어서 오세요. 괜찮은 거예요?"

"응. 엄청 피곤하지만."

리리아나에게는 손을 들어 인사했다. 피로와 마력 부족 탓에 움직일 수는 없지만, 대미지는 대부분 회복했다.

문득 그 모습을 지켜보던 하츠미가 고개를 갸웃하며 스이메이에게 물었다.

"누구?"

"내 동료들이야."

"그렇구나."

"응."

"……아무래도 상관없지만, 여자애들뿐이네."

"응? 뭐 그렇지."

"흐음."

하츠미는 함축적으로 대답한 뒤, 시선을 수상쩍게 바꾸었다. 한편 스이메이는 하츠미의 태도가 갑자기 달라진 이유를 알지 못해, 멍한 표정을 지었다.

"뭔데?"

"아무것도. 그런데 너무 태평한 거 아니야? 도와주러 왔다면서 야무지지 못하게 부축당해서 온 주제에."

"뭐? 어쩔 수 없잖아? 혼자 걷는 건 무리였다고."

"꼴사나워."

"멋대로 도우러 와놓고 이런 말 하는 것도 그렇지만, 이게 누구 때문인데. 누구."

"우…… 그걸 건드리면 세게 못 나가겠어……."

스이메이가 실눈을 뜨고 보자, 하츠미는 "으으으으……" 하고 신음할 수밖에 없었다. 근본이 진지한 탓에 정당한 말을 들으면 반박할 수 없다.

그러던 중, 천막에서 나온 제2진이 뒤이어 도착했다.

나무 상자에 앉는 하츠미를 발견하고, 셀피가 달려왔다.

"하츠미!"

흥분한 목소리로 외친 셀피가 하츠미에게 안겼다. 셀피의 갑작스러운 포옹에 하츠미는 몹시 당황했다.

"와푹! 셀피 갑자기 왜 이래."

"하츠미…… 무사해서 다행이에요."

"……고마워. 덕분에 난 무사해."

그렇게 말하는 셀피에게 하츠미 역시 부드러운 목소리로 고마움을 전했다.

셀피와의 대화가 진정되자, 그 모습을 지켜보던 바이처와 가이어스가 말을 걸었다.

"용사님. 무사히 돌아와 주셔서 감사합니다."

"응, 돌아왔어. 무엇보다 다들 무사해서 다행이야."

"아아, 이제 편하게 술 좀 마시겠군."

"가이어스는 그 얘기뿐이라니까."

가이어스의 농담에 하츠미가 장단을 맞춰주었다. 주위에 웃음이 번졌다.

한편 그런 그들을 보며 스이메이가 싱긋, 미소를 지었다.

"아, 목적은 제대로 달성했어."

"…………그래."

"아아, 넌 정말 터무니없다고."

한쪽은 복잡한 표정으로 시선을 돌리고, 또 한쪽은 기분 좋은 표정을 지었다. 그런 대화가 오가던 중, 어느샌가 근처 나무 상자에 앉아 있던 루메이어가 담배 연기를 피우면서 물어왔다.

"스이메이. 부축당해서 왔다면서?"

"맞아요, 맞아요! 도대체 어떻게 된 거예요?! 스이메이 님이 움직일 수 없게 되다니…….."

"그러게요. 찾으러 갔던 것뿐인데 스이메이가 움직일 수 없게 된 건 이상해요."

리리아나의 의문을 이은 사람은 가이어스다.

"마족이야?"

"그건 생각하기 어렵네요."

리리아나의 단정에 페르메니아와 레피르가 수긍했다. 평범한 마족들이 아무리 떼를 지어 덤벼도 스이메이에게 위협이 되지 못한다는 사실을, 그녀들은 알고 있었다.

핵심을 알고 싶다는 듯, 레피르가 시선을 향해왔다.

"스이메이."

"아, 강적이 나타났거든."

"그렇다는 건, 마족 장군이냐?"

"응? 마족 장군?"

가이어스의 물음에 어쩐 일인지 스이메이가 고개를 갸웃했다. 그런 스이메이를 보고, 하츠미가 황당하다는 표정을 지었다.

"있었잖아? 너 혹시 잊은 거야? 아니지? 아무리 그래도……."

하츠미의 어이없어하는 반응에 스이메이는 잘 돌아가지 않는 머리로 생각했다. 마족 장군이라니 무슨 이야기인가 하고.

끙끙댔다가 천장을 올려다봤다가 바닥을 뚫어져라 응시했다. 그러다 마침내 『그런 게 있었다』는 사실을 생각해냈다.

"……아. 아아, 맞다! 듣고 보니, 허접한 기술을 쓰는 녀석이 있었어!"

"야, 너……."

하츠미의 얼빠진 목소리가 주변에 울려 퍼졌다. 설마 잊은 줄은 몰랐을 것이다. 머리가 아픈 것처럼 이마에 손을 짚는 하츠미에게, 스이메이는 쓴웃음밖에 돌려줄 수 없었다.

인르에 대한 충격이 너무 커서 비슈다는 까맣게 잊고 있었다.

한편 스이메이에게 묻는 것은 요령부득이라고 판단했을

까. 셀피가 하츠미에게 물었다.

"그럼 정말로 마족 장군이 나타난 건가요?"

"으응. 마족 장군하고는 싸웠어."

"싸웠지만 그런 잡어는 큰 문제가 아니었어. 그것보다."

"마, 마족 장군이 잡어…… 잡어……라고요?"

마족에 관한 사항은 중요하지 않다며 스이메이가 넘어가려고 하자, 셀피는 후드를 쓴 채 멍하니 같은 말을 중얼거렸다. 마족이 대단한 위협인 그들에게 스이메이의 발언은 이해를 초월한 것이었다. 어느새 셀피뿐만이 아니라 바이처와 가이어스까지 미간을 찌푸리고 있다.

대화를 재촉하듯 레피르가 물었다.

"말하는 걸로 봐선, 널 그렇게 만신창이로 만든 상대는 따로 있었다는 거네?"

스이메이가 "응" 하고 수긍하자, 이번에는 하츠미가 입을 열었다.

"마족 장군은 야카기 덕분에 잘 무찔렀는데, 그 뒤에 바로 그 녀석이 나타났어."

"그래서 그 녀석은 누군데?"

"자기를 드래고뉴트라고 했어."

"드?!"

"드래고뉴트라고?!"

바이처와 가이어스가 외치자, 하츠미가 의아한 시선으로 바라보았다.

"……뭐가 안 좋은 거야?"

"안 좋냐니…… 안 좋은 건 아니지만, 아니, 안 좋았달까 뭐랄까……."

경악에 사로잡힌 가이어스에게서 대답을 바라는 건 불가 능했다. 그렇다면 다른 누군가…… 하고 주위를 둘러봐도 모두 상당히 놀라 있었다. 유일하게 냉정해 보이는 루메이 어에게 시선을 향했다.

"하아…… 드래고뉴트 말이네. 연합 북쪽 산맥에 사는 종족 으로, 이 세계에서는 가장 강한 육체를 가졌다고 알려져 있 어. 뭐 실제로 터무니없이 강한 종족이지. 속세에는 관여하 지 않으려는 녀석들인데. 그보다 너, 그런 것과 싸운 거야?"

"네."

"설마 그 녀석도 쓰러뜨렸어?"

"천만에요. 부상을 입고 겨우 무승부로 만들었어요."

스이메이는 "진 것에 가깝죠"라고 덧붙였지만, 그럼에도 루메이어는 "정말 상식 밖이야" 하고 더욱 질려했다.

대화가 끝나자, 스이메이는 레피르 쪽을 보며 말했다.

"나는 레피의 의견도 참고하고 싶은데."

"나도 루메이어 님과 같은 의견이야. 드래고뉴트는 강해. 게다가 그들은 마족과 가까운 곳에 살면서도 지금까지 멸망 하지 않고 종족을 유지해왔을 정도야. 소수로도 다수와 여 유 있게 싸울 수 있는 힘을 가진 거겠지."

그 말을 듣고, 스이메이는 인르가 나타났을 때 그가 마족에 대해 했던 혼잣말을 떠올렸다.

"아—. 그리고 보니 날벌레 어쩌고 같은 말을 했었어—!"

"그러게…… 그 장면을 보면 터무니없이 강하다는 말도 수긍이 가."

그때 상황을 떠올린 두 사람이 동시에 깊은 한숨을 내쉬자, 셀피가 의문을 던졌다.

"하지만 드래고뉴트하고는 왜 싸우게 된 거죠?"

"글쎄? 하츠미를 데려간다고 했는데, 그 이상은 못 물어봤어."

"하, 하츠미를요?!"

"용사의 힘이 필요하다고 그러던데. 무슨 일인지."

스이메이가 무겁게 고개를 끄덕이자, 바이처가 버럭 소리를 질렀다.

"너, 왜 그런 중요한 걸 묻지 않은 거냐!"

"뭐?"

"용사님과 관계된 중요한 일이다! 그걸 못 알아내다니——."

"아— 거 참 시끄럽네. 힘으로 뭘 알아낼 수 있는 상대가 아니었어. 어쩔 수 없잖아. 어? 아니면 네가 대신 해볼래? 난 처음부터 끝까지 트라우마 축제였거든? 드래곤이라고, 드래곤! 세계 70억 인구와 그들이 만들어낸 문명을 혼자서 멸망시킬 수 있는 괴물하고 너는 싸울 수 있냐?! 어?! 어?!"

"그, 그건……."

스이메이가 덧니를 드러내며 세모눈을 뜨고 분개했다. 크르르르…… 하고 짐승처럼 으르렁대기까지 하는 스이메이를, 페르메니아와 레피르가 "워워" 하고 달랬다.

"내가 말이야?!"

"진정하세요, 스이메이 님. 스이메이 님답지 않아요……."

"지금 나답게 챙길 때가 아니잖아!"

"스이메이. 이야기가 뒤죽박죽이야. 네가 살던 세계에서 싸운 상대와는 다르잖아?"

"다르지만 드래곤은 드래곤이거든!"

"스이메이, 날뛰면 안 돼(꽉!)."

"끄아아아아아아아 레피, 찌부러져. 찌부러져. 찌부러져. 너무 꽉 눌렀잖아!"

레피르에게 양 어깨를 꽉 붙잡힌 스이메이의 모습에, 주위 사람들은 조금 전의 얘기도 있어서인지 당혹스러운 시선을 보냈다.

"스이메이답지 않네요."

"꽤 궁지에 몰렸던 것 같아요. 비슷한 상태의 스이메이 님을 전에도 본 적 있구요……."

페르메니아가 지금의 스이메이와 겹쳐본 것은 스이메이가 이 세계에 소환되었을 때 알현실에서 크게 흥분하던 모습이다. 그때도 스이메이는 부당한 상황에 냉정함을 잃었었다. 마술을 사용해 날뛰지 않을 만큼의 자제력은 갖추고 있겠지만, 과연 이럴 때는 또래다운 모습이 나오고 마는 것이리라.

스이메이가 진정할 때를 기다렸는지, 마침내 가이어스가 질문했다.

"이름 정도는 묻지 않았어?"

"아, 응…… 인르라고 했어."

"인르라……."

"응? 잠깐, 어디선가 들어본 이름인데……."

가이어스는 짚이는 데가 없는 것 같지만, 루메이어는 들어본 적이 있는 모양이었다.

문득 본 셀피의 얼굴이 창백해져 있었다.

"셀피?"

"……들어본 적 있어요. 백 년 전쯤에 엄청나게 강한 드래고뉴트가 있었다고. 당시 누구도 쓰러뜨릴 수 없었던 『인간을 먹는 마인』을 쓰러뜨렸다고요."

"그게 그 녀석이라고?"

"분명 제 스승은 그 드래고뉴트를 인르라고 했어요. 아마도……."

"……아이고 맙소사 그런 녀석이었단 말이지──. 그런데 백 년 전이라는 건 꽤 오래 산다는 거네."

스이메이가 질린 한숨을 내쉬자, 그에 대답하듯 루메이어가 입을 열었다.

"드래고뉴트는 엘프나 드워프와 마찬가지로 장수 종족이야. 나도 인간을 먹는 마인 이야기는 들어본 적이 있으니까. 아마도 그 드래고뉴트도 백 년에서 이백 년 정도는 살지 않

있을까?"

"우에…… 이 세계에 오래 사는 녀석들이 그렇게나 많은 거야? 오싹해지는데."

스이메이가 어깨를 감싸며 떠는 시늉을 하자, 페르메니아가 물었다.

"오래 사는 게 안 좋은 거예요?"

"내가 있던 세계에서는 그런 녀석들은 대부분 위험하다는 인식이 있어. 백 년 된 녀석이라면 위험한 건 상당히 위험하지."

"스이메이 님이 그렇게까지 말하는 상대는…….."

페르메니아가 심각한 표정으로 중얼거렸다. 한편 스이메이는 그 장수 괴물들을 떠올렸다. 결사의 맹주에, 의장, 요괴 박사. 그리고 그리드 오브 텐(마에 떨어진 십인)의 마술사들도 그렇게 다들 가공할 만한 힘을 가졌다.

대화가 잠시 중단되자 문득 하츠미가 말했다.

"이야기는 이쯤 해두는 게 어때? 나는 괜찮지만…….."

하츠미는 걱정스럽게 스이메이를 바라보았다. 그런 하츠미의 배려에 스이메이는 특별히 강한 척하지 않았다.

"나는 슬슬 쉬고 싶어. 오늘은 그만할래."

하츠미도 피곤한 것을 눈치채고, 스이메이는 직접 그렇게 말했다. 남자로서는 강한 척해야 할 때인지도 모르지만, 용사가 그런 말을 하는 것은 병사의 심리에도 영향을 끼친다고 생각해서였다.

쉬러 가기 위해 일어서자 문득 등 뒤에서 기척이 느껴졌다. 그 기척의 주인공이 누구인지 스이메이가 확인하려 했을 때——

"스이메이는 못 움직일 것 같네. 그럼."

"응?"

레피르의 목소리가 들리는가 싶더니 난데없이 팔을 붙잡혔다. 그리고 몸이 공중에 떴다. 그 후 알 수 없는 회전과 비틀림이 신체에 가해졌다. 어느새 스이메이의 몸은 레피르의 등에 안착해 있었다.

"잠깐, @×○△?!"

"스이메이, 알아듣게 말해?"

"장난해?! 그보다 뭐하는 거야, 레피?!"

"움직이는 게 귀찮은 것 같아서 업어줘야겠다고 생각한 건데?"

배려는 고맙지만 남자가 여자에게 업혀 있기 때문에 주위에서는 이상한 시선을 보내왔다.

"하, 하지 마! 하지 마! 내려! 난 괜찮으니까, 내려줘!"

"안 돼. 피곤하잖아. 무리하지 않는 게 좋아."

"무리고 뭐고 여자한테 업히다니, 완전 꼴사납잖아!"

"그건 어쩔 수 없어. 네가 힘을 다 쓴 탓이야."

"그건 내 탓이⋯⋯."

아니야, 라고 스이메이가 말하려 했지만, 어느새 루메이어가 소리 죽여 웃고 있었다.

"크, 크크큭……."

"잠깐, 거기 웃지 마!"

"아니 그게……."

"그게는 무슨! 그보다 메니아는 왜 웃어!"

"그게, 스이메이 님이 그렇게 흥분하시는 모습이 신기한 걸요. 후, 후후후……."

페르메니아도 스이메이에게 지적당했지만, 부드럽게 미소 지을 뿐이었다. 전혀 편이 되어 주지 않는다.

그래도 스이메이가 계속 저항하자, 이번에는 리리아나가 말했다.

"스이메이. 호의를 받아들일 줄 아는 것도 어른의 도량이에요."

핵심을 찌르는 것은 언제나 천진난만한 자다. 결국 업히는 것을 피할 수 없다고 깨달은 스이메이는 우렁찬 목소리로 외칠 수밖에 없었다.

"이런 젠자아아아아아아아앙! 너희들 나중에 두고봐아아아아아아아아!"

그 후, 하루 정도 요새에서 휴식을 취한 스이메이 일행은 다시 미어젠으로 향했다.

제2장 영웅의 무기를 찾아서

제국에서 제3황녀 그라체라 필라스 레이젤드를 여정의 동료로 받아들인 레이지 일행은 사디어스 연합 자치주에 도착해 있었다.

북부에서는 가장 서쪽에 위치한 자치주는 남미에 위치한 국가 칠레처럼 가늘고 긴 영토를 가졌으며, 바다에 면한 지방 행정구이다.

사디어스 연합 자치주라는 까다로운 이름인 것은 예로부터 이 지역이 행정 문제나 폭군의 대두 등으로 연합에 가입과 이탈을 반복한 탓에 명칭이 안정되지 않았기 때문이다. 현재는 연합 종주국인 미어젠이 자치를 맡긴 의회가 지역 행정을 운영했다.

레이지 일행은 국경에서 구세교회가 준비해준 마차를 갈아타고 현재는 자치주의 중심인 아티라라는 도시로 향하고 있었다. 마차 뒤에는 아스텔에서 따라온 기사 셋과 그라체라의 부하인 제국군 몇 명이 동행했다.

마차에 탄 사람은 레이지 일행 네 명이다. 그라체라는 적대했던 것도 있어, 제국을 떠나기 전에는 결코 사이가 좋았다고는 할 수 없었다.

"좀 들어봐―! 저번에 제국에서 알현했을 때 황제 폐하가 나를 노려보는 거 있지! 나는 딱히 아무 짓도 하지 않았는데 말이야. 너무하지 않아?"

"왜 아니겠어. 누구한테나 늘 그렇게 대해. 적어도 가족이나 측근한테는 적당히 좀 하면 어때서. 게다가 뭐야? 나한테 이런 일을 억지로 떠맡기고. 평소에는 여신이나 교회가 하는 말 같은 건 제대로 듣지도 않으면서. 꼭 이렇게 뜬금없는 순간에만 다른 녀석들이 하는 말을 듣는다니까. 오락가락하는 것도 정도가 있지."

"그리고 또! 하드리어스 공작이랬나? 그 사람도 완전 나빠! 사람을 함정에 빠뜨리고, 인질로 삼고, 레이지를 곤란하게 만들고!"

"흥. 잘난 녀석들은 하나같이 다 그렇게 시시해."

"맞아─!"

……어쩐 일인지 마차 안은 미즈키와 그라체라의 푸념 대회가 되어 있었다. 그 상대는 송구하게도, 네페리아 황제와 하드리어스 공작이다. 바로 얼마 전까지만 해도 그라체라도 그『시시한』사람에 포함되었지만, 어쨌든─.

덜컹거리는 마차의 움직임에 맞춰 까아, 까아 하는 소리가 멈추지 않는 와중에 그 소란을 고조시키는 두 사람을, 티타니아는 한 걸음 물러선 시선으로 바라보았다.

"……미즈키, 의외로 거침없는 성격이었네요."

그런 독백 같은 말에 반응한 것은 옆에 앉은 레이지다.

"정말. 그 딸 앞에서 불평을 하다니 말이야."

"그것도 그렇지만 그라체라 전하와 대등하게 말할 수 있게 된 게 놀랍달까요…….”

지금 미즈키가 대화하는 사람은 틀림없이 황족이다. 그라체라가 미리 편하게 하라고 말했지만, 시간이 오래되지 않은 이상 보통은 경어를 사용해야 마땅하고 대화할 때도 망설이게 되는 법이다.

하지만 미즈키가 그러지 않는 것은 어느 의미로 무지 때문이라고도 할 수 있었다. 현대에 살던 여고생이기에 불경죄라는 부조리를 다는 이해하지 못하는 것이다.

그러나 기본적으로는.

“미즈키는 대부분 누구와도 친해질 수 있는 타입 같아. 거리감을 쉽게 좁힌달까. 상대가 무례하다고 느끼지 않게 한달까. 미즈키의 장점 중 하나야.”

“단점도 알고 있고요. 후후후…….”

“하하하…… 그래. 여러 가지로 굉장했어.”

티타니아의 미소에 레이지가 메마른 웃음을 지었다. 미즈키의 단점이라면 가장 먼저 떠오르는 것이 **그것**이기에 피로가 확 몰려오는 듯했다.

한편, 티타니아는 그것을 두고 한 말이 아니었기 때문에 이렇게 물었다.

“혹시 저번에 말한 중2병이라는 심각한 병 말인가요?”

“어, 무서운 병이야. 미즈키는 꽤 중증이었거든. 영문 모를 소리에 더해 터무니없는 위험까지 불러들여.”

“위험한가요?”

"응. 멀리서 일어난 나비의 날갯짓이 이쪽에 왔을 때는 엄청난 폭풍을 일으키는 것처럼, 미즈키가 한 말이 주위에 이상한 영향을 미쳐서 그게 몇 배로 튀어서 되돌아와."

"비유로 든 이야기는 잘 모르겠지만, 무슨 말인지는 왠지 알 것 같아요."

"응. 스이메이가 말하기로는 인지 바이어스가 일으킨 저주의 일종이래. 전달에 따른 저주와 공포의 나선 중복이라나 뭐라나."

"스이메이가요?"

"처음에는 스이메이가 진지한 얼굴로 영문 모를 소릴 했었으니까. 질이 나쁜 건 미즈키의 말보다 진실성이 있어서, 스이메이가 이상한 일이 일어난다고 하면 확실히 위험한 일을 당한다는 거지만."

"……레이지 님. 그 위험이라는 건 사실 스이메이가 일으킨 게 아닐까요?"

"어떤 의미로는 그럴지도 몰라. 미즈키가 4할, 내 오지랖이 4할, 스이메이가 나머지 2할이었을까……."

"…………."

레이지가 멀리 창밖으로 시선을 던졌다. 그런 레이지의 그리워하는 듯한 모습에, 티타니아는 아무 말도 할 수 없어졌다.

그때 어느새 푸념 대회를 마친 미즈키가 미소를 띤 채 레이지에게 다가왔다.

"저기 레이지. 지금 티아랑 무슨 얘기 하지 않았어?"

"응? 아니 딱히. 아무 말도 안했는데?"

레이지는 설마 들렸을 거라고는 생각하지 않았다. 그만큼 흥이 올랐던 것을 후회한 것도 잠시, 레이지는 배신의 쓴맛을 보았다.

"미즈키의 과거에 대해서 레이지 님께 조금 들었어요."

"티, 티아?!"

"레ー이ー지ー! 나한테는 말하고 싶지 않은 과거가 산더미라는 걸 알 텐데! 응?!"

"하지만 그건 대부분 자업자득……."

"그럴지도 모르지만! 그래도!"

미즈키는 레이지의 양 어깨를 잡고 앞뒤로 붕붕 흔들었다. 미즈키가 그런 귀여운 복수를 하고 있자, 그라체라가 대화에 끼어들었다.

"호, 미즈키의 과거라니 궁금하네. 나도 가르쳐줘. 재미있겠어."

"그라체라 씨는 안 들어도 돼!"

"뭐야? 나만 따돌리는 건가."

"그런 게 아니야! 아아, 정말! 이게 다 레이지 때문이야!"

그렇게 외치며 미즈키는 마차 안에서 양손을 휘휘 저었다. 결국 그런 미즈키를 달랜 사람은 원흉인 레이지다. 그 광경을 보고 그라체라가 피식 웃었다.

"여기 있으니 지루할 틈이 없네."

"맞아요. 두 사람 모두 밝으니까요."

웃는 얼굴로 동의한 티타니아는 돌연 진지한 표정을 지었다. 그리고 아직 레이지와 미즈키를 보고 있는 그라체라를 향해 물었다.

"하지만 괜찮은 건가요? 그라체라 전하."

"뭐가?"

"우리와 함께 가는 것 말이에요."

"그거라면 여신 때문에 어쩔 수 없다고 말했던 것 같은데?"

"아뇨, 그것도 그렇지만 제가 묻고 싶은 건, 제국이 지금 같은 때에 제도를 떠나는 것에 대해서예요."

티타니아의 에두른 물음에 그라체라는 질린 것처럼 어깨를 움츠렸다.

"내 나라를 타국의 공주가 걱정하다니. 설마 제국의 약점을 잡으려는 건 아니겠지?"

"마족이 세력을 떨치고 있는 지금, 인간들끼리 대립하는 건 어리석어요. 동맹국의 위기는 자국의 위기로도 이어지고요."

"맞는 말이야."

"그래서요?"

"응, 솔직히 떠나고 싶지 않았어. 그 의문스러운 사건 때문에 악당들이 줄은 건 줄은 거고, 힘 있는 귀족들이 줄어들어서 제국의 전력 저하는 부정할 수 없게 됐으니까. 그러지 않아도 주변국과 사이가 좋지 않아."

"지난번에는 그라체라 전하가 직접 아스텔 영내까지 왔었 잖아요."

"그건 분명 무리한 행동이었지만, 사실 필요한 거였잖아? 마족이 먼저 쓰러져서 결과적으로 나에 대한 나쁜 감정이 커진 것뿐이야."

확실히 그것은 그라체라의 말이 맞다. 아스텔과 네페리아 는 동맹국이다. 만약 그때 함께 마족군과 싸웠다면 그라체 라의 행위는 칭찬받았을 것이다.

허가를 받지 않은 탓에 충동적이라는 비판의 대상이 되었 지만, 요 근래 제국의 평판을 회복하기 위한 도박이었다고 한다면 그다지 비판받을 일도 아니다.

가시 돋친 티타니아의 말을 일축한 그라체라는 제국 쪽을 향해 시선을 던졌다.

"……걱정은 돼. 전쟁터에 나갈 수 있는 귀족들이 줄어든 지금 마족이 제국을 대규모로 침공해 온다면 우리는 큰 타 격을 입을 거야. 게다가 지금 같은 정세에서는 동맹국도 움 직이지 않을 가능성도 있어."

"제국 단독전이 될 수도 있다는 건가요."

타국의 협력을 얻을 수 없어서 곤란한 것은 단순히 원군 을 기대할 수 없는 것뿐만은 아니다. 곳곳에 병참 기지를 설 치할 수 있는 이점을 잃어 물자나 정보 등의 원조가 막히는 것도 전투에서는 큰 타격이다.

제국은 광활한 영토를 가진 만큼 타국의 지원 유무는 중요하다.

"도대체 누가 뒤에서 조종하는 건지……."

그런 그라체라의 난감한 목소리를 들은 레이지의 머릿속에 문득 한 남자가 떠올랐다.

──하드리어스 공작.

집무 책상에 앉은 그 남자의 모습을 떠올리고, 레이지는 우뚝 멈추었다. 예감이 전기처럼 전달되었을까. 레이지가 갑자기 움직임을 멈춘 것을 이상하게 생각한 미즈키가 고개를 갸웃하며 물었다.

"레이지, 왜 그래?"

"아니……."

괜찮다고 대답하면서도, 레이지는 생각을 굴렸다.

그래, 만약, 만약에 말이다. 하드리어스가 뒤에서 손을 써서 자신들의 동향을 조종했을 가능성은 없을까.

그렇다면 그때 그라체라에게 마족 침공 정보를 흘린 것도 하드리어스라는 스이메이의 예상도 납득이 간다. 마족 전멸은 예상 밖이었다고 해도 애초에 스이메이를 미끼로 삼고 있었기에 설령 그레고리에게 피난 지시를 내렸다 해도 자신들이 아스텔로 돌아갈 것은 예상할 수 있다. 그리고 그곳에서 그라체라와 만나게 하면 인질 건도 합쳐져서 그 후의 제국행 이야기도 순조롭게 이끌어갈 수 있다.

그러나 그렇게 되면 그라체라가 자신들에게 합류하는 것은 말이 맞지 않는다.

하드리어스는 그라체라를 견제하는 한편 동향을 감시하라고 하면서 자신들을 제국에 보냈다. 만약 그의 계획대로라면 자신들은 그라체라의 동향을 감시하기 위해 제국에 남았어야 한다.

그렇다면 하드리어스가 교회에 어떤 압력을 가해 그라체라를 움직이게 했다는 것은 행동에 일관성이 없어 보인다.

그라체라가 동료가 되면 자신들은 자유롭게 움직일 수 있다. 그라체라와 함께 움직이는 것이 그의 계획이라면 얘기는 다르지만, 그것은 그것대로 일이 복잡하다. 교회에 압력을 가할 수 있다면, 단순히 그라체라를 자신들의 여정에 합류시키면 그만이다.

게다가 그라체라 건은 여신이 내린 신탁의 결과라는 것도 있다.

"구세교회와 하드리어스 공작……."

레이지가 갑자기 중얼거린 말을 이해하지 못하고, 미즈키가 다시 물었다.

"그게 왜?"

"지금 우리가 여기 이렇게 있는 건, 그 두 가지 때문이 아닐까 해서."

"무슨 말이에요?"

"방금 그라체라 전하가 말한 대로 누군가가 손을 써서 우리를 움직이게 한 거라면, 적어도 그 두 개가 관여했을 거라 생각해."

레이지가 티타니아의 물음에 대답하자 이번에는 그라체라가 물었다.

"구세교회와 하드리어스 공작이 손을 잡고 일을 꾸민 거라고?"

"아뇨, 그건 가능성이 낮다고 생각해요. 그렇다면 이렇게 일을 복잡하게는 만들지 않았을 테니까요."

"흠……."

레이지의 말을 듣고 그라체라는 턱을 문질렀다. 역시 자신이 관계된 일이기에 생각에 잠길 수밖에 없는 것이다.

한편 티타니아가 소견을 밝혔다.

"하드리어스 공작은 제국과 영지가 인접해 있으니 제국이 고립되는 건 환영이겠죠."

"호, 자국의 영주에 대해서 꽤 냉정한 발언을 하네?"

"전 그 남자가 싫거든요."

"졌기 때문인가."

"윽!"

그라체라에게 핵심을 찔려 티타니아가 평소답지 않게 신음했다. 그때 미즈키는 비슷한 이야기를 들었던 것을 떠올렸다.

"티아가 졌어? 아, 그러고 보니 전에도 루카 씨가 비슷한 말을 했던 것 같은데…….”

“아무것도 아니에요! 신경 쓰지 마세요!”

일국의 공주가 손을 파닥거리면서 필사적으로 얼버무리려 했다. 참으로 궁색한 모습이지만, 미즈키도 그 이야기에는 그다지 흥미가 없는 듯했다.

“그렇지만 정말로 그런 거라면 왜 그런 일을 하는 걸까? 교회가 우리를 움직이는 건 이해가 가지만, 하드리어스 공작이 그런다는 건…….”

“나도 모르겠어. 이 일에 대해서는 다시 스이메이하고 얘기할 필요가 있겠어.”

“그러게. 역시 스이메이가 있어야 해.”

역시 셋 중에서는 브레인 역할을 하는 스이메이가 필수일까. 레이지와 미즈키 둘이서 그런 것을 확인하고 있자, 그라체라가 의문을 던졌다.

“아무리 그래도 레이지, 넌 그 남자를 꽤 높게 평가하는구나.”

“그 남자라면, 스이메이? 응, 뭐.”

“스이메이는 문제가 생기면 의지가 되니까. 우리가 생각하지도 못한 의견을 내기도 하고.”

“보통은 초조해할 상황에도 스이메이는 냉정하니까.”

“그 대신 이상한 데서 흥분하거나 멍청해질 때도 있지만…….”

그런 것만 없으면 완벽할 텐데…… 하고 미즈키는 쓴웃음을 지으면서 한숨을 쉬었다.

한편 그라체라는 티타니아에게 비밀 이야기를 하듯 타타니아의 귓가에 입을 가져갔다.

"레이지하고 미즈키는 그 녀석의 실력을 모르는 거지?"

"네. 하지만 중요한 순간에 빈틈이 없는 건 두 사람도 아는 모양이에요."

"너무 오지랖을 부려서 숨기지 못한 부분인가. 허술한 남자야."

"스이메이의 행동에 일관성이 없어 보이는 건, 분명 하고 싶은 일과 해야 하는 일 사이에 있기 때문일 거예요. 그렇게 생각하면 지금까지 그가 보인 행동도 납득이 가요."

"호오?"

"뭐 대부분은 서툴기 때문이겠지만요."

티타니아가 스이메이에 대한 감상을 말했다. 문득 그라체라가 묘한 시선을 보내는 것을 깨달았다.

"……왜요?"

"아니, 말투가 신랄한 건 그 남자에게도 졌기 때문인가 하고."

그라체라가 넌지시 지기 싫어하는 성격을 지적하자, 티타니아는 부끄러움에 얼굴을 빨갛게 물들이고 소리쳤다.

"——저는 딱히!"

"역시 그랬어. 이거 참, 티타니아 전하는 보기와는 다르게 지기 싫어하는 성격이네."

"그라체라 전하야말로 남 얘기를 할 때가 아닐 텐데요! 결국 당신도 스이메이의 계획대로 움직였잖아요!"

티타니아가 부끄러움을 감추려 소리쳤다. 결국 두 사람 모두 이긴 적보다 진 적이 많은 것을 분하게 생각하는 것에는 변함이 없지만, 어느 쪽도 인정하려 하지 않는 모습이다.

그런 입씨름 도중, 티타니아는 레이지와 미즈키가 얼굴을 나란히 하고 대화를 지켜보는 것을 깨달았다.

"……왜요? 미즈키?"

"아니. 의외로 사이가 좋구나 해서."

"무슨요. 저는 딱히 그라체라 전하와 친하지 않아요!"

"그래, 미즈키. 오해하지 마. 나는 티타니아 전하와 친해질 마음은 없어."

한목소리로 그렇게 말했지만, 보고 있던 두 사람은 이미 생각을 굳힌 모양이다.

"그야."

"그렇지?"

만족스럽게 끄덕이는 레이지와 미즈키에게 티타니아가 소리쳤다.

"레이지 님까지!"

"……티타니아 전하 때문이잖아? 애초에 그런 걸 묻지 않았으면 이렇게는 안 됐어."

"왜 피해자인 척이에요! 당신이야말로 계속 주절댔잖아요!"

"뭐라고오?!"

"뭐요!"

두 사람이 으르렁거리면서 서로를 위협했다.

……결국 마부가 구세교회에 도착한 것을 알리기 전까지, 마차 안은 티타니아와 그라체라의 목소리로 시끄러웠다.

구세교회에는 이동하기 전에 사신을 보내두었기에 도착 후의 이야기는 순조롭게 진행되었다.

레이지 일행이 찾는 용사가 남긴 유물은 교회와는 다른 장소에 있었다. 교구장인 사교에게 인사한 뒤 교회에서 다시 마차로 이동해 도착한 곳은, 도심에서 살짝 떨어진 곳에 지어진 거대한 신전이었다.

거대한 돌기둥이 여러 개 늘어선 외장 안에 석고로 만들어진 건물이 있고, 그 안에 원당이 설치되어 있다. 마치 그리스의 파르테논 신전과 로마의 판테온을 합친 듯한 외관이다.

가까이 다가가자 그 박력에 압도당할 뿐이었다. 예상했던 대로 미즈키도 세계 유산을 본 것처럼 감탄사를 쏟아냈다.

"우와— 굉장해!"

그렇게 말하며 아이처럼 달려가는 미즈키에게 티타니아가 어머니처럼 말했다.

"미즈키, 그렇게 뛰면 넘어져요!"

"괜찮아! 스이메이표 신발은 초 고품질이니까. 저쪽 세계

신발보다 훨씬 편하고 성능도 좋아! 아무리 뛰어도 문제없어! 봐!"

정체불명의 동물 가죽으로 만들어진 신발을 가리키며, 미즈키가 여봐란듯이 뛰어 보였다. 티타니아는 그런 미즈키에게 질려하면서도 부드러운 미소를 보내며 신전으로 향했다.

레이지도 그라체라와 수행 기사들과 함께 그 뒤를 따라갔다. 머지않아 입구 앞에 도착하자 그곳에는 구세교회의 수도복을 입은 수도사들이 줄을 지어 대기하고 있었다.

미리 연락받았기 때문일 것이다. 그들 중 대표자로 보이는 수도녀가 앞으로 나왔다.

"처음 뵙겠습니다. 저는 이 신전을 관리하는 파이레이라고 합니다. 잘 오셨습니다, 용사님. 이세계에서 오신 손님. 그리고 두 전하."

여성은 환영 인사를 한 뒤 머리를 숙였다. 그리고 후드를 벗었다.

흰 피부와 흰 머리, 그리고 끝이 뾰족한 귀가 드러났다. 녹색 눈동자와 복숭앗빛 입술을 가진, 아름다우면서도 어딘가 요염한 분위기를 풍기는 엘프였다.

용모는 이십 대 후반에서 삼십 대 정도. 옷차림은 청빈하지만 혈색 좋은 입술이 요염함을 부각시켜 세속과 동떨어진 섹시함이 느껴졌다.

뒤에 있던 미즈키가 "예뻐!" 하고 흥분한 목소리로 외치자, 레이지가 대표로 한 걸음 앞으로 나와 파이레이의 인사에 답했다.

"샤나 레이지입니다. 오늘은 바쁘신 와중에 시간을 내주셔서 감사합니다."

"그렇게 정중히 말씀해주시니 감사할 따름이네요, 용사님. 하지만 저희들은 그렇게 바쁘지 않은걸요?"

"인사치레로 하는 말이니 아낌없이 받아주세요."

장난스럽게 미소 짓는 파이레이에게, 레이지가 미소로 화답했다. 그런 레이지를 아랑곳하지 않고 그 뒤에서 그라체라가 말했다.

"역시 저건 작업이지?"

"어쩔 수 없어, 레이지는. 누구한테든 기본적으로는 저렇게 친절하니까."

그라체라와 미즈키가 그런 감상을 주고받는 사이에 대화가 진행되었을까. 파이레이의 안내를 받으면서 레이지가 걸음을 옮겼다. 이야기는 걸어가면서 하기로 했을 것이다.

뒤따라 들어간 신전 내부는 어두컴컴했다. 빛은 천장 부근에 달린 채광창으로 들어오는 햇빛뿐이다. 회색을 띤 석벽에 여러 개의 빛줄기가 쏟아져, 공중에 뜬 먼지가 잘 보였다. 새벽의 교회 같은 분위기로 신성함이 느껴지는 구조였다.

걸으면서 파이레이가 본론을 꺼냈다.

"이야기는 이미 들었어요. 유물을 원하신다고요."

"네. 꼭 제가 쓸 수 있었으면 합니다."

"드리는 건 상관없지만, 레이지 님이 원하시는 유물이 레이지 님께 도움이 될지는 미지수예요."

"그 이야기는 엘 메이데의 용사 엘리어트에게 들었습니다. 사용자를 선택한다는 얘기 말이죠?"

"네. 용사님이 남기신 유물은 과거에 한 번도 **자기 것**으로 만드신 분은 없었으니까요. 저희들도 도움이 될지는……."

"상관없어요. 우선은 사용할 수 있는지만 시험하게 해주세요."

레이지가 정중히 부탁하자 파이레이는 "네" 하고 승낙했다. 한편 그라체라는 내부를 둘러보며 의아한 표정을 지었다.

"이런 곳에 그런 게 있단 말이지."

의심하는 듯한 그라체라의 발언에 티타니아가 물었다.

"그라체라 전하는 이곳을 아세요?"

"이전에 한 번 방문했었어. 그때도 이렇게 내부는 둘러봤지만 재미있는 건 없었어. 중요한 건 보여주지 않는다고 했고."

그렇게 말한 뒤 그라체라는 불만이라는 듯이 입을 삐죽거렸다. 스이메이였다면 "그건 중요한 거니까 그렇지, 멍청아"라고 지적했을 발언이다.

어쨌든 티타니아도 주위를 둘러보며 내부를 관찰했다.

"확실히 제가 보기에도 아무것도 없을 것 같은데……."

"네, 이곳에는 아무것도 없어요. 유물을 보관하기 위해서 내부를 살짝 사용하고 있을 뿐이라서, 대부분은 외관에서 보여지는 게 다예요."

"헤에— 말하자면 창고 같은 거네."

"미즈키 그건 너무 비약이에요……."

미즈키의 초등학생 같은 감상에 티타니아는 두통을 일으킬 것처럼 피곤한 목소리로 말했다.

한편 미즈키는 그런 반응에 아랑곳하지 않고 파이레이에게 소박한 의문을 던졌다.

"파이레이 씨. 이곳은 꽤 깨끗한데 언제 지어진 거예요?"

"폭군을 쓰러뜨린 직후에요. 당시에는 급히 봉인해야 하는 것이 있어서 우선은 작은 보관 장소를 만들고 그 후에 이렇게 견고한 신전을 세웠어요."

그러자 미즈키는 뭔가가 의아했는지 고개를 갸웃하며 말했다.

"어쩐지 본 것처럼 말하네요."

"네. 봤으니까요."

"네?"

미즈키가 얼빠진 소리를 냈지만, 파이레이는 온화한 미소를 머금었다. 그런 심중을 알 수 없는 파이레이에게 레이지가 조심스럽게 물었다.

"저기 나이를 묻는 건 실례지만…… 파이레이 씨는 몇 살이세요?"

"정확히 세어보지는 않았지만, 얼마 전에 500살이 됐을 거예요."

"오오오오오, 오백 살이요?!"

"여, 역시 엘프야……."

레이지가 낭패한 목소리로 외치고, 미즈키가 입을 딱 벌렸다. 이세계에 온 지도 꽤 되었지만, 몇 백 년을 넘게 산 자를 직접 보는 것은 처음이었기에 놀라움을 감출 수 없었다. 한편 티타니아와 그라체라에게는 상식인지 조금도 놀라지 않았다.

"그렇다는 건 당시의 용사도 아신다는 건가요?"

"네. 제가 훨씬 젊었을 때 만나 뵈었어요."

"어떤 사람이었는데요?"

"당시 용사님은 세 분이셨는데, 세 분 모두 깊은 지식과 강한 힘의 소유자로, 이 땅을 폭군으로부터 구해주셨어요."

걷다 보니 어느새 안쪽 문에 도착했다.

"여기예요?"

"아뇨, 찾으시는 물건은 더 안쪽에 보관되어 있어요."

파이레이는 그렇게 말했지만, 미즈키가 그 말이 틀렸음을 알아챘다.

"어라? 뭔가 있는데? 파이레이 씨, 이건 아니에요?"

"아, 그건 말이죠."

그렇게 말하며, 파이레이는 선반 위에 놓인 나무 상자를 들고 왔다. 레이지 일행 앞에서 상자를 열자, 마치 현대 세계에 있는 회중시계 같은 물건이 나왔다.

파이레이는 보기 쉽게 물건을 꺼내 레이지에게 건네주었다.

레이지가 보기에도 그것은 역시 시계처럼 보였다. 로마숫자와 비슷한 문자가 그려진 문자판에, 쇼텔처럼 완만하게 휜 단침과 장침이 겹쳐서 붙어 있었다. 사용된 숫자도 이세계의 것이 아니고, 아주 불가사의한 시계였다.

"이건 뭐죠?"

"라케시스미터(시간의 저울)라는 물건이래요. 당시의 용사님이 새크라멘트와 함께 가지고 있었어요."

레이지는 파이레이의 설명을 들으면서 용두에 해당하는 부분에 손을 댔다. 그러나 작동시키기 위한 태엽 장치는 없는 모양이었다.

"움직일 수 없는데, 어떻게 사용하는 거죠?"

"그게…… 저희들은 몰라요."

"모른다고요? 사용법은 전해지지 않은 거예요?"

"당시의 용사님은 이 물건에 관해서는 자세히 말씀해주시지 않으셨어요. 저희들 세계에는 아마 관계가 없을 거라고 하시면서. 이것은 새크라멘트와는 다르게 이쪽 세계에서는 의미가 없다고 하셨어요."

"의미가 없다는 건, 무슨 뜻이죠?"

"잘은 모르지만 이쪽 세계는『세계의 끝』이 시작되지 않아서라고 하셨어요."

"세계의 끝이 시작되지 않았다?"

"네."

파이레이가 알려준 용사의 발언은 묘한 것이었다. 세계의 끝은 결과를 가리키는 개념이고, 처음과 끝이 있는 『기간』을 가리키는 단어가 아니다. 시작 따위는 있을 수 없고, 그 단어가 사용되는 시점에 이미 모든 것이 끝나 있다.

레이지 일행이 의아한 반응을 보이자, 파이레이는 미안하다는 듯이 입을 열었다.

"저도 잘 몰라요. 세계의 끝이 시작된다는 건 그 자체가 덮쳐오는 거라고 하셨는데, 그 이상은 알 수 없는 단어들로만 말씀하셔서……. 결국 관계없으니 신경 쓰지 않아도 된다는 말로 끝났어요."

파이레이는 그것으로 라케시스미터에 대한 설명을 마무리했다. 레이지 일행도 이것에 대해서 더 묻는 것은 무의미하다고 판단하고, 파이레이에게 본론을 꺼냈다.

"그럼 이제 무구를 봐도 될까요?"

"그래서 말이지만, 죄송해요. 이 앞은 안내해드릴 수가 없어요."

새크라멘트가 있는 장소일까. 파이레이가 안쪽을 가리키며 그렇게 사과했다. 파이레이의 종잡을 수 없는 행동에 먼저 티타니아가 노여움이 섞인 목소리로 물었다.

"무슨 말씀이시죠? 조금 전에는 미리 얘기를 들었다고 하셨잖아요."

"여기 있는 사람은 구세의 용사다. 협력하는 게 도리 아닌가?"

"아뇨, 드릴 수 없다는 말이 아니에요. 다만 새크라멘트는 엄격하게 관리되고 있어, 문에는 용사님께서 다루시던 마법으로 봉인술이 걸려 있어요. 봉인술을 풀려면 저를 포함한 전문 마법사가 몇 명은 더 필요하고, 해제하는 데도 반나절은 걸려요."

"그래서 지금 바로는 들어갈 수 없다?"

"네. 준비가 되는 대로 안내해드리겠지만, 아마도 내일쯤은 되어야 할 거예요."

"내일이라…… 꽤 엄중하네."

그라체라는 헛걸음을 한 기분인지 뭉친 어깨를 푸는 시늉을 했다. 바로 보여줄 수 없으면 오늘 안내할 필요도 없었잖아, 라는 말이라도 하고 싶을 것이다.

그러자 미즈키가 말했다.

"아무나 사용할 수 있는 것도 아닌데 그렇게까지 할 필요가 있어?"

"당시의 용사님은 이것은 이 세계에 있어선 안 되는 것, 세계의 이치를 비틀어버릴 만큼 강력한 힘을 가진 물건이라고 하셨어요. 그래서 그 힘이 풀리지 않도록 폭군의 유물과 함께 봉인하기로 한 거예요."

거창 혹은 과잉처럼 들리는 파이레이의 설명에, 레이지가 의문을 드러냈다.

"그 강력한 힘이란 게 뭔데요?"

"제가 보고 들은 건, 만물을 얼리는 힘이었어요."

"만물을?"

"네. 용사님은 만물에 간섭할 수 있다고 하셨고, 그 말대로 새크라멘트의 힘으로 얼릴 수 없는 건 존재하지 않았어요. 다른 용사님도 새크라멘트만은 예외라고 말씀하셨어요. 조건만 갖추어지면 그때는 신마저 죽일 수 있는 무기라고도 하셨죠."

"시, 신마저 죽일 수 있다고?"

"그렇게 오만한 물건이란 말인가요?"

파이레이의 말에 그라체라와 티타니아가 놀람과 분노를 드러냈다. 여신 아르주나의 은혜를 입고 살아가는 이 세계의 주민이기에 신을 죽인다는 말은 꽤 지나치게 들렸을 것이다.

마치 용사를 두둔하듯 파이레이가 고개를 저었다.

"아뇨, 원래의 용도는 그게 아니래요."

그 말에 미즈키가 무언가를 퍼뜩 떠올렸다.

"혹시 조금 전에 말했던 『세계의 끝』과 관련이 있어요?"

"네. 새크라멘트는 세계의 끝을 피하기 위해 만들어졌고, 그 영향으로 터무니없는 무기가 됐다고 해요."

"그런 물건이 이 안에……."

레이지는 안쪽 방으로 연결되는 문을 응시했다. 생각하는 것은 역시 그 안에 있을 무기다.

세계의 끝을 막고, 세계를 구할 수 있는 무기. 그런 것이

이 안에 있고, 자신은 그것을 손에 넣으려 한다.

흥분되는 한편, 너무 지나친 게 아닌가 하는 불안 역시 있었다.

해제 의식은 오늘 밤에 시작돼, 봉인이 풀리는 것은 내일이라고 했기에, 레이지 일행은 일단 파이레이와 헤어져 다시 마차를 타고 아티라로 향했다.

마차 안은 사람의 훈기와 비슷한 묘한 열기를 배고 있었다. 그도 그러리라. 파이레이로부터 그런 설명을 들은 뒤라면 흥분하지 않을 수 없다. 평소에는 침착한 티타니아조차 진정되지 않는지 끊임없이 다리를 들썽거렸다.

흥분이 가시지 않기는 레이지도 마찬가지였다. 어쩌면 터무니없는 무기를 손에 넣을지도 모르는 것이다. 그것도 지금껏 누구도 다루지 못했던 무기를 말이다. 우월 의식 따위는 조금도 없었지만, 자신이 특별하게 느껴지는 사항은 조금 기분 좋은 느낌을 주기도 했다.

빨리 만져보고 싶어. 시험해보고 싶어. 그런 생각을 하며 자신의 손을 응시하자, 문득 미즈키가 불렀다.

"저기 말이야, 레이지."

"응? 미즈키, 왜?"

"아까 파이레이 씨가 한 말 중에서 신경 쓰이는 게 있었는데, 레이지는 눈치 못 챘어?"

"눈치채다니?"

어딘가 거드름을 피우는 듯한 미즈키의 물음에 그렇게 되묻자, 미즈키는 험한 표정을 지으면서 말했다.

"응. 아까 그 사람, 파이레이 씨가 보여준 유물 중 하나, **라케시스미터**라고했지?"

"응. 그런데 그게 왜?"

"미터는 우리 세계에서 쓰는 단어잖아? 영어. 그리고 라케시스도 분명 외국의 신 이름이고."

"신 이름은 잘 모르겠지만, 미터는 그러고 보니 그러네."

하지만 그것이 어쨌다는 걸까. 레이지가 그런 의문을 담은 시선으로 바라보자, 미즈키는 그런 레이지의 둔함이 답답하다는 듯이 말했다.

"아우…… 잘 생각해봐, 레이지."

미즈키의 말대로 떠올려보았다. 과연 그때 무슨 일이 있었나. 미즈키가 말하는 것은 파이레이의 발언이기에 그녀의 행동에 의문이 있는 것은 아닐 테고, 게다가 의문이라면 특정됐다.

라케시스미터. 확실히 파이레이는 그렇게 말했다. 그것은 틀림없다. 틀림없──.

"아! 입 모양!"

레이지는 갑자기 깨닫고 깜짝 놀라 마차 안에서 일어났다. 한편 미즈키는 레이지가 드디어 깨달아준 사실에 신이 나 끄덕였다.

"그래 맞아. 파이레이 씨. 그때 분명히 라케시스미터라고 말했어. 영어— 즉 우리 세계의 말로.”

“역시. 그건 미즈키 세계의 말이군. ……티타니아 전하, 한번 말해봐.”

그라체라가 그렇게 말하자, 티타니아는 영문을 모르겠다는 표정을 지었다.

“왜 제가 지명당해야 하는 거예요? 정말……. 랴, 랴케슈 메이타아……?”

다른 세계에서 들어온 것이기에 이쪽 세계는 대응하는 물품도, 단어도 없다. 그 때문에 그녀들은 변환되지 않은 단어를 그대로 발음해야 했기에 연습하지 않으면 이상하게 발음하고 만다.

“풉…….”

“큭…….”

티타니아가 만들어낸 이상한 단어에 미즈키와 레이지는 참지 못하고 웃음을 터뜨렸다.

“둘 다 웃지 마세요! 정말!”

“미안, 미안!”

부끄러워서 얼굴이 빨개진 티타니아에게 레이지는 솔직하게 사과했다. 한편 티타니아에게 말해보라고 시킨 그라체라로 말할 것 같으면 짓궂게 웃고 있다. 티타니아가 그라체라를 부루퉁한 표정으로 쳐다보았다. 그런 두 사람을 보고 있자니, 그렇게 사이가 나빠 보이지도 않았다.

어쨌든——.

"······그래. 그럼 그걸 이 세계에 들여온 사람은 우리 세계 사람이라는 거네."

그 물품의 이름이 자신들 세계의 단어로 만들어졌다면, 자신들의 세계에서 건너왔다고 보는 것이 타당하다.

레이지는 그렇게 답을 냈지만, 그것을 가르쳐준 미즈키는 아직 대답을 서두르지 않았다.

"그럴지도 모르지. 하지만 그렇다면 말이야."

당시 소환된 용사는 세 명이다. 한 명은 새크라멘트의 주인이고, 다른 두 명은 마법사였다고 한다. 그리고 세 명 모두 같은 세계에서 불려왔다면.

"······우리 세계에 마법사가 있었다는 말이 되는 거네."

진실은 충격적인 것이었다. 레이지도 무심코 숨을 삼켰다. 자신들의 세계에는 사람들 모르게 그런 소설에 나올 법한 사람들이 있다고. 그렇게 생각하는 것만으로도 형용할 수 없는 기분이 되었다.

레이지가 그런 기분에 빠져 있을 때, 문득 옆에서 기분 나쁜 웃음소리가 들려왔다.

"후후후후후후후, 대박, 대박, 대~박! 레이지, 레이지! 우리 세계에 마법사가 있어! 정말 판타스틱해요오!!"

"미즈키, 썰렁해······."

"됐어! 일일이 태클 걸지 마!"

개그 지적에 미즈키가 뾰로통해졌다. 하지만 역시 좋은지 다시 표정을 풀고, 피식피식 새어 나오는 웃음을 참지 못했다.

"이제 더 이상 스이메이에게 중2병이라는 소리는 안 들어도 돼! 오히려 내가 맞았다는 사실이 마침내 증명됐어!"

"그러게. ……스이메이, 딱하게 됐네."

마차 안에 소녀의 득의양양한 웃음소리가 울려 퍼지고, 소년의 동정 섞인 한숨이 그 소리에 파묻혔다. 그것을 듣고 있던 다른 두 사람은 오히려 레이지와 미즈키를 딱하다고 생각했다.

그 와중에 그라체라가 입을 열었다.

"설마 당시의 용사들도 두 사람과 같은 세계에서 불려왔다니."

"그런 경우도 있나 보네. 우리 세 사람만 해도 그렇고. 우리 세계의 인간은 영걸 소환으로 불러들이기 쉬운 걸지도 몰라."

레이지는 그런 식으로 생각했지만, 미즈키의 생각은 조금 다른 듯 혼자서 짐짓 안다는 표정으로 미소를 지었다.

"하지만 아직 모를 일 아니겠어? 아직 가능성이 있다는 단계니까. 어쩌면 패러렐 월드일 가능성도 있고."

"패러렐 월드, 요?"

"응. 우리가 사는 세계와 똑같은 세계가 실은 몇 개나 더 있고, 거기에 다른 미래가 있는 거야. 이 평행 세계에 사는 나는 이세계에 소환됐지만, 다른 평행 세계에 사는 나는 소환돼지 않았다거나."

"우⋯⋯⋯⋯ 어렵네요."

"그런가. 하긴 그렇지."

티타니아가 미간을 찌푸리며 인상을 쓰자, 미즈키는 쓴웃음으로 답했다. 역시 개념이 발달하지 않은 세계에서는 상상력이 부족해서 이해할 수 없는 이야기가 되는 것이리라.

"하지만 미즈키. 세계가 여러 개라면 내가 여러 명이라는 거잖아? 그런 게 가능할 리 없잖아."

"하지만 이세계라는 게 존재하니 처음부터 딱 잘라 부정할 순 없다고 보는데?"

"그걸 영걸 소환하고 연결 짓는 거야?"

"우리한테는 이 세계에 소환된 게 그 정도로 큰일이었어! 다른 세계를 오가다니. 앞으로 아무리 과학이 발전해도 그건 불가능하다고 생각해."

"흠⋯⋯."

미즈키의 생각을 듣고, 그라체라도 조금은 납득했을까. 문득 그라체라는 옆에 앉은 티타니아에게 귓속말을 했다.

"이런 것도 그 녀석에게 물어보면 알지도 모르겠네."

"맞아요. 스이메이라면 분명 뭔가 알고 있겠죠. 하지만⋯⋯."

스이메이에게 이긴 기분일 미즈키는 진실을 알면 펄쩍 뛸 것이 틀림없다.

티타니아는 미즈키가 "절교야! 절교—!"라고 외치는 모습이 눈에 선했다.

아티라에 있는 숙소에서 하룻밤을 묵은 레이지 일행은 다음 날 유물을 손에 넣기 위해 다시 신전으로 향했다.

어제 파이레이가 안내해준 방에서 잠시 기다리자, 얼마 뒤 그녀가 도착했다.

"기다리게 해서 죄송해요."

"아뇨, 괜찮아요. 그것보다 봉인은 해제됐나요?"

레이지가 묻자, 파이레이가 끄덕였다.

"네. 오늘 아침에 모든 봉인은 풀렸어요. 언제라도 들어갈 수 있어요. 그럼 이쪽으로."

그렇게 말하면 파이레이가 손을 앞으로 뻗었다. 파이레이의 안내를 받으며 문득 티타니아가 뒤따르던 기사들에게 말했다.

"여러분은 밖에서 기다리세요. 그레고리, 두 사람을 잘 부탁해요."

"예!"

티타니아의 명령에 그레고리가 예를 갖추며 대답했다. 한편 루카는 유물이 궁금한지 들어가고 싶은 것처럼 몸을 들썩거렸지만, 로프리가 "나중에 보여 달라고 해요"라며 달랬다.

그라체라도 자신의 수행 군인에게 입구에서 대기하라고 명령했다.

그런 모습을 보고 든 생각이 있었을까. 미즈키가 비밀 이야기를 하듯 가까이 다가왔다.

"그레고리 씨 측과 제국 군인들은 그렇게 사이가 나빠 보이진 않네."

"그러게. 타국 병사들이 함께하게 돼서 혹시나 했는데. 쓸데없는 걱정이었어."

그것은 그라체라가 동행하면서 생긴 걱정 중 하나였다. 혹시 싸움이 일어나지 않을까 걱정했는데, 선긋기가 확실하게 되었는지 현재까지 이렇다 할 충돌은 없었다.

그때 두 사람이 소곤거리는 이야기가 들렸는지 티타니아와 그라체라가 대화에 끼어들었다.

"제국과는 동맹국이기도 하고, 단지 겉으로 드러내지 않는 것뿐이에요."

"나를 따라온 자들은 원래 나를 보좌하던 수행원과 오랫동안 군에서 근무한 베테랑이야. 그리고 아스텔 기사 쪽에도 그레고리 씨가 있으니까. 표면상으로는 잘 지내겠지."

"아, 아하하……."

두 사람 모두 속사정은 제대로 파악한 모양이다. 그렇다면 실제로는 마음속으로 불꽃을 튀기고 있다는 뜻이다. 그런 알고 싶지 않은 사실을 알아버린 미즈키는 어정쩡한 웃음을 흘렸다.

파이레이의 안내를 받으며 촛대가 늘어선 통도를 지나자 아래로 향하는 계단이 나왔다.

"지하인가요?"

"네. 조금만 내려가면 돼요."

그 말을 듣고 계단을 내려가자 도중에 통로의 분위기가 확 바뀌었다. 조금 전까지는 신전 내부와 동일한 깔끔한 석조 통로였다면, 지금은 바위가 그대로 드러난 동굴 같은 구조였다.

석회 동굴 안에 들어온 듯한 기분으로 파이레이를 따라가자 통로 끝에 거대한 바위가 나타났다.

"석굴……인가요?"

"여기, 신전 안, 맞지?"

신전의 보관 장소라고 하기에는 다른 곳과는 전혀 다른 양상을 띠고 있다. 그 사실에 의문을 품은 레이지는 앞에서 걷는 파이레이에게 물었다.

"파이레이 씨. 왜 여기만 분위기가 다른 거죠?"

"봉인 장소에 관해서라면 용사님의 뜻이에요. 봉인 장소를 신전 형태로 하면 여신의 신비성에 영향을 받게 돼서 봉인술이 약해진대요. 그래서 다른 신비적인 공간으로 만들어야 한다고 하셨죠."

"이잉?"

미즈키가 얼빠진 소리를 냈다. 미즈키가 당황한 대로 확실히 아리송한 이야기다. 그런 생각이 얼굴에도 드러났을까. 레이지는 파이레이에게 속마음을 들켜버렸다.

"용사님께서는, 모든 봉인술은 원래 신의 힘을 억제하는 기술을 강하시킨 거라서, 신과 봉인술은 서로, 서로의 힘을

125

약하게 만든다고 하셨어요."

"티아, 그런 거야?"

"죄송해요. 저도 처음 들어요."

레이지는 티타니아에게 물은 뒤, 그라체라에게도 눈빛으로 물었다. 그러나 그라체라도 모르는 모양인지 어깨를 움츠리며 고개를 가로저었다.

마법에 소양이 있는 두 사람도 잘 모르는 내용인 모양이다.

"그럼 잠시 물러나주세요."

파이레이의 말에, 레이지 일행은 뒤로 물러났다. 그 직후, 파이레이가 바위 앞에서 뭐라고 중얼거리자, 거대한 바위에 마법진이 떠올랐다.

갑자기 머릿속에서 귀울림 같은 소리가 울렸다. 이윽고 거대한 바위는 끄는 소리를 내면서 천천히 안으로 이동해 옆으로 틀어졌다.

내부의 공기가 해방되자, 계란 썩는 냄새가 코를 찔렀다.

"우윽…… 냄새 한번 지독하네."

그라체라가 지독한 냄새에 얼굴을 찌푸렸다. 파이레이를 제외한 모두가 코를 틀어막거나 얼굴을 돌렸다.

"이 악취는 폭군이 가지고 있던 책 때문이에요. 그 책 때문에 항상 주위에 있는 것들이 축축해지고 급기야는 썩고 말죠."

그런 심상치 않은 이야기를 듣고, 미즈키가 불안을 드러냈다.

"괘, 괜찮은 거예요?"

"네. 밖으로 새어 나가는 건 인체에 해를 끼칠 정도는 아니에요."

"다행이다…….."

가슴을 쓸어내리는 미즈키에게 레이지는 속으로 동의했다. 한편 파이레이는 그 원흉을 손가락으로 가리켰다.

"저게 그 폭군의 책이에요."

파이레이가 손가락으로 가리킨 곳에는 검게 장정이 된 책이 대좌 위에 올려져 있었다. 책은 어쩐지 꺼림칙한 분위기를 풍기고, 보는 것만으로도 기분이 울적해졌다. 자세히 보니 책이 놓인 대좌는 금속제임에도 불구하고 종유석처럼 녹아 있어, 그것만 봐도 책에 이상이 있음을 알 수 있었다.

흥미가 생긴 그라체라가 책으로 다가갔다.

그것을 본 파이레이가 험한 목소리로 외쳤다.

"멈추세요!"

"왜 그래? 갑자기 소릴 지르고."

"죄송해요. 그건 만지면 안 되는 거라, 저도 모르게 목소리가 커졌어요."

"만지면 안 돼?"

"네. 그건 절대로 만져선 안 돼요. 인간이 그걸 만지면 폭군을 조종하던 악신과 연결돼서 그 부하가 되고, 다시 그 악몽이 반복된다고 들었어요."

파이레이의 말에 미즈키가 의문을 던졌다.

"응? 쓰러뜨려서 해결된 거 아니었어?"

"폭군은 죽었지만, 폭군을 미치게 한 존재는 쓰러뜨리지 못했대요. 신인 이상, 인간이 대적할 수 있는 존재가 아니라고요."

"어제 얘기했던 새크라멘트라면? 그건 신도 죽일 수 있는 무구잖아?"

"소지하셨던 용사님은 원흉은 손이 닿지 않는 곳에 있어서 쓰러뜨리지 못했다고 말씀하셨어요."

"그래. 그래서 이곳에 봉인해둔 거고."

그라체라는 납득했는지 책을 흘끗 본 뒤 레이지 일행이 있는 곳으로 돌아왔다.

확실히 그만큼 위험한 물건이라면 누구라도 통째로 없애버리고 싶을 것이다. 그리고 그럴 수가 없으니 이렇게 이런 곳에 봉인해둔 것이다.

폭군의 유물에 대한 설명을 마친 뒤, 파이레이는 또 하나의 대좌를 가리켰다.

"저게 찾으시던 유물이에요."

책이 놓인 것과 똑같은 금속제의 대좌 위에는 작은 상자가 놓여 있었다.

책의 사악한 기운을 몰아내는지, 대좌는 깨끗하고 썩은 곳도 없었다.

파이레이가 다가가 조심스럽게 상자를 열었다.

——과연 엘리어트가 말한 대로 안에 든 것은 장식품이었다.

브로치일까. 모양은 날개를 본뜬 디자인이고, 은으로 만들어진 듯 메탈릭하게 빛났다. 무엇보다 시선을 끄는 것은 그 중심에 박힌 푸른 보석이다.

"이게 새크라멘트군요. 아름다운 물건이네요……."

"푸른 보석. 라피스라줄리 같아."

신비로운 푸른빛에 여성들은 황홀한 표정을 지었다. …… 그렇다고 생각했는데.

"……뭐야? 내 얼굴에 뭐라도 묻었어?"

"아, 아니. 아름답다고. 그라체라 씨는 어떻게 생각해요?"

"음. 역시 궁금한 건 이걸 쓸 수 있느냐 하는 건데."

"…………."

제국의 제3황녀 전하는 보석에는 별로 흥미가 없는 것이다. 장식품처럼 보이지만, 그 아름다움에는 전혀 관심이 없다. 옷차림도 의외로 러프한 것을 선호하기 때문에, 꾸미는 데는 그다지 관심이 없는 건지도 모른다.

실리적인 것 외에는 아무래도 좋다는 뜻을 나타내듯, 그라체라는 파이레이에게 물었다.

"이게 다야?"

"네. 남은 것은 이것뿐이에요."

"혹시 또 쓸 수 있을 법한 물건이 있으면 갖고 싶은데."

그라체라는 그렇게 말했지만, 파이레이는 고개를 저었다.

"용사님께서 쓰시던 물건은 저희들이 다룰 수 없는 것들 뿐이었어요. 남아 있었어도 사용하지 못했을 거예요."

"그렇군."

"저희들이 사용하는 마법과는 다른 매우 고차적인 기술이 사용됐어요. 그중에서도 새크라멘트는 가장 고차적인 기술이 사용된 모양인데, 유일하게 쓸 수 있는 사람이 또 있을지도 모른다는 물건도 이 새크라멘트였죠."

내막처럼 들리는 이야기를 들은 뒤, 레이지가 물었다.

"파이레이 씨, 그럼 이건 어떻게 사용하는…… 어떻게 무기로 만드는 거죠?"

"저도 잘은 모르지만, 용사님은 장식품인 상태에서 무기로 바꿀 때는 손에 들고 무슨 말을 하셨어요. 분명 그 말이 새크라멘트를 깨우는 열쇠 같아요……."

"그럼 그 말이란 게 뭐죠?"

"죄송해요."

머리를 깊이 숙이며 사죄하는 파이레이에게 티타니아가 물었다.

"듣지 않은 거예요?"

"들었지만 알 수 없었어요. 그 말이 어떤 음을 내는지는 사용하는 사람만이 알 수 있대요."

"그럼 아무도 못 쓰는 거 아닌가요?"

"쓸 수 있는 자는 안다고 하셨어요. 일단은 손에 들어보시는 게 어떨까요?"

파이레이는 그렇게 말한 뒤 새크라멘트를 손에 들고 레이지에게 갔다. 알 수 있다. 즉 그것이 무구가 선택한 자라는 뜻일 것이다. 무기가 의사를 가진 걸까. 아니면 조건에 들어맞는 사람만이 사용할 수 있는 걸까. 어느 쪽인지는 모르지만, 일단은 들은 대로 시험해봐야 할 것이다.

　파이레이에게서 물건을 건네받으려 앞으로 나간 순간, 미즈키가 외쳤다.

　"레이지!"

　"왜 그래?"

　"일단 내가 한번 해보면 안 돼~?"

　"어⋯⋯어어?!"

　"안 될까?"

　"아니⋯⋯ 딱히 상관은 없는데⋯⋯."

　말은 그렇게 했지만, 내키지 않아 하는 것은 미즈키에게 전적이 있어서다. 물론 그 전적라는 함은 중2병이지만, 어쨌든 허락을 받은 미즈키는 "앗싸!!" 하고 외쳤다.

　쓴웃음을 머금고 손을 젓는 레이지에게 그라체라가 다가왔다.

　"괜찮겠어?"

　"안 시켜주면 분명 삐칠 거예요."

　"만약 미즈키가 소유권을 가지면 어쩌려고?"

　"그때는 미즈키가 힘써줘야 하지 않을까요?"

　"큭큭큭, 네 무기를 구하러 여기까지 왔는데, 미즈키 그걸 가지면 입장이 난처해지겠어."

"즐기는 것처럼 들리네요."

"그건 그것대로 웃길 테니까."

그라체라가 유쾌하다는 듯이 말했다. 한편 이야기를 듣고 있던 티타니아가 험한 표정을 하고 다가왔다.

"그라체라 전하. 당신은 레이지 님을 우습게 만들 생각인 가요?"

"무서운 얼굴이네. 그런 얼굴을 하니까 레이지가 무서워 하잖아?"

"네?! 레이지 님, 저는 무서운 얼굴 같은 건!"

"아니, 나는 딱히."

무서워하지 않았다. 티타니아는 그라체라에게 속은 것 이다.

"그라체라 전하!"

"저기, 다들 날 잊은 거야?! 지금부터 전설의 무기를 깨울 거라고! 잘 보라고!"

주목받지 못한 사실에 분개한 미즈키는 표정을 확 바꾸 고, 마치 세계를 정복할 비보를 이제 막 손에 넣으려는 악 역이 지을 법한 불길한 웃음을 흘리기 시작했다.

옆에서 보면 으스스하지만 파이레이는 온화한 미소를 띠 우고 있다. 마치 용사를 꿈꾸는 아이를 보는 눈빛, 따뜻하 고 자애로운 어머니의 미소다.

미즈키가 파이레이의 손에서 새크라멘트를 잡아 들었다.

그리고——

"후후후, 새크라멘트여! 내 목소리에 응답해!"

——조용.

"알고 있었어! 알고 있었다고! 흥이다! 흥!"

미즈키가 새크라멘트를 위로 쳐들고 외쳐도, 새크라멘트는 아무런 반응도 보이지 않았다.

이것으로 미즈키의 중2병 재각성이라는 재난은 면한 듯하다. 그 대신 미즈키는 울상이 돼서 분한 듯 볼을 부풀리고 대좌 구석에 주저앉았지만.

"그럼 이번에야말로 레이지 님이!"

"응."

티타니아의 재촉에 레이지는 미즈키가 들고 있던 새크라멘트를 손에 들었다. 새크라멘트는 손바닥 안에 들어오는 크기이고, 금속제라서인지 상당히 차갑게 느껴졌다.

하지만 그런 감각과는 별개의 어떤 힘이 깃든 듯했다. 열감과는 또 다른, 마력이라고도 단정할 수 없는 불가사의한 맥동이다. 이 세계에 와서 마법을 배웠을 때 느낀 전능감과는 또 다른 감각. 뭐라고 말해야 좋을까. 말로 적용하면.

'보는 것만으로 힘이 솟아나……'

그래, 이것은, 이 빛은 희망이다. 희망의 빛이다. 어떤 절망의 늪에 있어도, 이것을 보는 자에게 내일을 살아갈 힘을 주는, 내일을 보여주는, 눈부시게 푸른 등불이다.

지금부터 이 힘을 해방해, 자신의 것으로 만든다. 그리고

이 힘을 이용해 마족을 무찌르고 이 세계에 평화를 가져다
줄 것이다.

그 소망을 이루기 위한 어구는 아직 떠오르지 않았다. 하
지만 입이 움직이는 대로 맡겨두면, 어쩌면……이라는 예
감도 들었다.

그 예감을 믿고, 레이지는 새크라멘트를 위로 들어 올리
고 입을 열었다.

──아니, 입을 열려고 한 그때였다.

별안간 바로 뒤, 석굴 입구 쪽에서 석굴 전체를 뒤덮는 굉
음이 울려 퍼졌다.

그 진동과 소리에 반응하여 그 자리에 있던 모두가 입구
쪽을 돌아보았다. 그곳에는 미세한 모래 알갱이로 만들어
진 모래 먼지가 자욱하게 끼어 있었다.

공중에 피어오른 모래 먼지가 덮쳐왔다. 그것을 마시지
않도록 각자 호흡 기관을 막고 눈을 가늘게 떴다. 뿌연 시
야가 걷히기 전에 모래 먼지를 가르고 뻗어 나오는 팔이 보
였다.

마침내 그곳에서 한 남자가 나타났다.

모래 먼지가 성가시다는 듯 손으로 떨쳐내는 장신의 남자
다. 갸름한 얼굴은 형용할 수 없는 미모이고 입술은 화장을
한 것처럼 붉어 언뜻 여성이라고 착각할 정도지만, 벌어진
상반신에 단단한 가슴이 보이기에 남성이 확실하다. 손발
과 몸통에 녹슨 구리 같은 굵은 쇠사슬을 몇 겹으로 친친 둘

러 감고, 가느다란 손가락에는 짐승처럼 긴 손톱을 손질해 길렀다.

파이레이처럼 백발이지만, 엘프는 아닌 모양인지 귀가 둥글다. 눈동자는 피보다 붉고 형용할 수 없는 불길함을 자아냈다.

남성은 장신을 활용해 그 붉은 눈동자로 레이지 일행을 노려보았다. 자비 따위는 없는, 물건이라도 보는 듯한 냉철한 시선이 향해졌다. 그 탓인지 몸이 꽁꽁 묶인 것처럼 움직이지 않았다. 그것은 다른 자도 마찬가진지 모두 깜짝 놀란 표정으로 굳어 있다.

의문의 남자의 얼어붙은 시선에 갇힌 채, 먼저 파이레이가 입을 열었다.

"……이곳에는 다른 누구도 들이지 말라고 엄명을 내렸는데."

"그랬던 모양이더군. 그래서 강제로 들어왔다. 이렇게."

"강제로……라니?"

"말 그대로다."

"네놈은 누구지?"

그라체라의 갑작스러운 물음에 남자는 훗, 웃었다. 유쾌한 말을 들었을 때 짓는 미소……라기보다는, 실소가 새어 나온 느낌이었다.

"뭐가 웃기지?"

"공물이 내 이름 묻는가. 고작 『음식물』이 내 이름을."

"으, 음식물이라고?"

"그래. 음식물이다. 네놈들 인간은 전부. 노인부터 젖먹이까지. 전부 풀어놓고 기르는 돼지들. 공물이지."

남자는 오만한 발언을 아무렇지 않게 지껄였다. 그러나 보통이라면 웃어넘겼을 터무니없는 발언이 지금은 오히려 진실이라는 확신이 들었다.

마족일까. 그런 생각이 머릿속을 스치지만, 마족의 힘을 느껴지지 않는다. 눈앞에 있는 남자는 아무리 봐도 인간으로 보였다.

그러나 남자의 눈동자가 비추는 붉은 빛이, 자신들에게 이 남자가 평범한 인간이 아님을 알렸다. 대체 뭘까. 그렇게 남자의 존재를 의심했을 때였다.

"──내 이름은 일자르. 마왕 나크샤트라에게 **힘을 빌려주는**, 마족 장군 중 한 명이다."

그 말이 귀에 들어오는 것과 동시에, 전원이 튕겨나간 것처럼 뒤로 뛰어 간격을 만들었다. 싸움에는 아직 익숙하다고 할 수 없는 미즈키도 그랬다. 분명 지금 자신들은 튕겨나갔다.

일자르가 내뿜는 강렬한 무위에 의해.

마족 장군이라는 단어가 눈앞에 있는 남자와 전혀 연결되지 않아, 그 사실이 완전히는 믿기지 않는지 파이레이가 어째서, 하고 추궁하듯 중얼거렸다.

"마, 마족 장군……? 아니, 그보다 왜 이런 곳에……."

그 물음에 대답하는 자는 없었다. 두려움이 밴 목소리가 허공에 울려 퍼질 뿐이었다. 그때, 그라체라가 무언가를 떠올리고 말했다.

"잠깐. 너, 신전 안에 있던 자들은 어떻게 했지?"

"아아, 녀석들이라면 저쪽에 널브러져 있어. 몇 명은 먹었지만, 대부분은 적당히 상대해주고 왔으니 아직 숨이 붙어 있는 자가 있을지도 모르지."

"큭?!"

"먹었……다고?"

일자르의 입에서 나온 충격적인 발언에 티타니아와 그라체라가 소리쳤다. 그런 두 사람의 표정을 보고, 일자르가 이해하기 어렵다는 표정을 지어 보였다.

"놀랄 일이 뭐가 있지? 방금 네놈들은 전부 음식물이라고 말했을 텐데?"

"넌 인간을 먹는 마족인 거냐."

"그래. 엄밀히는 마족이 아니지만…… 뭐 그런 건 공물들한텐 아무래도 좋을 얘기지. 그것보다, 여기에는 새크라멘트라는 물건이 있을 텐데?"

향해진 시선은 날카로웠다. 마치 명령이라도 받은 것처럼 시선이 손안으로 향하고 만다. 큰일 났다고 생각한 그때는 이미 늦었다.

새크라멘트가 레이지의 손안에 있는 것을, 일자르가 확인했다.

"그건가. 무구라고 들었는데 녀석이 잘못 본 건가……?
뭐 상관없다, 그걸 나에게 건네라."

"아니, 이건 못 줘."

레이지는 그렇게 말한 뒤, 오리할콘의 검을 뽑으면서 한
걸음 앞으로 나왔다.

"나를 상대하겠다는 건가, 공물."

"나는 용사다. 용사 레이지다."

"호? 네놈이 용사였나? 그러고 보니 어딘지 모르게 여신
의 힘이 느껴지는군."

그런 것을 느낄 수 있다는 것에 레이지가 놀라자, 일자르
는 흘려들을 수 없는 말을 했다.

"……하지만 아직 완전히 익숙해지진 않은 것 같군. 먹기
에는 다소 이른가."

일자르의 그 중얼거림은 전율하기에 충분했다. 포식자에
대한 공포는 모든 생물이 가지는 잠재적인 공포다. 인간의
모습을 한 존재가 인간을 오직 먹이로 보고 있다. 라쟈스도
확실히 강했다. 그때도 두려웠다. 그러나 지금 이 일자르에
게서 느끼는 공포는 성질이 다르다.

어릴 적 책에서 읽은 요괴 이야기가 떠올랐다. 책에 그려
진 요괴는 익살스러운 것도 많고, 어째서 그런 것을 두려워
해야 하는지 모를 것들뿐이었지만, 가끔 나오는 『인간을 먹
는 요괴』만은 무척 무서워했다.

그것과 마찬가지다. 비록 인간이라도 포식자에 대한 공포

는 그 어떤 공포보다 강하다.

레이지가 희미한 공포에 휩싸였을 때, 티타니아가 움직이기 시작했다.

"레이지 님, 원호할게요!"

"알았어. ……미즈키! 미즈키는 가능한 한 물러나! 이 마족은 위험해!"

"으, 으응……."

미즈키가 뒤로 물러나는 것을 확인하고, 일자르에게 접근할 기회를 엿보았다.

그때 뒤에서 맑은 음성의 영창이 들려왔다.

"……나무여. 그대는 나의 적을 벌하고 굴복시키는 삼라에서 태어난 큰 뱀. 지금이야말로 내 뜻에 따라 부조리를 강제하는 자를 멸하라. 솔리드 스테이크 바인드 머더."

주문과 건언이 외쳐진 순간, 일자르를 둘러싼 주위가 부풀어 오르고, 땅속에서 굵은 담쟁이덩굴 같은 줄기가 솟아났다. 나무 속성의 마법이다. 주변에서 우르르 자라난 나무는 마치 큰 뱀처럼 꿈틀거리면서 일자르의 팔다리와 몸통을 휘감았다.

상당히 강력한 마법이다. 나무는 멈추지 않고 자라, 대상을 파악하는 것뿐만 아니라 압사시킬 듯이 닥쳐왔다. 이 물량은 피하기 어렵다. 마침내 뻗어나간 줄기는 서로 얽혀 하나의 나무를 형성하고, 일자르의 모습이 보이지 않게 되었다.

과연 그 마법을 행사한 자는.

"파이레이 씨?!"

"저도 싸울 수 있어요. 원호할 테니 지금이에요!"

"──그걸 원호라니, 별 시시한 원호를 다 보겠군. 고작 나무 따위로 정말 어떻게 해볼 수 있다고 생각하는 건가?"

그런 질린 목소리가 어렴풋이 들려왔다. 그 목소리는 지금 줄기 안에 있을 일자르의 것이다. 믿었던 엘프의 강력한 마법이 바닥으로 추락했다.

순간 동굴 안에 천둥이 치고, 별안간 발생한 붉은 번개가 나무줄기를 찢었다.

그 안에서 일자르가 유유히 목을 울리면서 나타났다.

그렇다, 마치 아무 일도 없었다는 듯이.

"──이럴 수가!"

"소용없었어······."

파이레이의 경악과 레이지의 초조한 목소리가 겹쳤다. 그 직후, 줄기에서 해방된 일자르가 따분하다는 듯이 잔뜩 질린 표정으로 말했다.

"첫 번째는 네놈이다."

"아──?"

일자르는 파이레이에게 시선을 고정한 채 허리에 감고 있던 굵은 쇠사슬을 휘둘렀다. 쇠사슬은 질량과 운동 법칙을 모조리 무시하고 뻗어나가, 붉은 번개를 동반하고 파이레이에게로 쇄도했다.

"——나무여. 그 싹트는 힘으로 나의 부적이 되어라! 리틀 포레스트 벙커!"

파이레이의 앞에 굵은 나무 기둥들이 천장을 향해 비스듬히 자라났다. 나무 기둥은 두껍고 무게가 있을 뿐만 아니라, 밀도 높은 마력으로 구성되어 있기에 보기보다 견고할 것으로 예상되었다. 더욱이 완성된 벽은 비스듬히 경사가 져서 정면에서 들어오는 공격에는 엄청나게 강할—— 것이었다.

"말했을 텐데. 고작 나무 따위라고."

붉은 번개를 감은 쇠사슬은 아무런 장애도 없이 나무 기둥을 박살냈다. 그와 동시에 쇠사슬이 파이레이를 휘감았다.

그 후는 순식간이었다. 파이레이가 반응할 틈도 없었다. 쇠사슬에 묶인 파이레이는 일자르가 붉은 번개를 띤 쇠사슬을 휘두르자, 너무나도 간단히 공중에 떠올라 주위의 암벽에 쓸리고 부딪친 끝에 날아갔다.

암벽에 부딪친 파이레이는 공처럼 튕겨 레이지 일행 뒤쪽으로 날아갔다.

"파이레이 씨, 말도 안 돼…….'

"아아, 파이레이 씨!"

미즈키가 황급히 달려가 파이레이에게 회복 마법을 걸었다.

한편 일자르는 움직이지 않았다. 마치 이쪽이 덤비기를 기다리는 것처럼. 그 이유를 따질 필요는 없다. 저쪽과 이쪽에는 공격으로 전환하지 않아도 될 만큼의 전력 차가 있고, 일자르는 자신의 승리를 의심하지 않고 있다.

유유히 멈춰 선 일자르에게 이번에는 레이지가 향했다. 발바닥 전체로 바닥을 스치듯 걸어갔지만, 거리가 좁혀져도 일자르는 꿈쩍도 하지 않았다. 선수를 칠 마음도 없는 걸까.

레이지는 단번에 몸을 날려 거리를 최대한 좁히고 그대로 일자르에게 달려들었다.

엇베기로 검을 내리쳤다. 노린 것은 일자르의 어깨다. 그러나.

"가벼워."

"헉?!"

일자르가 왼팔을 내뻗어 가볍게 들어 올리는 동작을 취하자, 오리할콘의 날이 문자 그대로 가볍게 멈추었다. 아무 방어구도 착용하지 않은 맨살임에도 불구하고, 칼날은 피부의 얇은 막조차 뚫지 못했다.

방심은 하지 않았다. 혼신의 일격이었다. 그러나 전혀 통하지 않았다. 라쟈스조차 그 거무튀튀한 색깔의 힘을 감돌게 하지 않으면 튕겨낼 수 없었던 검격을, 마치 아무것도 아니라고 비웃듯이.

지금까지 없던 결과를 목격한 레이지는 당황하여 순간 움직임을 멈추었다.

그 직후, 일자르의 오른쪽 손바닥이 날아왔다. 아니, 손톱이다. 날붙이를 연상시킬 만큼 날카롭게 뻗은 손톱이 그 손의 크기도 더불어 덮칠 듯이 날아왔다.

거기에 순간적으로 오리할콘의 검을 뻗었다.

"크, 크으……."

간발의 차로 손톱 공격을 막았다. 그와 동시에 어마어마한 힘이 몸을 뚫고 지나갔다. 그 위력은 돌풍이 모래 먼지를 날려버리는 것과 비슷하다. 영결 소환의 가호가 없었다면 막지 못하고 바위에 부딪쳐 죽었을 것이다.

"반응할 수 있나. 약한 주제에 쓸데없는 발악을 하는군……."

"아, 아직……."

일자르는 큰 키를 활용해 밀고 들어왔다. 어마어마한 팔힘에 의해 일자르의 손과 지면 사이에 끼인 꼴이 된 레이지의 몸이, 압력에 의해 삐걱삐걱 불길한 소리를 내기 시작했다. 다리가 석굴 안 지면으로 박혀 들어갔다.

벗어날 수 없다. 받아넘기려 해도 일자르의 힘이 너무 강력해서 버티는 것이 고작이다. 이마에서 땀인지 진땀인지 모를 기분 나쁜 액체가 흘러내렸다.

어느새 후방에서 마력이 고조되었다. 티타니아의 원호 마법이다. 그러나 위력이 약해서일까. 일자르는 시선조차 주지 않고, 냉담한 눈동자로 레이지를 내려다보았다.

바람의 마법이 쏟아졌지만, 일자르는 마법을 맞고도 꿈적도 하지 않았다. 그 모습을 본 티타니아가 괴로운 신음을 흘렸다.

"크으…… 마법이 거의 듣질 않아……."

"내가 하지. 티타니아 전하는 레이지를 도와."

"——큭, 알겠어요."

티타니아가 승낙하자, 그라체라가 앞으로 나와 마력을 해방했다.

"——흙이여! 그대는 나의 포악의 결정(結晶)! 파란의 위세로 쳐부숴라! 그리고 산화를 기리는 비석이 되어라!"

동굴 안에 그라체라의 영창이 메아리쳤다. 어느새 가까이에 와 있던 티타니아가 레이지를 붙잡았다.

뒤에서 팔을 둘러 끌어안은 티타니아에게 레이지가 말했다.

"티아?!"

"레이지 님! 전력으로 받아넘기세요! 나머지는 저한테 맡겨주세요!"

"으, 응!"

레이지는 티타니아의 말대로 온힘의 다해 일자르의 손을 뿌리쳤다. 그 직후, 레이지의 몸은 티타니아에게 붙잡힌 채로 옆으로 이동했다. 일자르의 손이 지면과 충돌하고, 그라체라의 건언이 해방되었다.

"크리스털 레이드!"

일자르의 빈틈투성이인 온몸에, 융기한 세레나이트(투석고)의 무수한 파편이 포탄처럼 쇄도했다.

흙 마법은 중량이 있어, 다른 마법과는 또 다른 위력이 있다. 그리고 돌멩이의 끝이 날카로워 몸에는 유효하다.

……그럴 것인데.

"이 위력도 안 통한단 말이냐! 저 괴물놈!"

일자르의 몸에 꽂힌 파편들은 그 운동이 감쇠하자, 그 자리에 소리를 내며 떨어졌다. 세레나이트 파편이 마력의 잔재로 변해 사라졌다. 일자르의 몸에는 상처 하나 남지 않았다.

"──흙이여! 그대는 나의 포악한 결정! 파란의 위세로 쳐부수고, 그 끝을 검처럼 날카롭게 해라! 산화를 기리는 비석은 빛나는 검의 묘비! 크리스털 레이드 리파인!"

그라체라가 외친 것은 조금 전의 마법과는 다른 주문이었다. 융기한 세레나이트는 검처럼 길고 날카롭게 갈려, 그라체라가 팔을 뻗자 다시 일자르에게 쇄도했다.

"이건 어떠냐!"

"훗, 마법 따위로 아무리 공격해봤자 소용없다! 카아아아아아아아아아아!!"

세레나이트 소드(투석고 검)가 몸에 도달하기 직전, 귀를 멀게 할 만큼 쩌렁쩌렁한 외침이 울려 퍼졌다. 석굴 안을 진동시키는 음파가, 그라체라의 마법이 생성해낸 모든 것을 가루로 만들어버렸다.

"말도 안 돼! 목소리만으로 마법을 물리치다니……."

그라체라가 멍하게 중얼거리자, 일자르의 시선이 그녀를 포착했다. 살기와 무위를 느낀 그라체라는 다급히 뒤로 물러났다.

"큭…… 장소가 불리해. 여기서는 디비기코넥티를 쓸 수 없어……."

그라체라가 괴로운 목소리로 중얼거렸다. 장소 때문에 대질량을 전이시키는 그라체라의 묘수는 쓸 수 없다. 전력을 쓰지 못하는 것을 한탄하며, 그라체라가 후퇴를 시도했다. 그러나.

"느려."

일자르는 그라체라를 눈에 담고, 사냥감이라고 인식한 걸까. 그라체라의 후퇴 거리를 능가하는 도약으로 단숨에 거리를 좁혔다.

"크윽?!"

"위험해!"

"레이지 님?!"

그라체라의 위기를 목격한 레이지는 재빨리 티타니아의 팔에서 빠져나와 돌진했다. 향하는 곳은 그라체라가 있는 곳이다. 동료의 위기에 뇌가 경종을 울리고, 몸이 저절로 속도를 냈다.

그라체라에게 파고든 일자르가 오른쪽 다리를 내뻗었다. 그라체라의 얼굴이 절망으로 물들고, 티타니아와 미즈키가 소리쳤다. 그라체라의 얼굴을 날리려 하는 일자르의 다리에, 있는 힘껏 검을 내리쳤다.

"우오오오오오오오오오오오오오오오오!!"

마치 쇳덩어리를 내리친 느낌이었다. 피아의 역량 차이 때문에 공격을 되받아치는 것은 불가능했다. 그러나 그 위력은 조금이나마 줄일 수 있다. 그것이 레이지가 순간적으로 내린 판단이었다.

모든 힘을 다한 순간, 레이지는 오리할콘의 검을 버리고, 그라체라를 잡고 그 자리에서 벗어났다.

부둥켜안은 그라체라와 함께 바닥을 굴렀다. 전력으로 뛰어 오른 데다가 그라체라를 보호하느라 등을 수차례 지면에 부딪쳤다.

겨우 멈추고, 무슨 일이 일어났는지 깨달은 그라체라가 소리쳤다.

"너, 바보야? 왜 날 구했어!"

"왜냐니. 위험했으니까, 나도 모르게……."

"그걸 말이라고 해? 넌 용사야! 네가 날 도와서 어쩌자는 거야!"

통증과 어지러움으로 인해 의식이 몽롱해진 가운데, 레이지는 문득 방약무인인 그라체라치고는 뜻밖의 질책이라고 생각했다. 상대를 무시하는 말만 한다고 생각했는데, 실제로는 용사의 필요성과 우선순위를 제대로 아는 모양이다.

──미안. 그런 말이, 레이지의 머릿속에 저절로 떠올랐다. 그것은 그라체라에 대해서만이 아니라 자신을 믿고 따라 와준 티타니아와 미즈키, 그리고 이곳에는 없는 소중한 사람들을 향한 것이었다. 사죄의 이유는 말할 것도 없다.

끌어안은 그라체라를 멀리 밀어냈다.

"이 바보 자식──!!"

"레이지 님!!"

"레이지!!"

이걸로 됐다. 그렇게 생각한 순간, 등 뒤에서 무시무시한 기척이 느껴졌다.

"여자를 지키는 건가! 시시한 결말이군, 용사!"

"큭……."

죽는다. 그렇게 확신한 순간, 눈앞에 푸른 바람이 불었다.

"무슨?"

일자르가 의아함을 내비치나 했더니, 「무언가」를 피하듯 뒤로 뛰어 물러났다. 그런 낌새에, 곧바로 뒤돌아보았다. 자신과 일자르 앞에 끼어든 것은 두 개의 검을 교차시켜 든 티타니아다.

"응?! 티아?! 그 검은 대체……."

"그런 건 나중이에요. 레이지 님! 지금은 전력으로 후퇴를!"

티타니아의 말에 정신을 차린 레이지는 그 자리에서 물러났다.

어느새 티타니아는 외투 깃으로 입을 가린 채, 검날이 바깥을 향하게 쥐고 있었다. 그렇게 생각한 순간, 티타니아는 시야에서 사라져, 순간 이동처럼 일자르의 등 뒤에 출현해 베려고 달려들었다.

기척을 느낀 일자르가 돌아보자, 티타니아는 공격하지 않고 다시 사라졌다. 그리고 다시 일자르의 등 뒤에 나타나, 다시 검을 휘둘렀다. 이번에는 사라지지 않아, 일자르도 쇠사슬로 검을 막았다.

"젠장, 귀찮게 구는군……."

일자르가 성가시다는 듯이 중얼거렸다. 그리고 다시 티타니아의 모습이 사라졌다.

"굉장해……."

무심코 입에서 흘러나온 것은 그런 서투른 감상이었다.

티타니아는 일자르를 희롱하듯이 움직였다. 영걸 소환의 가호로 얻은 동체 시력으로도 겨우 볼 수 있는 움직임이었다. 날아오는 쇠사슬을 검으로 물리치고, 안으로 파고들어 이도(二刀)의 검격을 연달아 퍼부었다.

거기서 일자르가 취한 행동은 회피였다. 자신의 검은 피하지 않으면서, 티타니아의 검에는 맞고 싶지 않은 걸까. 칼날을 피해 이리저리 움직였다. 더욱이 티타니아의 검격은 호를 그리듯 독특한 선을 긋고 있어, 피하려면 평범함 공격을 피할 때보다 크게 움직여야 하는 모양이었다.

티타니아의 검격은 그칠 줄 몰랐다. 일자르의 빈틈을 노리고, 티타니아가 날아올랐다.

그 직후, 내리쳐진 교차 참격이 일자르의 얼굴을 포착하고── 착지한 티타니아가 뛰어 물러났다.

미스릴의 검은 분명히 일자르를 포착한 것처럼 보였다. 그러나.

"여신의 가호도 없이 꽤 훌륭한 솜씨다. 그리고──."

검이 포착한 것은 일자르의 뺨가죽뿐이었다. 일자르는 티타니아가 눈앞에 있음에도 불구하고, 그 피를 대담히 손가락으로 닦아 확인하듯 보았다.

"오랜만에 입은 상처가 평범한 인간에 의한 것일 줄이야."

"우습게 보지 마!"

"하지만, 여기까지다."

그렇게 외친 티타니아가 암벽 위를 달려 쇄도했다. 한편 일자르는 아무렇게나 손을 휘둘렀다. 그것은 날카로운 손톱 공격일까. 순간, 손가락 수와 같은 다섯 줄기의 거대한 참격이 바위를 덮쳐, 티타니아는 멈출 수밖에 없었다.

일자르의 쇠사슬이 공중에 떠올라 그 끝이 몇 개로 갈라졌다. 갈라져서 뻗어나간 쇠사슬들이 마치 닻처럼 변해 티타니아를 에워싸듯 지면에 박혔다.

이것은 쇠사슬 우리일까.

"티아!"

"──큭! 흙이여! 나를 에워싸 견고한 방벽이 되어라! 이 명령 뒤에는 그 무엇도 통과하지 못한다! 롬 월 라이징!"

티타니아의 영창 직후, 티타니아와 쇠사슬 사이에 흙벽이 형성되고, 붉은 번개가 덮쳤다. 흙벽은 진홍과 칠흑의 명멸에 뒤덮였다. 반복되는 전기 충격에 의해 흙벽을 이루었던 흙덩이가 날아가고, 흙벽은 너무나도 쉽게 무너졌다. 티나이아의 모습이 드러나고, 흰 연기가 그녀의 모습을 감추었다.

"티아아아아아아아!"

번개 소리에 묻히지 않으려, 레이지는 있는 힘껏 외쳤다.

그러나 돌아오는 목소리는 없었다.

"말도 안 돼……."

미즈키의 절망 섞인 목소리가 들려왔다. 그곳에 있던 모두가 미즈키와 같은 예감을 하며 숨을 삼켰다.

……붉은 번개를 감은 흰 연기가 자욱했다. 붉은 번개는 파이레이의 마법을 너무나 간단히 갈라놓은 강력한 공격이다. 연약하고, 영결 소환의 가호도 받지 않은 티타니아는 견디지 못할 거라고, 모두가 예상했다.

그러나 흰 연기가 걷히자, 무릎을 꿇은 티타니아의 모습이 나타났다.

"아, 아직이에요……."

"아슬아슬하게 방어에 성공했군. 하지만——."

지면에서 뽑힌 쇠사슬이 티타니아를 휘감았다. 쇠사슬은 티타니아를 성가신 날벌레라도 되는 것처럼 뿌리쳤다. 티타니아가 레이지 일행의 뒤쪽으로 날아갔다.

"커헉……."

티타니아는 제대로 움직일 수도 없는 상태에서 몸을 강하게 부딪쳤다. 그곳은 폭군이 남긴 유물이 놓인 대좌가 있는 곳이었는지, 충돌의 충격으로 책이 날아갔다.

책은 일자르의 발치에 떨어졌다. 그것을 보고 흥미가 생겼을까. 일자르가 책을 주우려 했다.

그것을 보고, 미즈키에게 기대 있던 파이레이가 외쳤다.

"그건!"

"뭐지? 이게 어쨌기에?"

"그, 그건 만지면 안 돼요!"

몸을 걱정하는 것처럼 들리기도 하지만, 그렇지 않다. 파이레이가 말한 대로라면 그 책을 만진 자는 폭군과 비슷하게 되고 만다.

만약 마족 장군이 그렇게 되면 어떻게 될지는 상상도 가지 않는다.

"흠, 확실히 이건 그다지 좋지 않은 기운을 뿜는군."

"알고 있으면……."

만지지 마. 만지지 말아줘. 부탁이야. 파이레이는 그렇게 말하려 했다. 그러나.

"하지만 이런 종류를 모르는 것도 아니지."

소망은 이루어지지 않고, 일자르는 그렇게 말하며 책을 주워 들었다. 그러나 아무것도 변하지 않았다. 일자르는 장정을 자세히 뜯어보기만 할 뿐, 파이레이가 말한 것 같은 변화는 일어나지 않았다.

"……어째서. 그걸 만지고도 정신에 영향을 받지 않다니……."

"그런 거라면 이 몸의 특권이지. 하지만 제카라이아와 비슷한 힘이 또 있었을 줄이야……."

일자르는 그렇게 의미심장한 말을 중얼거린 뒤, 책을 허리의 쇠사슬에 묶어 맸다.

"이건 가져가겠다. ──자, 이제 제대로 움직일 수 있는 건, 용사인 네놈과 안쪽에 있는 여자뿐이군."

"큿……."

일자르는 레이지와 미즈키를 번갈아 보며 다가왔다. 그라체라를 상대하고, 그렇게 과격한 전투가 가능한 티타니아를 간단히 쓰러뜨렸다. 괴물이다. 더도 덜도 없는 괴물.

지금 레이지의 손에는 검이 없다. 조금 전에 버려 맨손 상태다. 마법을 쓴다 해도 효과가 있을 것 같지 않다. 완전히 끝이었다.

"……레이지, 넌 미즈키를 데리고 도망쳐."

"응……?"

"용사인 네가 죽으면 아무 소용도 없어. 놈은 내가 막아. 가."

"하, 하지만."

레이지가 망설이자, 일어나 있던 티타니아도 그라체라의 말을 거들었다.

"레, 레이지 님. 그라체라 전하 말대로 저희들은 신경 쓰지 말고 도망치셔야 해요."

"말도 안 돼! 모두를 두고 갈 수는 없어!"

"걱정 마세요. 여기는 그라체라 전하와 파이레이 씨도 있어요."

"레이지, 넌 네가 해야 할 일을 해. 지금 그 무구를 빼앗기고, 너까지 죽으면 어떻게 되겠어? 용사라는 아성이 조금이라도 무너지면, 마족은 더욱 날뛰게 돼."

"하, 하지만."

"다른 사람을 버려야 한다는 것도 각오했을 텐데. 가. 지금 이대로라면 여기 있는 모두가 개죽음을 당해."

"…………."

"최악의 경우, 티타니아 전하를 방패로 삼아 도망친다."

그라체라가 빙긋, 웃으며 덧니를 드러냈다. 여유를 보인 것일 테지만, 이 상황에서는 비장한 결의로밖에 들리지 않았다.

"죽기 전 계획은 끝났나?"

그림자가 서서히 다가왔다. 자신에게는 틀림없는 사신이다. 지금의 자신은 결코 이길 수 없는 상대. 그녀들 말대로 도망칠 수밖에 없는 걸까. 싫다고 생각해도, 그런 이기적인 마음을 허락받을 근거는 아무것도 없다.

"아니——."

문득 깨달았다. 검을 뽑기 전에 넣어둔 새크라멘트가 있다는 것을. 그러나 사용할 수 있는지는 알 수 없다. 이 무구를 깨어나게 할 글귀는 아직도 떠오르지 않기 때문이다.

"큭……."

무력감에 이를 갈았다. 빨리 가라고 재촉하는 그라체라와 티타니아의 목소리. 미즈키의 불안한 눈빛. 잔혹한 판단을 재촉당하는 가운데, 자신 안에서 속삭임이 들려왔다. 여기서 도망쳐도 되느냐고. 지금 힘을 발휘하지 않으면 어쩌냐고. 구하지 못하면 어쩌냐고.

지금 믿을 것은 이것뿐이었다. 그래서 새크라멘트를 더욱 꽉 쥐었다.

그리고.

"깨어나…… 깨어나아아아아아아아!"

그것은 스스로도 놀랄 만한 목소리였다. 선택을 재촉당한 자의, 운명에 저항하는 영혼의 포효였을 것이다.

그리고 그 간절한 절규에, 새크라멘트는── 응답했다.

장식품 중심에 있던 푸른 보석이 한순간 더욱 강하게 빛 나더니, 완만한 푸른 파동이 주위로 퍼져나갔다. 어느새 주위에 있던 모든 것이 흑백이 되어 움직임을 멈추었다. 미즈키도, 티타니아도, 그라체라도, 파이레이도, 그리고 일자르도 예외는 아니었다. 흑백 상태로 멈춘 시간 속에, 오직 자신과 새크라멘트만이 예외라는 듯이 강렬한 색채를 띠고 있었다.

이윽고 푸른 파동이 되감기된 것처럼 보석으로 돌아왔다.

손 안에 있던 장식품은 어느새 푸른 빛을 띤 예리한 검으로 변해 있었다.

"성공이야……."

형태는 가느다란 장검. 검은 검이나 이 세계나 현대 세계에서 흔히 보는 검과는 전혀 다르다. 칼끝과 칼날은 백자로 만들어진 것처럼 **금속 같지 않은 외관**을 가졌다. 검의 중심부는 마치 법랑으로 만들어진 미술품처럼 푸른 색채가 아름다운 디자인이다. 손잡이는 흰색과 푸른색이 조화를 이룬

세련된 형태다. 가드를 본뜬 것인지 세로로 가지런한 백자의 양 날개와, 흰색 이중 원 고리가 검신과 손잡이 사이에 떠올라 있다. 그리고 그 원 고리 중심에는 번개와 결정(結晶), 그리고 빛을 품은 푸른 보석이 박혀 있다.

누군가가 미래의 무구라고 한다면 의심하지 않고 믿을 만한 디자인이지만, 오래된 미술품이라고 해도 좋을 풍취가 있다.

무구가 나타난 것에 이어서, 티타니아와 그라체라의 경악으로 물든 목소리가 울려 퍼졌다.

"레이지 님!"

"레이지, 너……."

마찬가지로 경악에 휩싸인 레이지가 무심코 뒤를 돌아보았다. 미즈키의 표정이 밝아진 것이 보였다.

그 직후, 낌새를 알아채고 잽싸게 뒤로 물러났다. 조금 전까지 자신이 있던 곳을, 거대한 쇠사슬이 지나쳤다.

"흠. 녀석이 무구라고 했던 건 그래서였군. 재미있는 물건이야……."

일자르는 그런 느긋한 감상을 늘어놓았지만, 날카로운 눈빛에는 조금의 그늘도 없었다.

레이지는 시종일관 태도에 변화가 없는 마족에게 새크라멘트를 겨누었다. 그러자 새크라멘트는 레이지의 뜻에 반응하듯 레이지의 마력을 흡수하고, 움직이기 시작했다.

평행했던 흰색 원 고리는 각각 비스듬하게 기울어져 반대로 회전했다. 백자의 날개에서는 기분 좋은 냉기와 입자를 동반한 마력의 열기가 팔을 더듬듯 솟아올랐다. 마치 내연 기관이 움직이기 시작한 듯 진동이 전해져왔다.

멈출 수 없는 그 진동은 검 자체의 맥동일까, 아니면 휘두르기만을 기다리는 자신의 억누를 수 없는 충동일까.

발치에 푸른빛을 내뿜는 마법진이 그려졌다. 검을 쓱 휘두르자, 칼끝에 닿은 공기가 푸르게 얼어붙어 결정화되고 가루가 되어 날아갔다.

결정화는 연쇄되어 전방의 공기와 지면을 얼어붙게 했다. 그 반응은 전혀 격렬하지 않다. 티타니아와 그라체라, 파이레이가 사용한 마법에 비하면 느긋하고, 전혀 힘이 느껴지지 않았다.

그러나 그 완만한 힘은 절대적이었다.

"큭——?!"

순간 결정(結晶)에 닿은 일자르가 어떤 낌새를 느끼고 재빨리 물러났다. 미처 피하지 못한 쇠사슬의 끝이 **푸른색으로 동결**되고, 부서져 날아갔다. 파이레이의 강력한 마법을 깨부순 쇠사슬이 너무나도 간단히.

"결정검 이샤르 클러스터……."

문득 머릿속에 떠오른 것은 검의 이름이다. 파이레이는 모든 것을 얼어붙게 한다고 말했지만, 그것은 틀렸다. 분명 이 검이 가진 힘에 의해 얼어붙은 형태를 취한 것에 불과하다.

……그러나 어쩐 일인지 조금 전부터 일자르의 움직임이

눈에 띄게 느려졌다. 검의 출현과 실력 행사. 그때마다 빈틈이 있었는데 어째선지 그 빈틈을 파고들 기미가 없다. 그것은 강자의 여유가 만들어낸 방심일까. 레이지는 의아했지만, 이샤르 클러스터의 손잡이를 꽉 쥐고, 일자르를 향해 도약했다.

"어? 아앗?!"

그때 레이지가 입으로 뱉은 반응은 경악이었다. 도약할 때 몸에 가해진 것은 경험해본 적 없는 가속이다. 지금, 생각한 것 이상의 거리를, 생각한 것 이상의 속도로 도약했다.

그런 제어할 수 없는 움직임에, 떠오른 상태에서 놀라 소스라쳤다. 이대로는 위험하다고 판단했다. 공중에서 회전해 착지 지점에 왼손을 짚고, 두 다리를 크게 벌려 지면을 누르듯 제동을 걸었다. 하지만 기세는 꺾이지 않았다. 타타타…… 모래를 긁으면서 뒤쪽으로 밀려났다.

"멈췄어……."

벽에 부딪치지 않아, 안도의 한숨이 나왔다. 그리고 즉시, 자신이 빈틈투성이라는 사실을 깨달았다. 하지만——.

"뒤쪽이냐?!"

"응……?"

일자르의 경악한 목소리에, 레이지도 당혹감을 드러냈다. 어느새 다들 경악으로 눈을 휘둥그렇게 뜨고 있었다. 마치 예상조차 하지 못한 일이라도 목격한 것처럼.

그 모습을 보고, 설마—— 하는 생각이 떠올랐다. 지금 이 움직임에 놀란 사람은 자신뿐만이 아닌 걸까. 조금 전부터 일자르의 반응이 무척 느렸던 것은 자신이 빨라졌기 때문일까.

그렇게 마음속으로 추측하면서 일자르의 움직임에 집중했다.

예상대로 일자르의 움직임은 조금 전보다 더 느리게 느껴지고, 여유롭게 반응할 수 있을 만큼 둔해져 있다. 그리고 어째선지 그 움직임에서는 조금 전까지 품었던 절망적인 역량 차이가 느껴지지 않았다.

충돌할 것처럼 날아오는 쇠사슬을, 이샤르 클러스터로 막았다.

팔에 무게감이 느껴졌지만, 조금 전의 손톱 공격과는 비교가 되지 않을 만큼 힘이 약해져 있었다.

"이게 이 검의 힘⋯⋯."

"⋯⋯과연. 제카라이아에 미칠 정도라고 녀석이 말할 만하군. 공물의 힘을 일단은 싸울 수 있을 정도까지 끌어올릴 줄이야."

일자르의 목소리에서 놀란 감정은 느껴지지만, 아직 여유롭다고 말하고 싶은 듯하다. 확실히 절망적인 힘의 차이는 느껴지지 않지만, 아직 강자와 상대한다는 감각은 있다.

지금은 검의 힘을 해방할 때다. 레이지는 그렇게 판단하고, 지면에 있는 힘껏 이샤르 클러스터의 끝을 박아 세웠다.

"오오오오오오오오오오오!"

포효와 함께 마력이 급격히 이샤르 클러스터로 빨려들어

갔다. 푸른얼음이 거대한 수정 광석처럼 솟구쳐 일자르를 덮칠 듯이 석굴을 침식했다. 일자르도 붉은 번개를 감은 쇠사슬로 푸른얼음에 대항했지만, 푸른얼음은 쇠사슬까지 얼어붙게 했다.

이거면 가능하다. 맞서 싸울 수 있다. 레이지가 그렇게 생각한 순간——

"——응? 우, 아…… 뭐, 뭐야……?"

갑자기 시야가 흔들렸다. 현기증이라도 일으킨 것처럼. 그와 동시에 무릎이 부들부들 떨리고 온몸에서 힘이 빠져나간 것처럼 휘청거렸다. 뒤이어 수정 광석처럼 푸른얼음의 융기가 부서져서 사라졌다.

"레이지 님?!"

"몸이…… 마력이 흡수되서……."

"이 정도 힘이다. 당연히 그 힘에 걸맞은 마력을 빨아들인 거겠지. 네가 다루기엔 분에 넘치는 무기였다는 거군."

그렇게 안다는 듯한 말을 내뱉은 뒤, 일자르가 다가왔다.

절망은, 아직 끝나지 않았다.

힘을 과도하게 소비한 레이지에게 다시 일자르가 쇄도했다. 이번에야말로 피할 수 없다. 그 상황을 목격한 미즈키는 그 언젠가와 같은 초조감에 휩싸였다.

그렇다, 이것은 라쟈스와 싸웠을 때와 같다. 자신은 또 무력감을 맛보고 있었다. 그러나 지금 자신은 거치적거리는 존재이기에 물러나 있어야 한다. 이런데 레이지를 도우고 싶다며 따라나선 의미가 정말 있는 걸까? 그런 스스로에 대한 물음이, 미즈키의 머릿속에 떠올랐다가 사라졌다.

——싸우고 싶나?

문득, 어디선가 그런 말이 들려왔다.
"응? 누구?"
고통에 땀을 흘리는 파이레이를 부축하면서, 낯선 목소리의 주인공을 찾아 주위를 두리번거렸다. 그러나 당연히 이곳에 있는 자의 목소리가 아니기에 보이지 않는다.
그런 상황에 당황하자, 다시 어디선가 목소리가 메아리쳤다.

——말해봐. 너는 싸우고 싶나? 그렇지 않나?

어떤 의도를 담은 물음일까. 알 수 없다. 그러나 미즈키의 대답은 이미 오래 전부터 정해져 있었다.
"나도 싸우고 싶어. 모두에게 힘이 되고 싶어……."
그렇게 거짓 없는 진심을 말한 순간, 미즈키의 의식은 어둠에 삼켜졌다.

사태가 또다시 급변한 것은 레이지가 무릎을 꿇은 직후

였다.

쾅————! 묘한 굉음과 함께 레이지와 일자르 사이의 공간이 폭발했다.

"으, 으아……."

"큭, 이번에는 또 뭐냐!"

아무런 예고도 없는 폭발에 레이지는 얼굴을 숙였다. 한편 일자르는 그 자리에서 확 물러났지만, 폭발은 일자르를 추격해 석굴 끝까지 몰아넣었다.

그리고 뒤에서 들려온 것은——.

"으하하하하하하하!!"

언젠가 들어본 목소리, 언젠가 들어본 큰 웃음소리가 석굴 안에 울려 퍼졌다.

문득 솟아난 불길한 예감에 레이지는 즉시 뒤를 돌아보았다. 미즈키가 일어나 팔짱을 끼고 거만한 포즈로 그 자리에서 큰 소리로 웃고 있었다.

"미, 미즈키?!"

"야, 미즈키, 갑자기 왜 그래?"

마찬가지로 미즈키 쪽을 바라본 티타니아와 그라체라가 당황해서 외쳤다. 그런 그녀들의 물음에 돌아온 대답은.

"나는 미즈키가 아니다!!"

그런 의미 불명의 발언에, 모두의 머릿속에 '!'와 '?' 표시가 떠올랐다.

그리고 "그럼 누군데?!"라는 모두의 의문에 돌아온 것은.

"──다들! 잘 들어라! 내 이름은 이오 쿠자미! 이 넓은 세상을 다스리는 궁극의 왕, 구천 성왕 이오 쿠자미다!"

그런 발언 뒤에 이어진 것은 레이지의 절규다.

"뜨아아아아아아아아아?! 으어어어어어어어어어어엉?!"

레이지는 마력을 소진하고 주저앉아 있던 것도 잊고, 엄청난 괴성을 질렀다. 레이지에게 이 상황은 설마 중의 설마였다. 거의 이성을 잃은 레이지를 보고, 티타니아가 또다시 당황했다.

"레, 레이지 님?"

"미, 미즈키, 미즈키! 잠깐, 지금은 그런 말을 할 때가 아니야!"

"무슨 소리! 지금 말 안 하면 언제 말하라고! 으하하하하하하하하하하!"

이 소녀는 뭐가 좋은 걸까. 미즈키는 레이지의 말을 부정하고, 또다시 마구 웃기 시작했다. 그런 기이한 모습에, 벽까지 물러나 있던 일자르가 어이없다는 듯 질린 투로 말했다.

"뭐야? 미친 건가?"

"무례한 놈 같으니! 나는 하나도 미치지 않았다!"

그렇게 말한 뒤, 미즈키는 갑자기 왼쪽 눈을 누르기 시작했다.

"욱신…… 욱신거려…… 내 왼쪽 눈이. 나를 해하는 고얀 놈을 없애라고 마구마구 욱신거려……."

자세히 보니, 미즈키의 왼쪽 눈이 금빛으로 빛났다. 조금 전까지는 양쪽 눈 모두 같은 색이었는데, 어느새 미즈키가 그렇게 동경했던 오드 아이로 변모해 있었다.

"들어라, 상반신 네이키드여! 이제부터 네놈을 인과의 지평 저편, 신곡(神曲)이 가리키는 지옥 가장 밑바닥에 있는 코큐토스(영구 빙하)로 떨어뜨려주마!"

"…………."

"영광으로 알아라! 그러면 네놈도 대마왕에 이름을 올리게 될 테니! 으하하하하하하하!"

미즈키는 일자르를 손가락으로 가리키며 자신만만하게 말했다. 한편 레이지도 미즈키를 손가락으로 가리키며 입을 잉어처럼 뻐끔거렸다.

그런 미즈키를 상대하는 일자르는 역시 그런 호언장담이 비위에 거슬렸는지 상당히 화가 난 모습이다. 발이 박힐 정도로 땅을 밟고, 무시무시한 귀기를 내뿜으며 다가왔다.

"무슨 근본 없는 소리를……."

"내 귀중한 말을 못 알아먹다니! 멍청한 바보놈! 받아라!"

미즈키가 그렇게 말한 순간, 미즈키의 몸에서 엄청난 마력이 뿜어져 나왔다.

"어?!"

"뭐라고?!"

경악한 자는 레이지, 그리고 상대하던 일자르다. 한쪽은 지금까지 여정을 함께한 친구의 이상한 마력량에 대해서.

한쪽은 눈앞에 있는 자가 무시무시한 마력을 해방한 것에 대해서.

일자르가 자세를 잡기 전에, 미즈키는 주문을 외쳤다.

"——불이여, 흙이여. 지금 영화로운 첫울음을 울려라. 내 신전이여. 이곳에 서서, 적철 넘치는 화로가 되어 모든 것을 삼켜라. 내 손에 있을지니, 카시드럴 포지(용철 신전)!"

불이여, 흙이여. 그것은 지금까지 들어본 주문 중에는 없던 복합된 문장이다.

그리고 외쳐진 건언은 카시드럴 포지(신전의 화로). 그 직후, 미즈키 주위에서 돌기둥들이 솟아났다. 이윽고 미즈키를 중심으로 석굴 안에 만들어진 것은, 광대한 석굴 안에 겨우 들어찰 정도의 작은 신전이었다.

그러는가 싶더니 돌기둥이 급격히 끓어올라, 넘칠 듯이 주위에 마그마를 생성해냈다.

"위로 올라와! 우물쭈물하다간 너희들도 내 붉은 피에 삼켜진다고!"

"어? 아, 응!"

레이지 일행은 미즈키의 지시에 따라, 미즈키가 있는 곳까지 올라갔다.

머지않아 펄펄 끓어오르는 용암은 동굴 바닥을 가득 메우고, 해일처럼 일자르를 덮쳤다.

"안 돼, 이러면 숨을 쉴 수 없어! 미즈키!"

마그마가 공간을 과도하게 침식해나가자, 레이지가 질겁

을 했다. 이대로라면 발생한 열과, 가스, 산소 연소로 인해 숨을 쉴 수 없게 될 위험이 있었다.

곧바로 미즈키에게 마법을 멈추라고 호소하려 했다. 그러나.

"걱정 마. 설령 폐쇄된 공간이라도 내가 만든 카시드럴 포지 안에만 있으면 숨을 못 쉴 걱정은 없어. 밖에 있어도 괜찮은 예외도 있는 모양이지만——."

"예외?"

"저걸 봐."

그렇게 말하며 미즈키가 시선으로 가리킨 곳은 일자르가 있던 방향이다. 레이지가 그곳을 보자, 때를 노린 것처럼 마그마가 부풀어 올라 폭발했다.

그 안에서 나온 것은 마족 장군 일자르다.

"이 위력은……."

일자르가 중얼거리면서 자신의 양손을 천천히 살폈다. 분명히 마그마가 덮쳤을 텐데, 내성이라도 있는지 피부가 살짝 붉어진 정도다. 마치 햇볕에 그을린 것처럼.

"말도 안 돼. 마그마에 삼켜지고도 아무렇지 않다니……."

"뼛속까지 괴물이네……."

티타니아와 그라체라의 경악한 목소리가 들렸다. 한편 미즈키는 으스스한 웃음을 지었다.

"모습을 보니 피부를 조금 다친 정도인가. 크크크. 과연 데미 오거야. 이 마법에 당하고도 그 정도 부상이라면, 내

마법을 마력만으로 물리친 것 같군. 명왕신이 이룩한 어둠보다 더욱 깊은 흑인 내가 칭찬해주지."

위험한 망상에 빠진 미즈키의 대사는 듣기에 고역이다. 그러나 일자르는 대충 흘려들은 모양이다.

"오랜만에 마법을 제대로 쓸 줄 아는 녀석이 등장한 건가. 드래고뉴트의 포효를 떠올리게 하는군."

"나를 그런 것과 동일시하지 마라! 나는 구천 성왕! 세상에 단 하나뿐인 존재다!"

대담한 발언에 오만한 대답이 돌아갔지만, 일자르는 크게 신경 쓰지 않고 비웃어 넘겼다. 그리고 흥이 깨진 표정으로 말했다.

"영문 모를 소리만 지껄이는 공물이군. 뭐 좋다."

그렇게 말한 일자르는 무슨 생각을 했을까. 휙 등을 돌려 석굴 입구 쪽으로 갔다.

그 모습을 본 미즈키가 미심쩍은 시선을 던졌다.

"어딜 가? 새크라멘트를 가지러 온 거 아니었어?"

"네놈들 공물은 언제라도 먹을 수 있지만, 어차피 먹는다면 『제철』에 먹는 게 제일이지. 그때까지 그 새크라멘트인가 하는 무기는 맡겨두마."

"딱히 지금도 괜찮은데? 혹시 내 힘을 두려워하는 거야?"

도발적인 발언을 반복해서 내뱉는 미즈키를, 티타니아가 눈빛으로 말렸다.

"미, 미즈키……"

"걱정 마라. 나라면 쓰러뜨릴 수 있는 상대니까."

티타니아에게 눈길도 주지 않고 여전히 일자르를 응시한 채로 미즈키가 말했다. 중2병에 걸린 미즈키는 근거 없는 자신감에 가득 차 있었다.

"공물이 잘도 지껄이는군. 내가 못 본 척 넘어가겠다는 말이다. 다른 자들처럼 무서움을 알아라."

"……흥."

일자르의 날카로운 시선에 미즈키는 못마땅하다는 듯이 콧방귀를 뀌었다.

그때 일자르가 눈을 가늘게 뜨고 뭐라고 중얼거렸다.

"……생각해 보면 놈의 말을 듣는 것도 화가 나니까."

일자르가 한 말은 누구의 귀에도 들리지 않았다. 다만 불평하는 것만은 레이지도 어렴풋이 알 수 있었다.

……용사와 그 동료의 힘을 하찮게 대한 마족이 출구 쪽으로 사라져갔다.

마침내 레이지 쪽은 안도하며 긴장으로 굳어 있던 몸을 풀었다.

"사, 살았어……."

손의 떨림이 멈추지 않았다. 긴장이 풀리기는 티타니아 쪽도 마찬가지였는지 어깨를 축 늘어뜨린 채 멍하게 출구를 바라보며 중얼거렸다.

"정말 가버리다니……."

"대체 뭘 하려던 거야, 저 마족은……."

일자르는 석굴 안을 마구 어질러놓은 뒤 가버렸다. 새크라멘트를 원했던 것 같지만, 우선순위가 낮았는지 결국 빼앗지도 않았다.

그때 문득, 레이지는 중요한 사실을 떠올렸다.

"그래! 미즈키!"

"왜 그러지? 갑자기 소리를 지르고. 내 사랑스런 피앙세여."

"피, 피앙?!"

미즈키의 충격 발언에 레이지는 말을 잇지 못했다. 레이지가 몹시 당황하자, 미즈키가 고개를 갸웃하며 말했다.

"왜? 뭐가 이상한가?"

"이상하냐니! 이상하지! 아까부터 대체 어떻게 된 거냐고?!"

"나는 아무것도 하지 않은걸. 당신이야말로 왜 그렇게 흥분하지?"

그렇게 말하면서도, 미즈키는 레이지를 놀리는 듯 히죽거렸다. 그런 미즈키가 도대체 무슨 생각을 하는 건지 알 수 없어, 레이지는 당황할 뿐이다.

그때 티타니아가 대화에 끼어들었다.

"레이지 님, 그것보다 일단 여기서 빠져나가요. 미즈키도 그렇지만, 파이레이 씨의 상태가 걱정이에요. 그레고리 쪽도 그렇고요."

"아, 응. 알았어……."

티타니아의 발언은 시의적절한 것이었다.

그러나 일말로는 끝나지 않을 불안을 안고서, 레이지는 파이레이를 부축하며 석굴을 빠져나갔다.

——결과부터 말하면, 아스텔의 기사들과 그라체라가 데리고 온 네페리아 군인들은 다치긴 했지만 생명에 지장은 없었다.

레이지가 그들에게 들은 이야기에 따르면, 레이지 일행이 석굴로 들어간 뒤, 갑자기 일자르가 침입했다고 한다. 처음에는 수상한 자라고 생각해 구세교회의 수도사들이 돌려보내려 했지만, 일자르가 수도사들을 먹어치우기 시작해 전투가 발발했다. 교회의 술사들이 대응했지만 도무지 역부족이었고, 앞에 나섰던 자들은 모조리 잡아먹혔다고 한다.

그러나 일자르는 어느 정도 먹은 뒤에는 배가 불렀는지, 그레고리 일행에게 왔을 때는 이미 흥미를 잃고 싸우는 것도 대충이었다고 한다.

운이 좋았다면 좋았던 것인지도 모른다.

현재는 모두 회복 마법으로 치료를 받고 파이레이와 함께 별실에서 쉬고 있다.

레이지 일행은 신전의 방 한 칸을 빌려 모여 있었다.

일자르와의 싸움을 떠올렸는지, 티타니아가 한숨을 지었다.

"터무니없는 상대였어요."

"마족 장군, 일자르……. 우리는 앞으로 그런 자들을 상대해야만 하는 거네……."

누구에게랄 것도 없는 레이지의 말에 힘은 없었다. 그만큼 일자르는 강력한 상대였다. 그 마족을 생각하니 자신의 무력함과, 그렇게 무력한 채로 싸우겠다고 큰소리쳤던 어리석음을 깊이 깨달을 수 있었다.

앞으로 강한 적을 상대해야 하는 것은 라쟈스와 싸울 때부터 알고 있었다. 물론 각오도 되어 있었다. 그러나 그 정도로 압도적이고, 아무런 대응도 할 수 없는 상대일 줄은 몰랐다.

새크라멘트는 손에 넣었다. 하지만 지금은 무기 형태에서 원래의 장식품 형태로 돌아왔고, 다시 무기로 바꾸려 해도 꿈쩍도 하지 않는 상황이다. 이래서는 그 마족 장군이 다시 나타났을 때 또 진퇴양난에 빠질 것이다.

이대로 정말 괜찮을까 하는 불안에 가슴이 먹먹해졌다. 불안하기는 티타니아와 그라체라도 마찬가지인 걸까. 두 사람 모두 일자르 생각에 마음이 무거워졌는지, 활기라거나 적극성 같은 기개가 전혀 느껴지지 않았다.

일자르나 새크라멘트도 그렇지만, 그건 일단 접어두고——

"흠, 왜 그러지? 땅속에 잠든 작열 용의 심장보다 뜨겁고, 위대한 존재인 우리 천사들보다도 존귀한 욕망이라는 이름의 정의를 가슴에 감춘 내 약혼자여. 아까부터 꽤 안색이 좋지 않은걸?"

"이게 누구 탓인데……."

"내 탓이라는 건가? 무례한 발언이지만…… 뭐 용서해줘야지."

그렇게 말한 미즈키는 말과 행동도 그렇지만 역시 어딘가 평소와 다르다. 자기를 이오 쿠자미라고 하고 잘난 체하는 것을 제외하더라도 위화감이 있는 수준이다.

무엇보다 시선을 끄는 것은 미즈키의 눈동자다. 미즈키의 눈동자가 한쪽만 금빛으로 빛나며, 오드 아이를 이루고 있다.

석굴에서부터 득의양양한 태도로 팔짱을 끼고 유쾌한 모습을 연출했다. 지금은 그런 미즈키를 신전에서 빌린 어느 방에서 복잡한 표정으로 바라보는 실정이다.

티타니아와 그라체라도 미심쩍은 시선을 숨길 수 없었다.

"그보다 미즈키, 그런 설정 그만하기로 하지 않았냐? 과거의 흑역사잖아?"

"나는 미즈키가 아니다. 구천 성왕 이오 쿠자미다."

"그러니까 그 설정은 그만 됐다고. 이미 질리도록 들었으니까…… 으으으, 이야기가 전혀 진전되지 않아."

미즈키…… 아니, 이오 쿠자미가 뻔뻔하게 나열하는 **거북한** 말들을 듣고, 레이지가 머리를 감싸 안았다. 과거의 소란을 떠올리면 머리가 아파서 견딜 수 없다. 그러나 이오 쿠자미는 그런 레이지의 마음도 모르고 말했다.

"설정이고 뭐고, 사실이 그런 것뿐인걸. 나는 세상에 단

하나뿐인 존재, 천상을 다스리는 원초의 패자로부터 태어난 서자, 구천 성왕 이오 쿠자미니까."

"입을 열 때마다 설정이 늘어나…… 아아, 역시 위험한 시기의 미즈키야……."

레이지는 한차례 괴로움에 신음한 뒤 미즈키를 보았다.

"저기…… 미즈키."

"그러니까 계속 말하잖아? 나는 미즈키가 아니라고."

거듭 부정하는 이오 쿠자미에게, 이번에는 티타니아가 말을 걸었다.

"……저기, 정말 당신은 미즈키가 아닌가요?"

"그래. 나는 진실로, 이 몸의 진짜 주인인 미즈키가 아니다. 이 세상 모든 생명의 요청을 받아들여, 천상에서 내려온 신성한 몸이다."

무엇이 진실이고 무엇이 신성한 몸이란 말인가. 그저 쓰고 싶은 표현만 쓰는 듯한 느낌에 질려하자, 그라체라가 의아한 표정으로 물어왔다.

"레이지. 우리는 그 이오 쿠자미인가 뭔가를 잘 모르겠는데. 설명해줄 거지?"

"……안 하면 안 될까?"

"어쩔 수 없는 거란 건 알겠는데, 일단은."

"그게 그러니까 민망하달까……."

"왜 네가 민망해지는데?"

"그럴 때 있잖아? 왜 거실에서 가족끼리 있는데 TV에서

야한 장면이 나올 때라든가…….”

“너희 세계의 표현을 쓰면 몰라.”

“달리 좋은 예가 떠오르지 않아.”

레이지가 설명하기를 꺼리자, 이오 쿠자미가 몹시 기쁜 듯이 가슴을 펴고 말했다.

“좋아. 나에 대해서 알고 싶다면 가르쳐주지. 내 약혼자 이외에는 엎드려서 들도록.”

“아무도 안 엎드려. 됐으니까 어서 말해.”

“아아, 나왔네…… 다 공개해버리네, 미즈키…….”

그렇게 레이지가 절망하며 중얼거리는 것을 아랑곳하지 않고, 이오 쿠자미는 침대 위에 인왕처럼 다리를 벌리고 섰다.

그럴 필요가 있느냐고 묻고 싶은 것을 세 사람이 참고 있자, 이오 쿠자미는 높은 곳에서 아래를 쓱 둘러본 뒤 득의양양하게 말하기 시작했다.

“내 이름은 구천 성왕 이오 쿠자미. 이 시시한 세상에 만연한 한심한 존재인 인류를 트루 다크 사이드(참 암흑계)로 이끌기 위해 각성한, 아비스(심연)에서 온 검은 불꽃의 절대 지배자이자, 모든 생명에게 동등하게 죽음을 부여하는 존재, 별명은 그랜드리퍼 데스차일드…………였지?”

“나한테 묻지 마! 몰라!”

“그게, 이런 자기소개가 세 개 정도 더 있거든…… 온 세상의 악의를 칠흑의 어둠과 동등하게 존재할 때까지 바짝

조린 카르마라는 이름의 판도라에…….”

“말 안 해도 돼! 이제 말 안 해도 된다고!”

레이지가 귀를 막고 머리를 흔들었다. 그런 레이지의 괴로움이 전해졌는지, 티타니아도 얼굴을 찌푸린 채 관자놀이를 문질렀다.

“……왜 그런지는 모르지만, 듣고 있자니 머리가 아파오네요.”

“티아, 무슨 소린지 모르겠으니까 머리가 아픈 거야…….”

두 사람은 괴로워할 뿐이었지만, 그라체라는 진지하게 생각하는 모양이다.

“레이지, 티타니아 전하. 어쩌면 미즈키는 이상한 것에 씐 걸지도 몰라. 분명히 엘프도 말했잖아? 이 주변 지역을 다스리던 왕이 폭군이 된 건, 포학한 뜻이 들러붙어서라고.”

“그러고 보니.”

레이지가 그런 말을 떠올리자, 옆에 있던 이오 쿠자미가 “그런 것과 같은 취급하는 건 사양하겠어”라며 씩씩거렸다. 확실히 그렇게 되면 폭군이 불쌍하다.

“미리 말해두는데, 나는 그 책에는 손대지 않았고, 무엇보다 그건 그놈, 천지를 떨게 하고 삼천 세계에 이름을 떨친 항마의 주먹을 가진, 신과 사탄보다 극악한 행위를 받아들인 귀신이 가져갔잖아.”

이오 쿠자미가 말한 그놈은 일자르라는 마족이다. 분명, 파이레이가 폭군을 폭군으로 만든 것은 그 책이라고 말했다.

무엇보다 그런 폭군이 미즈키에게 들러붙었다 해도, 그 뜻이 미즈키가 어둠에 묻은 과거를 들추어낼 이유를 찾을 수 없다.

뭐가 뭔지 모르게 된 레이지가 인상을 쓰자, 티타니아가 슥 다가왔다. 그리고 귓속말을 하듯 얼굴을 가까이 붙여왔다.

"……레이지 님, 어떻게 생각하세요?"

"아마도 말인데, 지금의 미즈키 안에는 미즈키와는 다른 인격이 생긴 게 아닐까?"

"다른 인격이요?"

"응. 다중 인격이라는 정신병인데. 사람이 강한 스트레스를 받으면, 정신의 균형을 유지하기 위해서 원래의 인격 이외에 또 다른 인격을 만들어내는 경우가 있대."

레이지는 티타니아에게 해리성 동일성 장애의 일부 병증의 예를 간단히 설명했다.

한편 그 설명을 옆에서 듣고 있던 그라체라도 두 사람의 대화에 끼어들었다.

"그게 지금 미즈키가 처한 상황인가…… 음. 그러고 보니, 그때 그 마족은 강력한 무위를 내뿜었어. 정신적으로 충격을 받았다고 해도 이상하지 않지."

"원래대로는 돌아오나요?"

"나도 의사가 아니니까 뭐라고 말은 못 해…… 하지만 그런 병에 걸린 사람은 인격이 왔다 갔다 하거나, 그 스트레스가 해소되면 인격이 통합돼서 원래 상태로 돌아온다고 들

었어. 어느 정도 시간이 지나면 해결의 실마리 정도는 발견
할 수 있을 거야."

"미즈키의 인격이 사라진 건 아니죠?"

"아마도……."

티타니아가 가슴을 쓸어내렸다. 문득 이오 쿠자미가 그들
을 향해 말했다.

"셋이서 비밀 이야기라. 나도 끼워줘. 네놈들의 그 한심
하고 어리석은 예측을 말해보라고."

"아뇨, 지금 미즈키를 끼워주면 대화가 진행되지 않을 것
같으니 사양할게요."

"미즈키. 걱정 마. 네가 원래대로 돌아올 때까지 도울 테
니까."

"이제 무시하겠다는 건가. 고얀놈들."

그렇게 말한 이오 쿠자미가 못마땅하다는 듯이 콧바람을
뿜었다. 그러나 그것도 잠시, 불쑥 대담한 미소를 지어 보
였다.

"그것보다, 내 피앙세여. 나만 신경 쓰고 있어도 되는 건
가?"

"응?"

"그거."

이오 쿠자미가 손가락으로 가리킨 것은 레이지가 입은 블
레이저의 주머니다. 그 주머니에는 새크라멘트와 함께 파
이레이에게서 받은 라케시스미터라고 불리는 물건이 들어

177

있다.

이게 어쨌다는 걸까, 하고 레이지가 주머니에서 꺼내
자──.

──찰칵

"응──?"

시곗바늘이 움직이는 소리를, **머리가 인식했다.** 들렸다,
라는 표현은 지금 현상에는 어울리지 않았다. 마치 소리가
귓속에 직접 울린 것 같았다.

"레이지 님?"

"방금, 들었어?"

"뭐가요?"

티타니아는 의아한 표정을 지었다. 티타니아에게는 시계
가 움직이는 소리, 기어 소리가 들리지 않은 걸까. 곧바로
티타니아가 물어왔다.

"레이지 님, 방금 무슨 소리가 들렸어요?"

"우리는 아무 소리도 못 들었는데."

그라체라도 긴장한 채 주위를 두리번거리며 소리의 진원
지를 찾았다. 그러나 소리의 진원지는 지금 레이지가 들고
있는 물건이다. 그렇다는 것은 정말 그녀들에게는 들리지
않는 것이다.

한편 이오 쿠자미는 조금 전처럼 이쪽을 희롱하듯 히죽거

리기만 할 뿐이었다.

그 미소를 가늘게 뜬 눈으로 바라보며, 레이지는 회중시계 뚜껑을 열었다.

역시 시계에는 손에 넣었을 때와 마찬가지로 단침과 장침, 쇼텔처럼 부드럽게 휜 단침과 장침이 있다. 그러나.

"움직이고 있어……."

처음 뚜껑을 열었을 때와는 분명히 달랐다. 부드럽게 휜 바늘이 움직이고 있고, 아주 미세하지만 1분을 지날까 말까 한 지점을 가리키고 있었다.

"정말 업이 깊은 계측기지. 누구나 어차피 죽는다는데, 그걸 거스르기 위해 그런 물건까지 만들다니."

"……미즈키, 아니, 이오 쿠자미 씨에게 이 물건은 뭔데?"

"이건 세계 종언의 저울이다. 역으로 질주하는 미래와 그 것을 거역하는 현재 시한의 길항을 나타내는 마기커멘트 오파츠(마도 유물)지."

"……파이레이 씨도 그런 말을 했었죠? 끝의 시작이 어쩌고."

"그러니까, 파이레이의 말을 거창한 표현으로 바꾼 것뿐인가."

"거창한 표현은 부정하지 않겠지만…… 뭐 좋을 대로 말해라. 그럴 수 있는 것도 지금뿐일 테니까. 우하하하하하!"

레이지가 한창 험악한 표정으로 라케시스미터를 보고 있을 때, 이오 쿠자미가 웃어대기 시작했다. 그 웃음의 규모가 점점 커져, 레이지의 생각을 방해했다.

참다 못한 레이지가 이오 쿠자미에게 소리쳤다.

"이제 좀 적당히 해, 미즈키!"

"웬만하면 좀 외우도록! 내 이름은 구천 성왕 이오 쿠자미다! 결단코 미즈키가 아니야! 결단코!"

"으아 진짜! 으아! 으아아아! 왜 이렇게 되는 건데! 스이메이! 도와주라아아아아아아아!!"

이오 쿠자미의 웃음소리와 레이지의 절규가 메아리쳤다.

그렇다, 그것은 스이메이가 인르와 싸운 날로부터 일주일째 되던 저녁의 일이었다.

제3장 새로운 적들

연합 북쪽에서 벌어진 마족과의 전투는 결국 마족 철수라는 형태로 일시적인 끝을 맞이했다.

이 전투에서는 연합 제국도 적지 않은 손실을 입고, 각국의 군대도 재편을 위해 일시적으로 철수했다. 서로 피해를 입고 비긴 모양새의 결말이었다.

한편 이번 전쟁 중에 마족 이외의 자들이 하츠미를 노린 사건이 있었다. 그 사실을 전해들은 미어젠 국왕은 하츠미 일행에게 귀환 요청을 하고, 수도 경비 체제를 강화했다.

스이메이와 용사인 하츠미를 압도한 상대라면 아무리 병사를 늘려도 소용없겠지만, 그들이 쓸 수 있는 방위책은 그것뿐이었다. 미어젠 영내 각지에서 병사를 모아, 지나치다 싶을 만큼 경관이 매일 거리를 순찰했다.

그것과는 별개로 궁정은 스이메이도 경계했던 모양이지만, 지금은 그럴 때가 아니라며 반쯤 무시하는 형태로 방치하고 있었다.

먼저 전장을 떠난 스이메이 일행보다 며칠 늦게 마족과의 전투를 일단락 짓고 전장에서 돌아온 쿠치바 하츠미는 이날, 혼자 어느 장소를 방문했다.

그 장소는 땅거미 정 연합 지부의 숙사. 스이메이 일행이 방을 얻은 건물이었다.

하츠미는 현관 로비의 양쪽형 계단을 올라, 가죽을 붙인 난간을 따라 게스트 룸으로 향했다.

곧 목적지 앞에 도착해 나무로 된 방문을 두드렸다.

"저, 계세요?"

현관 앞도 아닌데 그렇게 묻는 것도 웃기지만, 어쨌든 방 문자였기에 그런 말이 나왔다. 곧 차분한 발소리와 함께 문 너머에서 여성의 목소리가 들려왔다.

그와 동시에 문이 열렸다.

"네~. 아! 연합 용사님이셨군요?"

"네. 으음, 분명 스팅레이 씨……였죠?"

"네. 오랜간만……이라고 할 정도는 아니겠죠?"

하츠미를 맞이해준 사람은 페르메니아 스팅레이다. 기억 을 더듬듯 물어온 하츠미에게, 페르메니아는 부드럽게 미 소 지으며 대답했다.

하지만 곧바로 표정을 긴장시켰다. 페르메니아는 이 세계 에 사는 사람들이 으레 그렇게 하듯 가슴에 손을 얹고 예를 갖추었다.

"어서 오세요, 용사님. 이렇게 와주셔서 감사합니다."

"앗, 아, 네. 잘 부탁해요……."

하츠미는 그런 변화에 살짝 당황했지만, 페르메니아가 바 로 표정을 푸는 것을 보고 마음을 놓았다.

"그런데, 혹시 경호도 없이 혼자 오신 거예요?"

"네. 혼자 빠져나왔어요. 누가 따라오면 그것도 힘들 것 같아서요."

하츠미는 그렇게 말한 뒤 쓴웃음을 지었다. 실례되는 말이겠지만, 그것이 최선일 것이다.

궁전 사람들은 하츠미가 스이메이를 방문하는 것을 그다지 좋게 생각하지 않는다. 도시에 돌아온 뒤로 몇 번인가 방문하려 했지만, 예의 그 표적 사건 탓에 용사를 궁전에 머무르게 하라는 국왕과 대신들의 지시가 있었던 모양이라, 몰래 빠져나올 수밖에 없었다.

모순되게도, 현재 가장 안전한 장소는 이곳이라고 생각했다. 그건 그렇고——.

"서서 얘기하는 것도 그러니 안으로 들어오세요."

페르메니아는 그렇게 말하며 문을 열고 몸을 물려 하츠미에게 길을 터주었다.

"이제 좀 편해진 기분이네요. 궁전이나 밖에도 경비병들이 쫙 깔렸거든요. 어디에서 그렇게 모였는지…….."

"그러실 것 같아요. 그런데 용사님, 오늘은 어쩐 일로 오셨어요?"

"지난번에 도우러 와준 것에 대한 감사 인사를 해야 할 것 같아서요. 지금이라면 게스트 룸에 있을 거라고 길드 마스터가 말해줬어요."

"그러셨군요. 스이메이 님이라면 지금은 방에서 자료 정리를 하고 있어요. 아마 곧 오실 거예요."

"그럼 잠시 기다릴게요."

하츠미는 페르메니아의 안내를 받아 게스트 룸 의자에 앉았다. 모임 예정이 있었던 것처럼 곧바로 페르메니아가 차를 내어왔다.

하츠미가 한 모금 마시자, 갑자기 문이 열리는 소리가 났다.

"어라, 하츠미 양이 있었네."

들어온 사람은 레피르다. 뜻밖의 방문객을 보고 놀란 표정을 지었다.

하츠미는 의자에서 일어나 레피르에게 인사했다.

"안녕하세요. 분명 레피르 씨였죠?"

레피르가 "어" 하고 밝은 표정으로 대답하자, 페르메니아가 말했다.

"오늘은 지난번 일로 고맙다는 인사를 하러 오셨대요."

"그렇게까지 신경 써주고. 일부러 찾아와줘서 고마워."

"아니에요. 그때도 말했지만 다시 한 번 도우러 와주셔서 감사해요. 덕분에 무사히 돌아올 수 있었어요."

일본인의 기질답게 머리를 숙여 인사하자, 그것을 과분하다고 생각했는지 페르메니아가 당치도 않다는 듯이 손을 저었다.

"아니에요. 저희는 스이메이 님을 도운 것뿐인걸요. 감사 인사라면 스이메이 님께 해주세요."

"그래. 스이메이가 가자고 하지 않았으면, 우리도 나서지 않았을 테니까. 고맙다는 말은 스이메이에게 하는 게 도리겠지. 우리는 신경 쓰지 마."

두 사람 모두 겸손하게 말했다. 그런 그녀들의 태도에 하츠미는 왠지 모르게 벽을 느꼈다. 사실상 첫 대면이기에 어쩔 수 없지만, 어쩐지 경계당하는 부분이 있었다.

하츠미가 차를 마시면서 그런 생각을 하는데, 레피르가 의자에 앉는 타이밍을 보고 페르메니아가 조심스럽게 말을 꺼냈다.

"저기…… 용사님, 궁금한 게 있는데, 물어봐도 될까요?"

"네? 뭔데요?"

"그게, 스이메이 님과는 어떤 사이세요?"

"그 녀석은 사촌이래요. 야카기가 말 안 해요?"

"듣긴 했지만……."

"그런데 무슨 문제라도?"

"아, 아뇨……."

페르메니아는 어색하게 시선을 피하면서 묻는 것을 망설였다. 에두른 질문으로 무엇을 깨닫게 하려 했는지, 무엇을 말하게 하려 했는지는 모른다. 하지만 하츠미가 알아채지 못하고 의아한 표정을 짓자, 이번에는 레피르가 입을 열었다.

"그런 질문은 좀 애매하지. 하츠미 양, 단도직입적으로 물을게. 넌 스이메이를 어떻게 생각해?"

"어, 어떻게라니요?"

그런 물음에, 하츠미는 가슴을 찔린 것처럼 움찔했다.

어떻게 생각하느냐고 물어왔기에, **그런 것**을 떠올리고 말
았다.

그리고 그런 짐작이 맞았는지, 레피르도 묻는 것이 부끄
럽다는 듯 얼굴을 붉혔다.

"그, 그래…… 이성으로서 어떻게 생각하느냐고 묻는 거
야……."

"요, 용사님은 스이메이 님을 어떻게 생각하세요?!"

레피르의 물음에 편승해 페르메니아가 다급한 표정으로
몸을 내밀었다. 두 사람 모두 몹시 진지하다. 그러나.

"잠시만요! 왜 나한테 그런 걸 물어요?"

"우리한텐 중요한 문제거든."

그제야 하츠미는 그 질문의 의도를 파악했다.

하츠미가 깨달은 것과 동시에 페르메니아와 레피르도 하
츠미가 스이메이를 어떻게 생각하는지를 알아챘다.

──그리하여 하츠미, 레피르, 페르메니아는──.

"흐음."

"호오."

"음음음……."

험악한 표정으로 서로를 뚫어져라 보았다. 셋 다 마치 라
이벌을 보는 표정이다.

스이메이가 자료 정리를 마치고 방에 들어온 것은 그때
였다.

할 일을 매듭짓고 상쾌한 기분으로 콧노래를 흥얼거리면

서 방에 들어오자, 세 명의 미인이 어쩐 일인지 불꽃을 튀기고 있었다.

"응…… 뭐야? 무슨 일인데?"

둔하디 둔한 마술사를 둘러싼 싸움은 이제 막 시작되었다.

──리리아나 잔다이크에게는 최근 『포옹벽』이라는 이상한 버릇이 생겼다.

스이메이 일행과 함께하게 된 이후로 아무래도 쓸쓸함을 참지 못하게 됐는지 세 명 중 누군가에게 착 달라붙었다.

아마 사람에게 응석부리는 법을 알아버렸기 때문일 것이다. 지금까지는 그다지 느끼지 않았지만, 밤에 혼자가 되었을 때나 문득 로그에게 거두어지기 전을 떠올리면 또 그렇게 되면 어쩌지, 라는 생각에 몹시 괴로워진다.

그럴 때마다 세 사람에게 달라붙어 우울한 마음을 달래는 것이다.

이미 그럴 나이가 지났고, 이대로는 안 된다고도 생각했다. 하지만 응석부릴 수 있는 이때 실컷 부리라는 레피르의 말에, 지난 세월을 보상받겠다는 듯이 달라붙었다.

쓸쓸함은 이유 없이 찾아온다. 이날도 예외는 아니었다.

"오늘은 누구에게 할까요."

게스트 룸으로 향하면서 리리아나는 응석부릴 상대를 생각했다. 오늘도 평소대로라면 각자 할 일을 끝마치고 게스트 룸에 모여 차를 마시면서 빈둥거리고 있을 것이다.

리리아나는 응석부릴 상대는 돌아가면서 바꾸기로 정해 두었다. 한 사람에게 집중적으로 달라붙는 것도 민폐라고 생각해서였다. 레피르에게 응석부렸다면 다음은 페르메니아, 그 다음은 스이메이라는 식으로 각자의 상황을 고려해 시간을 빼앗았다.

요 며칠간은 스이메이가 블랙우드 숲에서 얻은 영걸 소환술의 정보를 정리하느라 바빠, 레피르와 페르메니아에게 치우쳐 있었다. 그래서 이날 응석부릴 상대는 스이메이로 정했다. 그러나——.

"스이메이, 포옹해주세……요?"

——게스트 룸 문을 열고 들어선 순간 눈에 들어온 것은, 눈에서 불꽃을 튀기며 서로를 노려보는 세 소녀와, 몹시 떨고 있는 스이메이였다.

영리한 리리아나는 그 모습을 보고 이 방에서 무슨 일이 있었는지를 대강 눈치챘다.

따라서 그 목소리가 문이 열리는 소리에 묻힌 것은 뜻밖의 행운이라고 할 수 있었다. 단지 기운차게 들어왔다고 착각한 모양인 여성진들은 자신을 쳐다만 봤을 뿐, 아무 말도 하지 않고 다시 서로를 노려보기 시작했다. 한편 바늘 방석에 앉은 것처럼 험악한 분위기에 놓여 있던 스이메이는, 하늘에서 구세주가 나타난 것처럼 안도하는 표정을 향해왔다.

스이메이의 어색하고도 한심한 목소리가 들려왔다.

"리, 리리아나 왔어? 무슨 일이야?"

그 물음에, 리리아나는 가만히 문을 닫으며 말했다.

"아무것도 아니에요. 돌아갈게요. 안녕……."

"아니, 잠깐만. 가지 마. 안녕이란 말 하지 마. 여기 있어
줘. 제발."

"저는 신경 쓰지 마시고, 힘내세요."

"자자자자잠깐! 그게 그러니까, 무슨 볼일이 있었던 거
아니야? 뭐라고 말했잖아? 『포』 뭐시기랬나? 뭐라고 한
거야?"

스이메이가 리리아나에게 매달리는 것을 눈치챘는지, 시
선이 집중되었다. 무언가를 눈치챈 걸까. 페르메니아와 레
피르는 그렇다 치고 어느새 와 있던 용사 하츠미의 눈빛이
몹시 살벌하다.

그리고.

"이 애, 리리아나 양이었지? 방금 포옹이라고 말한 것 같
은데……."

들린 걸까. 하츠미가 반쯤 뜬 눈을 스이메이에게 향했다.
용사의 청력을 얕보면 안 된다.

한편 스이메이는 포옹에는 짚이는 데가 있었기에 뒤집어
진 목소리로 말했다.

"아! 아아 그건! 그건 말이지……."

"저기 너. 설마 이 어린애한테 수상한 짓을 시키는 건 아
니겠지?"

189

"내가 리리아나한테 수상한 짓을 시킬 리 없잖아!"

"그럼 방금 그 말은 뭐야?"

"어? 아니 그, 그건……."

더듬거리는 스이메이를 보는 하츠미의 눈이 순간 날카로워졌다. 마치 벌레라도 보는 듯한 눈이다. 그 눈빛에는 리리아나도 겁을 먹을 수밖에 없다. 하지만 포옹을 허락해주는 스이메이에게 결코 나쁜 마음은 없다. 스이메이는 가족을 잃어봤기에 그 외로운 마음을 이해한다. 그 외로움을 달래주기 위해 레피르의 응석을 받아주는 것이다.

그러나 페르메니아와 레피르와의, 사랑의 쟁탈전을 넘어 더욱 험악해진 지금 같은 상황에서는, 설명이 끝나기 전에 하츠미가 폭발해 스이메이를 벨 것이다.

스이메이가 더듬거리자, 하츠미가 허리에 찬 검에 손을 뻗었다. 카랑. 검을 뽑는 소리가 울려 퍼지자, 스이메이가 "히익" 하고 이제껏 들어본 적 없는 한심한 소리를 냈다.

"그러니까……."

"음, 그건 말이지……."

한편 페르메니아와 레피르도 도움을 주기 어렵다. 실제로 리리아나가 안아달라고 한 것은 사실이었으므로. 얼버무릴 만한 말이 떠오르지 않는 모양이다.

따라서 이 상황을 해결할 수 있는 사람은 리리아나뿐이었다.

스이메이에게 다가서는 하츠미가, 마족에게도 향한 적 없는 무시무시한 기운을 뿜어냈다. 마치 마왕처럼. 그렇게 생각한 것은 리리아나뿐만이 아닐 것이다. 마왕을 본 적은 없지만, 다른 표현은 불가능하리라.

그때 그런 두 사람 사이에 끼어든 것은 리리아나다.

"──용사 하츠미. 포옹이 아니라, 탈혼이에요. 스이메이가 지난번에 가르쳐준 탈혼 마술에 대해서 자세한 보충 설명이 듣고 싶어서 『탈혼을 가르쳐주세요』라고 말했어요. 당신은 그걸 잘못 들은 거예요."

갑자기 상대하는 바람에 긴장해서 보고할 때처럼 기계적인 말투가 나왔다. 그러나 조금 구차한 변명이었을까. 하츠미는 험악한 표정을 풀지 않았다.

"흠. 그러면 왜 세 사람 다 우물쭈물한 거죠?"

"마술은 비전이에요. 비전은 함부로 말할 수 없는 거니까 순간적으로 다들 망설인 거겠죠."

"하지만."

"용사 하츠미. 무엇보다 제가 안아달라고 조를 나이처럼 보이나요?"

하츠미에게 한쪽 눈을 향했다. 이것이 가장 큰 도박이다. 보수는 얼마간의 안심과, 팁은 스이메이의 목숨.

그것으로 하츠미의 말문이 막혔다. 몸은 어린 편이지만 성숙한 말투에서 그럴 나이는 아니라고 판단했을 것이다. 그 즉시 하츠미는 실례되는 말을 했다는 듯이 겸연쩍은 표정을 지었다.

"그래. 그러네요. 미안해요."

"저도 오해할 만한 말을 해서 죄송해요."

결정타라는 듯이 꾸벅, 머리를 숙였다. 이로써 더 이상 하츠미는 스이메이를 나무랄 수 없다. 도박에는 이겼다.

그러나 문득 깨달았다. 이렇게 되면 하츠미가 돌아갈 때까지 페르메니아와 레피르에게도 안기지 못한다는 사실을.

"아……."

오늘은 단념하는 수밖에 없었다.

마음속으로 "스이메이, 바람둥이……" 하고 투덜거리며 살짝 볼을 부풀렸다.

그건 그렇고.

"그런데 세 사람은 왜 그러고 있는 거죠? ……묻지 않아도 알 것 같긴 하지만……."

"그래! 아까부터 셋 다 뭔가 이상해……."

"스이메이는 잠자코 있어요."

"끙."

스이메이를 조용히 시키고, 다시 하츠미에게 시선을 향했다. 그러나 하츠미는 아이처럼 휙, 시선을 피했다.

"딱히 난 아무것도 아닌데요?"

그때 레피르가 제 뜻대로 되었다는 듯이 눈을 반짝였다.

"호오, 그래?"

"네?! 그건 그……."

레피르가 당황하는 하츠미에게 시선을 향했다. 그러자 하츠미는 앞에 했던 말을 철회하듯 말을 바꾸었다.

"아무것도 아닌 건 아니……려나?"

시선을 방황하며 진정하지 못하는 모습이다. 그런 하츠미를 보고, 페르메니아가 험한 표정을 지었다.

"분명히 말하세요."

"……그런데 하츠미 양. 너한테는 바이처 왕자라는 사람이 있잖아?"

레피르의 물음에, 하츠미는 얼굴을 붉히는가 싶더니 바로 부정했다.

"바이처하고는 그런 관계가 아니에요! ……그보다 그렇게 말하면 내가 이, 이이이이이 녀석을 좋아하는 것처럼 들리잖아요!"

"아니야?"

"아니에요! 바이처도, 이 녀석도 둘 다 아니에요!"

하츠미는 아니라고 소리친 뒤 화가 난 표정으로 휙 고개를 돌렸다. 어디로 보나 우기는 것이었지만, 스이메이만 그걸 모르는 듯하다.

한편 레피르도 조금 부끄러운 얘기를 하려는지 쭈뼛거렸다.

"그, 그럼 우리가 스이메이하고 친하게 지내도 문제없는 거지?"

"그, 그건……."

친하게 지낸다. 그 말은 해석의 범위가 넓어 부정하기 어려운 모양이다. 그때 아직 상황을 잘 이해하지 못한 스이메이가 가만히 있으면 좋으련만 대화에 끼어들었다.

"저기 하츠미. 잘 모르겠지만 그렇게까지 화낼 필요 없잖아? 다 같이 친하게 지내도 나쁠 건 없잖아?"

"……너한테 친하게 지낸다는 건 어떤 뜻인데?"

"아, 그러니까……."

스이메이가 우물쭈물하자, 하츠미가 갑자기 볼을 부풀렸다. 그리고 격앙된 목소리로 외쳤다.

"뭐야! 도우러간 건 내 역할이라고 말한 주제에! 셸피한테 들었어!"

"어? 뭐가? 아니, 그런 말은 하긴 했는데."

"지켜주는 거 아니었어?!"

"맞아. 당연하잖아? 가족이니까."

"당연하지 않아!"

"어??"

예상과는 다른 대답이 돌아왔기에 스이메이는 당황했다. 스이메이는 그때 소중한 가족을 지키기 위해 나선 것으로, 다른 이유 같은 것은 없었다. 그러나 그 생각을 완전히 부정당했기에 혼란스러워졌다.

그러자, 하츠미의 말을 흘려들을 수 없었던 페르메니아가 스이메이를 추궁했다.

"스이메이 님. 그건 어떤 뜻에서 한 말인지 자세히 듣고 싶은데요."

"나도 궁금하네. 응, 엄청 궁금해."

"분명히 말해!"

세 사람이 스이메이를 몰아붙였다. 그 모습을 옆에서 보면 불쌍하다는 생각도 들지만, 결국은 자업자득이다.

"아, 저, 저기…… 다들 너무 시끄럽게 하면 다른 사람들한테도 민폐고, 조금만 조용히, 원만히 대화하는 게 어떨까 하는데……."

스이메이는 화제 전환을 시도했다. 그러나.

"괜찮아요, 스이메이. 방금 게스트 룸 전체에 소리를 차단하는 결계를 쳤어요."

"아아! 고마워……가 아니고, 그게 아니야! 내가 의도한 것과 달라!"

"안 돼요?"

"아니, 안 되는 게 아니라 그게 아니랄까…… 너, 리, 리리아나! 일부러 그랬지!"

리리아나는 스이메이에게 이전에 배운 엄치 척 동작을 해 보이더니, 곧바로 엄지를 아래로 향하게 했다. 엄지 내리기(지옥에 떨어져라)다. 여기서 스이메이가 도망치는 것은 용납되지 않는다. 이쪽 역시 응석을 포기했다. 그러니 그에 상응하는 꼴을 당하게 해야 공정했다.

"내, 내 편이……."

"없는 것은 『누군가를 베면 그 피에 젖는다』기 때문이에요."

언젠가 들었던 리리아나의 말을 듣고, 스이메이는 어깨를 축 떨어뜨렸다. 그러나 여성진의 추궁은 끝나지 않았다.

"저기, 야카기…… 방금 그 말 말인데, 무슨 뜻이야?"

"아니,…… 뭔가 착각하고 있달까! 난 단지 가족을 지키 겠다는 뜻이었지, 다른 뜻이 있었던 건 아니야……."

"그럼 오해하잖아!"

"음. 너의 그런 모호한 태도에 대해서는 설교를 해야겠는 걸."

"스이메이 님! 무엇이든 분명히! 정확하게 말해야 뜻이 전 달되죠!"

조금 전까지는 서로 불꽃을 튀겼으면서, 세 명이 동시에 스이메이를 노려보았다.

"너희들 왜 갑자기 한 패가 된 거야……."

한동안 스이메이는 세 사람에게 지독한 설교를 들어야 했다.

"그럼 난 이만 돌아갈게."

"……배웅할게."

하츠미가 집, 아니, 성으로 돌아가겠다고 하자, 안색이 창 백해진 스이메이는 힘없는 목소리로 대답했다.

조금 전부터 호되게 추궁당하고 설교를 듣느라 이미 기운 이 빠져 기진맥진해 있었다.

아직 정오가 조금 지난 시각으로 하늘은 화창했지만, 이곳만 암담하기 그지없다.

하츠미가 모두에게 작별 인사를 마치자, 레피르와 페르메니아도 의자에서 일어났다.

"우리도 같이 가자."

"그래요. 다 같이 배웅해요."

"응?……아, 딱히 안 그래도 되는데……."

얼떨결에 모두에게 배웅받게 되었지만, 하츠미는 귀찮게 하는 것 같아 거절 의사를 밝혔다.

그러나 그녀들이 의도하는 것은 단순한 배웅뿐만이 아니다.

"아니에요. 다 같이 에워싸면, 발견하기 힘드니까요."

리리아나의 말에 하츠미는 "아!" 하고 손뼉을 쳤다. 몸을 가리는 것은 로브만으로는 불안하다. 모두가 하츠미를 에워싸고 걸으면, 병사들도 용사를 찾지 못할 거라는 생각에서였다.

이야기가 정리되고, 스이메이 일행은 하츠미를 에워싸고 숙사 밖으로 나왔다. 궁전으로 가는 길을 걷다가 문득 하츠미가 레피르와 페르메니아에게 사과의 말을 건넸다.

"조금 전에는 미안했어요. 여러 가지로 화내서."

"딱히 우리는 신경 쓸 거 없어. 사과 안 해도 돼."

레피르의 시원시원한 대답에, 스이메이가 "응?" 하고 반론하는 듯한 반응을 보이자, 페르메니아가 흘겨보았다. 조금 전 그녀들에게 언어 폭격을 맞은 것을 떠올린 스이메이는 의기소침해져서 입을 다물었다.

"……정말, 스이메이 님이 오해할 말을 하니까 나쁜 거예요. ……용사님, 아까는 여러 가지 일들이 있었지만, 앞으로는 친하게 지내요."

"응? 친하게라니……."

하츠미는 일단 그녀들을 경쟁자라고 생각하는지, 페르메니아의 제안에 당황했다. 그런 하츠미에게 레피르는 머리를 절레절레 흔들며 대답했다. "그건 그거고, 이건 이거란 거야. 별개로 생각하는 게 가장 좋아."

"맞아요."

"……하긴. 그래요, 잘 부탁해요."

"잘은 모르겠지만, 친하게 지내준다면 고마울 따름이네……."

이제라도 원만히 마무리된 모양이다. 스이메이가 부드러워지기 시작한 분위기에 안도의 한숨을 내쉬자, 리리아나가 어떤 낌새를 느끼고 말을 걸어왔다.

"스이메이, 앞쪽이 시끄러워요."

"응?"

스이메이는 리리아나가 알려준 대로 앞을 응시했다. 아무래도 길 앞에서 소란이 일어난 모양이었다.

"뭐야? 대낮부터 폭동? 에이, 농담이지?"

소란의 규모로 보아, 다툼 정도의 소란은 아닌 듯하다. 멀리서 봐도 거칠게 날뛰는 것처럼 보이며, 비명 같은 절규가 잇따라 들려왔다.

게다가 고함 소리와 어수선한 소음은 점점 커지는 것 같았다.

"무슨 일이 일어났나?"

"불온한 움직이네요."

스이메이는 소란이 일어난 곳에서 빠른 걸음으로 도망쳐 나온 남자에게 물었다.

"실례지만, 저기서 무슨 일이 일어났나요?"

"모, 몰라. 저 패거리, 조금 전까지는 설교하는 줄 알았더니 갑자기 행패를 부리기 시작했어."

"패거리?"

"나도 잘 몰라. 궁금하면 다른 사람한테 물어봐."

그렇게 말한 뒤, 남자는 소란으로부터 도망치듯 스이메이 일행 뒤쪽으로 허둥지둥 사라졌다.

이래서는 알 수 없다고 생각한 스이메이 일행은 인파를 거슬러 나아갔다. 주위에 있던 사람들이 소동의 규모를 눈치채고 도망치기 시작했다.

마침내 눈앞에 나타난 것은.

"이 녀석들은……."

인파가 끊기고 눈앞에 가리는 것이 없어지자, 그곳에는 금속제의 지팡이를 들고, 흰 수도복을 입은 자들이 있었다. 레피르가 말한 대로, 이전에 들렀던 도시에서 본 컬트 집단이다.

그자들은 한두 명이 아니라 여러 명이었고, 지팡이를 땅에 박아 큰 소리를 내고, 처마 끝과 담장을 부숴서 무너뜨렸다.

게다가 한 마디도 하지 않았다. 묵묵히 기계 작업을 하듯 폭력과 파괴 행위를 반복하는 모습은, 말할 수 없이 꺼림칙한 느낌을 주었다.

주위에서 "무슨 짓들이야!", "그만둬!" 하는 소리가 날아들었지만, 그들은 마치 들리지 않는다는 듯이 무시로 일관했다. 스이메이 일행이 도착하기 전에 설득을 시도한 사람들도 많았을 것이다. 그러나 그것은 모두 허사로 돌아간 모양이었다.

"이쪽으로 와요."

"어떻게 할까…… 뭐 물어볼 것도 없나."

"당연히 잡아야지!"

"물론이야."

스이메이의 물음을, 하츠미와 레피르가 어리석은 질문으로 단정했다. 그녀들은 먼저 앞으로 나가 각자의 무기로 날뛰는 교단원들을 제압하기 시작했다. 하츠미는 자루를 뽑지 않은 검으로 정확히 상대의 급소를 쳐서 움직이지 못하게 했다. 레피르 역시 자루를 뽑지 않은 거대한 검으로 교단원을 꼼짝 못하게 제압했다.

들리는 것은 찌부러진 개구리의 비명 같은 소리다.

두 사람의 능숙한 솜씨에, 교단원들은 속수무책으로 그 자리에 쓰러졌다. 그들은 그녀들의 상대가 되지 못했고, 소란은 머지않아 진정될 것으로 예상되었다. 하지만 어느새 주변 골목에서 비슷한 옷차림을 한 사람들이 우르르 몰려왔다.

"이놈들은 대체 어디서 나타나는 거야……."

하츠미의 당황한 목소리를 듣고, 스이메이는 교단원들이 나타난 곳을 찾으려 원견(遠見)의 기술을 사용했다. 이들 말고 어느 정도가 더 있고 어디서 나타난 것인지를, 흰옷을 따라서 추적해 보니.

"어이어이…… 이 녀석들, 여기서만 날뛰는 게 아니었어?!"

"무슨 뜻이에요?"

"도시 곳곳에서 똑같이 날뛰고 있어. 아직 궁전 쪽에는 가지 않은 것 같지만……."

하지만 도시 각지에 출몰해 똑같이 날뛰고 있다. 스이메이가 그렇게 알리자, 하츠미가 눈앞에 있던 교단원을 때려 눕히고 돌아보았다.

"야카기, 가장 심한 곳은 어디야?"

"잠시만………… 무기상 거리 쪽이야. 거기서 날뛰는 놈들은 지팡이뿐만 아니라 다른 무기도 소지하고 있어."

"분명 공방 제품을 훔친 거겠지. 스이메이, 헌병의 움직임은 어때?"

"그쪽에서 나타난 놈들을 상대하는 것만으로도 벅찬 것 같아. ……그보다 인원이 부족해! 평소에는 그렇게 돌아다니더니. 지난번 사건으로 경비를 강화한 거 아니었어?"

"아마 궁전 쪽에 투입했을 거야."

"그래서 주변이 텅 빈 거야? 아무리 그래도 적은데……
아."

스이메이가 자신의 말에서 무언가를 깨달았다는 표정을
짓자, 페르메니아가 물었다.

"왜 그래요?"

"스이메이도 눈치챘나요?"

스이메이는 리리아나를 향해 말없이 고개를 끄덕였다. 한
편 깨달은 것은 리리아나뿐만이 아닌 모양으로, 레피르에
게도 눈짓하자 고개를 끄덕였다.

아직 감을 잡지 못한 페르메니아와 하츠미에게, 스이메이
가 설명했다.

"아마 경비 보충 요원들 틈에 섞여 든 걸 거야."

하츠미는 그 단적인 설명을 듣고 눈치챘는지, 싫은 기억
이라도 떠올린 것처럼 표정을 찌푸렸다.

"으아, 무슨 테러 조직 수법 같아."

"응, 완전히 동감이야."

다소 수법에 차이는 있지만, 듣고 보니 유럽 각지에서 일
어나는 테러리즘이 떠오른다. 여행객이나 이민자나 난민들
틈에 섞여 들어 국내로 침입해, 테러를 일으키는 것이다.

이 수법도 그와 유사하다면 유사했다.

주위의 교단원이 정리되는 것을 틈타, 스이메이가 하츠미
에게 물었다.

"그래서 어떻게 할래? 궁전으로 가?"

"무기상 거리 쪽이 위험하잖아? 그쪽으로 갈게."

"맞아요~."

과연 대단한 책임감이라 할 만하다. 이런 진지한 부분은 기억을 잃기 전과 하나도 다르지 않다.

"그럼 제가 길을 열, 게요."

리리아나는 그렇게 더듬거리며 말한 뒤, 무기상 거리로 가는 길목에 있는 교단원들을 향해 검지를 내밀었다. 팔은 시선 위로 일자로 뻗어, 어깨부터 손끝까지 완벽한 수평을 이루게 했다.

그리고 살짝 앞으로 나갔다.

"탕탕!"

그런 의성어 같은 단어를 내뱉은 직후, 리리아나의 검지 끝에 있던 교단원이 무서운 기세로 날아가 뒤에 있던 교단원과 충돌했다.

흰 무리 속에서 연달아 비명이 터져 나왔다.

"으악!"

"어이, 뭐하는 거, 크헉!"

"뭐, 뭐야?! 이, 이봐! 푸욱!"

함께 모여 움직이고 있었기에 충돌은 연쇄적으로 일어났다. 그 사이에도 리리아나는 "탕탕!" 하는 유치한 의성어를 마구 쏟아냈기에 상황은 멈추지 않았다.

멀리서 날아오는 실체 없는 공격에, 앞에 있던 교단원들은 속수무책으로 날아갔다.

한편 그 모습을 지켜보던 페르메니아가 의아한 표정을 지었다.

"스이메이 님, 지금 리리가 쓰는 건 뭐예요?"

"저건 탈혼 마술의 일종으로 유체 이탈을 이용한 마술이야. 자신의 아스트랄 보디(정신의 껍질)를 확장해서, 상대의 아스트랄 보디를 직접 공격하는 거지."

탈혼 마술에 해당하는 기술은 상당수 존재하고 상당히 넓은 뜻을 가지고 있다. 그중에서도 이 기술은 이른바 유체 이탈을 이용한, 자신의 유체를 조작하는 탈혼 기법의 일종이다.

지팡이나 손가락 끝을 뻗어, 날아가는 유체에 지향성을 갖게 하고, 그렇게 뻗어나간 유체로 상대의 몸에서 아스트랄 보디를 직접 날려버린다. 아스트랄 보디와 피지컬 보디(육체)는 떼려야 뗄 수 없는 관계이므로, 아스트랄 보디를 날려버리면 피지컬 보디까지 영향을 받아 저렇게 함께 날아간다.

이른바 아스트랄 공격에 속하기에 강력한 마술이라고 할 수 있을 것이다.

스이메이가 그렇게 설명하자, 웬일인지 페르메니아가 불만스러운 목소리로 말했다.

"…………이 마술, 저는 배우지 않았어요."

"그러고 보니 그랬네."

"그러고 보니가 아니에요. 왜 가르쳐주지 않았어요?"

가르쳐주지 않아서 화가 났을까. 페르메니아가 책망하는 투로 물었다.

"무슨. 배우는 게 조금 늦어진 걸로 삐치지 마……."

"조금이 아니에요!"

"기술적으로는 그렇게 고도의 마술도 아니야."

"그래도요!"

큰 소리로 고집을 부리는 것은 생각지도 못한 반응이었다. 평소답지 않게 고집을 부렸다.

그때 둘의 대화를 옆에서 듣고 있던 하츠미가 비난조로 말했다.

"저기, 그런 얘기는 나중에 하면 안 돼?"

"어머, 그랬죠. 죄송해요……."

"곧 무너질 거예요. 구멍이 뚫리면 빠져나가요."

리리아나의 신호에, 스이메이 일행은 달리기 시작했다. 다리를 건너, 마침내 무기상 거리에 도착했다.

당연히 그곳에도 스이메이가 본 대로 교단원들이 있을 것이지만――.

"소란이 진정됐어?"

대장간이나 그곳에서 생산된 제품을 파는 가게가 쭉 늘어서 있고, 다른 지구와는 다른 분위기를 풍기는 거리는 뜻밖에도 조용했다.

처마 끝에 놓인 나무 상자나 간판이 부서진 흔적은 있지만, 지금은 폭력적인 소리는 들리지 않는다. 마치 바람이 지나간 뒤의 상황 같았다.

"여기가 가장 심한 곳이라며."

"응. 바로 조금 전까지는 그랬는데…… 어떻게 된 거지?"

스이메이는 의아하다는 듯이 주변을 관찰했다. 주변에는 아무도 없었다. 무기상 거리의 사람들이나 드워프들은 가게 안에 틀어박히기라도 한 걸까. 날뛰던 교단원들도 없는 것은 역시 의문스러웠다.

그때 앞에서 걸어오는 그림자가 보였다. 한 명이 아니다. 발을 맞춘 발소리도 들려왔다.

드디어 왔다. 그렇게 생각한 스이메이 일행 앞에 흰옷을 입은 교단원들과 함께 나타난 자는──.

"이 사람은……."

"이렇게 되나."

"뜻밖이네요."

"어이, 진짜냐……."

흰옷을 입은 교단원들을 거느리고 나타난 인물을 보고, 페르메니아, 레피르, 리리아나, 스이메이는 저마다 경악한 목소리로 외쳤다.

그리고 그 인물은.

"──기다리고 있었답니다. 연합의 용사, 하츠미 쿠치바."

교단원들 뒤에서, 마치 하츠미가 이곳에 올 것을 미리 알고 있었다는 듯이 말한 이는, 스이메이 일행과는 인연이 깊은 크라리사 수녀였다.

오직 그녀를 모르는 하츠미만이 의아한 표정을 지었다.

"고양이 귀, 수녀……?"

"크라리사라고 합니다. 기억해주세요."

그렇게 말한 뒤, 크라리사는 하츠미에게 우아한 몸짓으로 인사했다.

한편 조금 전, 일행의 태도를 본 하츠미가 스이메이에게 물었다.

"아는 사이야?"

"뭐, 인연이 좀 있지. 그런데——."

스이메이가 대답하고 있는데, 레피르가 불쑥 추궁하듯 물었다.

"크라리사 수녀. 당신은 거기 뒤에 있는 자들이 일으킨 소동을 알고 있어?"

"네, 알고 있답니다."

"보아하니 그자들과는 무관한 관계가 아닌 것 같은데. 이건 어떻게 된 일이지? 납득할 수 있는 대답이 듣고 싶어."

그렇게 강력히 요구한 레피르에게 대답한 사람은 크라리사가 아니었다.

"…………하아. 납득하고 말고도 없는 일이거든, 이게."

"질!"

질베르트가 한숨을 쉬면서 느닷없이 나타났다. 그리고 마치 자신은 저쪽 진영이라는 듯이 크라리사 옆에 섰다.

늘 입는 활동성을 강조한 옷차림이다. 그러나 그 연약한 어깨에는 어울리지 않는 거대한 부창(斧槍)을 짊어지고 있다. 손바닥에 다 들어오지 않을 만큼 두껍고 긴 자루에 박힌, 거대한 쇳덩어리 같은 도끼날과 창끝은, 앞으로 뻗으면 질베르트의 몸을 가릴 만큼 거대하다.

질베르트가 부창을 어깨에서 땅으로 내리자, 쿵, 둔탁한 소리와 함께 땅이 흔들렸다.

"어이, 합법 로리."

"그러니까 그건 무슨 소린지 모르겠다고 했을 텐데, 이 로리콤(소아 성애자)아‥‥‥ 그런데 의외로 침착하네."

"뭐 그렇지. 수녀님이 하츠미의 이름을 말한 시점에서, 상황은 파악했어."

안다는 투로 말한 스이메이에게 하츠미가 물었다.

"야카기, 무슨 소리야?"

"데자뷔야. 인르 때랑 어쩐지 닮지 않았어?"

"아!"

그 말을 듣고, 그때와 상황이 비슷하다는 것을 깨달았을까. 하츠미가 탄식하자, 크라리사가 하츠미에게 말했다.

"눈치채셨다면 이야기가 빠를 것 같네요."

"그럼 수녀님 일행은 스이메이 님과 용사님을 습격했다는 드래고뉴트의 동료인 건가요?"

"그렇답니다. 백염님이 말씀하신 대로예요."

"그러니 이 녀석들도 수녀님 일행의 동료라는 거네요. 구세교회의 수녀가 그것에 반대하는 조직원들을 거느리고 다니다니, 참으로 웃긴 상황이네요."

"그러게요. 우스갯소리로는 더할 나위 없네요."

크라리사가 고상한 웃음소리를 흘렸다. 한편 스이메이 일행은 크라리사 일행이 적이라는 것이 확실해지자 각자 싸울 태세를 취했다.

그 모습을 보고 씁쓸한 목소리로 말한 사람은 다름아닌 질베르트다.

"아아, 왜 이렇게 되는 거야……."

"그러게. 질, 네가 그쪽에 있다는 건, 너도 적이라는 건가?"

"그렇겠지. 난 솔직히 사양이지만……."

질베르트의 말투에서는 몹시 내키지 않는 기색이 엿보였다. 친한 레피르와 적이 되는 것은 역시 그녀에게 씁쓸한 일일 것이다.

그런 질베르트를 질타하듯이 크라리사가 말했다.

"질. 푸념한다고 달라질 건 없어요."

"어쩔 수 없다는 건 알아…… 하지만 어째서 이렇게 노린 것처럼 레피 일행이 적이 되는 흐름이 되나 해서 말이지."

"그건 아직 모르는 일 아닐까요?"

"응?"

크라리사의 수수께끼 같은 발언에, 질베르트가 의문을 드러냈다. 그러자 크라리사가 하츠미를 향해 말했다.

"용사, 하츠미. 우리는 당신의 힘이 필요해요. 부디 함께 가주시지 않겠어요?"

"이유가 뭐죠?"

"그건 아직 말씀드릴 수 없답니다. 일단은 함께 가주셨으면 해요."

"거절할래요. 나는 해야 할 일이 있으니 다른 사람을 찾아보세요."

"간곡히 부탁해도, 안 될까요?"

"그래도 거절이에요. 이런 짓을 하는 사람들을 어떻게 믿을 수 있겠어요?"

역시라고 해야 할까. 교섭은 결렬됐다. 인르의 동료라고 밝힌 시점에서, 이것은 예견된 결과였을 것이다.

크라리사는 하츠미 다음으로 스이메이에게 말했다.

"스이메이 씨 일행 분들께서는 못 본 척 넘어가주셨으면 해요."

"싫은데요."

"그렇겠죠."

스이메이 일행이 적대감을 보이기도 전에, 크라리사는 알고 있었다는 듯이 끄덕였다.

"크라라, 그런 걸 이제 와서 물어도 대답은 뻔하잖아. 인르한테서 저 녀석이 용사와 한편이라는 보고를 들었을 때,

다들 적으로 돌아설 건 결정된 일이었어."

"일단은요."

질베르트의 쓴소리에 크라리사는 침착하게 대답했다. 그리고.

"——그럼, 레피르 씨는 제가 상대할게요."

"부탁해."

"아뇨, 질은 스이메이 씨 일행을 맡아줘요."

누가 누구를 맡을지 결정한 직후, 주변 골목에서 기다렸다는 듯이 흰옷을 입은 교단원들이 나타났다. 포위된 것을 깨달은 스이메이 일행은 등을 맞대고 서서 원진을 짰다.

"그 드래곤 녀석의 동료라면 방심할 수 없어."

"그렇지. 그런데 어떻게 해?"

"우선 유사시에 대피할 수 있도록 도주 경로만은 만들어두죠. 누가 어떻게 대응할지는…….'

"지명받은 대로, 내가 수녀를 맡을게."

"레피르. 조심하세요. 수녀는 분명 라이거 족의 수인이에요."

"역시 라이거 족이었어…….'

리라아나의 추측에, 레피르도 동의했다. 그것을 들은 페르메니아도 벌레를 씹은 표정이 되었다.

"저기, 리라아나. 그 라이거 족은 어떤 종족이야?"

"고양잇과 짐승을 조상으로 하는 수인의 일종이에요. 아마 수인종들 중에서도 최강이라고 해도 과언이 아닐 거예요."

"으아, 진짜냐……."

"드래고뉴트에 이어서 이번엔 또 뭐야……."

또다른 강력한 종족의 등장에, 스이메이와 하츠미가 넌더리를 냈다. 그런 두 사람과는 대조적으로 레피르는 호전적인 반응을 보였다.

"상대로는 부족함이 없지."

덧니를 드러내며 대담한 말을 내뱉었다. 한편 스이메이는 주위를 에워싼 교단원들을 둘러보면서 말했다.

"우리는 일단 흰옷 녀석들을 맡을게. 메니아는 질베르트를 경계해줘."

"알겠어요."

스이메이 일행이 계획을 세우는 사이에도 흰옷 패거리들은 조금씩 거리를 좁혀왔다. 레피르가 크라리사가 있는 쪽으로 돌진하자, 크라리사는 수도복의 양쪽 소매에 손을 찔러 넣었다.

——암기(暗器)일까. 그렇게 예감한 레피르가 방어 자세를 취하자, 곧 크라리사가 양쪽 소매에서 손을 뺐다. 그리고 그 손가락에는 빨간색과 노란색 가루, 필시 안료로 짐작되는 도료가 묻어 있었다.

크라리사는 소매를 걷어 올리고, 자신의 얼굴과 팔에 손가락으로 날카로운 선을 긋듯 슥, 슥, 독특한 문양을 그리기 시작했다.

"저건……."

스이메이는 왠지 모를 기시감에 눈을 가늘게 떴다. 저건 설마, 하는 사이에 크라리사는 공격 준비를 마친 걸까. 날카로운 갈고리형 발톱과 아래턱까지 내려온 날카로운 송곳니를 드러냈다.

크라리사의 변모에, 하츠미와 스이메이가 놀라 소리쳤다.

"사, 샤벨 타이거?"

"야, 스밀로돈은 고양잇과가 아니야……."

두 사람이 경악한 가운데 크라리사의 주위에 강력한 마력이 떠돌기 시작했다. 마치 육식 동물이 내뿜는 살기가 분명한 힘을 얻은 듯한, 눈에 보이는 죽음의 공기였다.

크라리사가 내뿜는 분위기로부터 스이메이가 떠올린 것은.

"……토테미즘(족령 숭배)."

"잘 아는군요."

스이메이가 작게 중얼거린 말을 용케 알아들은 걸까. 크라리사는 얼굴에 미소를 띠우며 스이메이의 말을 긍정했다. 크라리사의 대답에, 스이메이의 표정이 놀라움으로 얼어붙었다.

"그건 내가 할 말인데요. 어째서 수녀가 그런 걸 알죠?"

"이것에 관해서는 비밀로 해둘게요."

"젠장, 당신들 진짜 정체가 뭐야……."

스이메이가 괴롭다는 듯 신음하자, 크라리사를 상대하는 레피르가 소리쳐 물었다.

"스이메이! 수녀의 그건 뭐야?!"

"토테미즘이라는 우리 세계에 존재하는 유감 마술의 일종이야! 다양한 상징적 사물이나 동식물의 힘을 그것들을 흉내 냄으로써 취하려는 기법이야. 분명 저 수녀도 저 페이스 페인팅과 보디 페인팅으로 가호를 얻으려는 걸 거야! 그 대상은 주로 짐승이 많은데……."

"그럼 수녀가 얻으려는 것은, 라이거 족의 조수인 라이거(검호)의 힘인가."

조수(祖獸)는 수인이 가진 짐승으로서의 부분에 해당하는 생물일 것이다. 크라리사도 본래 그 힘을 지니고 있을 것이다. 하지만 지금 이 토템 의식은 그 힘을 몇 배로 증폭시키는 역할일 것으로 짐작된다.

수인인 시점에서, 수녀의 씨족 선조와 토템(상징물)이 친족 관계인 것은 틀림없다. 그리고 조금 전의 의례 행위도 있었으니, 토테미즘의 두 가지 성립 조건은 완성되었다고 해도 좋다.

그러나 초점이 되는 문제는, 이다.

"토테미즘은 우리 세계의 마술이지만, 마술적 이치가 원시적이라서 이 세계에서도 성립할 가능성은 없지 않아. 하지만."

"수녀는 방금 스이메이 님이 사용한 명칭, 즉 스이메이 님 세계의 말을 긍정했어요. 그렇다는 건……."

크라리사는 아니, 크라리사 무리는 저쪽 세계와 어떤 연관성을 가지고 있다는 뜻이다.

스이메이는 그것을 깨닫고, 로미온을 떠올렸다. 그녀들 주위에는 스이메이 세계와 관련된 어떤 그림자가 어른거리는 모양이었다.

마침내 레피르와 크라리사의 무위가 서로 충돌했다.

"크라리사 라이거. 갑니다."

"내 몸에 깃든 정령의 힘이여. 내 뜻에 어서 응답하라……."

레피르가 그렇게 외친 순간, 푸른 하늘을 뒤덮을 듯이 붉은 바람이 소용돌이를 일으키며 솟아올라 주위의 공기를 침식해갔다. 한편 크라리사도 무위를 내뿜자마자, 그것이 강력한 무력으로 나타나, 녹색의 참격처럼 주위에 발산되었다.

마침내 양쪽이 충돌했다. 레피르가 강력한 참격을 반복했지만, 크라리사는 그것을 재빨리 움직여 피하고, 날카로운 손톱으로 반격했다.

토테미즘에 의해 강화된 탓인지, 아니면 주위에 강력한 마력 결계 같은 룰 에어리어(지배 영역)가 형성된 탓인지, 레피르가 그 주위에 만들어낸 붉은 바람의 영향을 전혀 받지 않았다. 원래라면 바람에 날아가거나, 레피르 자신이 그 바람을 타고 직선 이동을 감행하겠지만 지금은 그것이 불가능하다.

레피르의 전투 능력과 비슷하거나 그 이상이다. 즉, 크라리사는 마족 장군인 라쟈스에 필적하는 역량을 보유했다는 뜻이 된다.

한편 그 싸움을 곁눈질 하며, 스이메이 일행은 주위에 우글대는 교단원들을 각자의 방식으로 쓰러뜨려갔다. 하츠미는 검기로, 페르메니아는 그라우넥 에어(바람 마술)로, 리리아나는 조금 전에 쓴 아스트랄 샷(지향 마술)으로 적을 분산시켰다.

마지막으로 스이메이가 팡, 하는 기분 좋은 소리와 함께 지탄의 마술을 연발했다. 주위에 있던 흰옷을 입은 교단원들이 순식간에 쓰러졌다.

"여기 놈들은 다 쓰러뜨렸어! 나도 그쪽에 가세할………게, 응?!"

스이메이가 레피르를 향해 외친 그때였다. 스이메이의 발아래 돌연 마법진이 그려졌다. 이곳에서 마법진을 발현시킬 수 있는 스이메이에게는 전혀 처음 보는 마법진이다. 그려진 문자와 숫자도 전혀 본 적이 없다. 그러나――.

"발이?! 이건 설마…… 이, 이계 전송?!"

깊이를 알 수 없는 늪에 빠진 것처럼, 스이메이의 몸이 마법진 속으로 빨려들어 갔다. 발버둥 치면서 비행 마술을 사용해 마법진으로부터 탈출을 시도했다. 그러나 마술의 효과인지, 스이메이의 마술은 무력화됐고, 몸은 절반가량 땅속에 묻히고 말았다.

"스이메이 님, 제 손을!"

잡으세요. 그렇게 말하며 페르메니아가 손을 내밀었지

만, 스이메이는 다급히 그 손을 뿌리쳤다.

"안 돼! 너까지 빨려들 거야!"

"하지만!"

"난 어떻게든 돼! 곧 돌아올 테니까, 너희들은 저 녀석들을……."

스이메이가 모든 말을 끝마치기 전에, 스이메이는 마법진 속으로 빨려 들어갔다.

물체가 물에 가라앉을 때와 같은 파문이 마법진을 흔들었다. 그 모습을 어쩔 도리 없이 지켜보던 그녀들은 경악과 절망에 찬 표정으로 중얼거렸다.

"스, 스이메이 님……."

"설마 스이메이가."

"야, 거짓말이지……?"

스이메이가 마술에 빨려드는 사태는 그녀들에게 천지가 뒤집히는 것과 같은 충격이었다.

그리고 그 사태로부터 생겨난 감정은 전에 없던 초조감이었다.

"방금 이건 대체 누가……."

스이메이 정도의 마술사를 쥐락펴락하는 자가 존재한다. 페르메니아는 주위를 둘러보지만, 그런 짓을 했을 것으로 짐작되는 자는 없었다. 그 사실이 더욱 초조감을 부추겼다.

"페르메니아. 이야기는 나중에 해요. 지금은 모두 눈앞의 적을!"

"이미 상대는 한 명이야."

리리아나와 하츠미가 페르메니아에게 그렇게 말하며 질베르트에게 집중할 것을 촉구했지만, 문득 그 질베르트가 푸른 하늘을 향해 왼팔을 쳐들었다.

"유감이지만, 아직 있어."

그렇게 말하며 질베르트가 손가락을 튕기자, 아직 대기하고 있던 무리인지, 골목에서 교단원들이 잇따라 나타났다.

아무리 쓰러뜨려도 줄지 않는 적 앞에서, 하츠미가 신음하듯 내뱉었다.

"끝이 없어……."

"그럴 리 없잖아. 구세의 용사에, 인르와 호각을 이루는 마술사, 정령의 무녀, 나라를 대표하는 마법사까지. 너희들을 상대로는 아무리 많아도 부족하지. 그러니——."

질베르트가 붕, 팔을 휘둘렀다. 그 직후, 팔의 기점으로 강력한 힘의 파문이 발생했다. 거센 바람이 생성됨과 동시에 지면이 깨져 날아왔다.

질베르트의 공격에, 페르메니아가 가장 먼저 반응했다.

"——바람은 나의 수호신. 벽을 이루어, 상대를 튕겨내라!"

페르메니아의 신속한 마술 행사로, 충격파와 딱딱한 흙덩이가 그녀들 앞에서 튕겨나갔다.

그 모습을 본 질베르트는 칭찬이라도 하듯 입가에 살짝 미소를 머금었다.

"오, 역시."

"방금 그건 뭐지……?"

"이거? 그저 팔을 휘두른 것뿐인데. 별거 아니야. 드래고 뉴트 녀석도 비슷한 걸 할 수 있고."

질베르트는 대단한 기술이 아니라는 듯이 가볍게 말했다. 그 기술에 얼마나 강력한 힘이 필요한지는 상상하고도 남았다.

"자, 간다!"

질베르트는 그 자리에서 팔을 휘둘러 높이 쳐들었다. 거리가 먼데, 무슨 의도일까. 하츠미는 간격 밖의 참격을 고려해, 곧바로 두 사람에게 주의를 주었다.

그러나 그 예상은 빗나갔다. 질베르트가 있는 힘껏 부창을 휘두르자, 자루에서 도끼날 부분이 떨어져서 날아왔다.

"읏?! 은폐 무기?!"

"맞아! 내 특제 체인 헬베르트다! 자, 잘 피하라고!"

페르메니아의 경악에, 질베르트는 득의양양한 태도로 대답했다. 쇠사슬로 연결된 부창의 선단부는, 쇠의 마찰음과 함께 뻗어왔다.

부창의 선단부는 원심력과 질베르트의 조작에 의해 자유롭게 궤도를 그리며 공중에 떠올라, 그녀들을 향해 거꾸로 떨어졌다.

사각(死角)에서 날아온 공격을, 페르메니아는 재빨리 뛰어 피했다. 유성처럼 땅으로 떨어진 부창의 선단에는 얼마나 강력한 힘이 담겨 있었는지, 대지가 폭발을 일으킨 것처럼 도처에 바위탄을 흩뿌렸다.

파괴의 여파를 견딘 페르메니아가 신음을 흘렸다.

"얼마나 힘으로 밀어붙이는 거야……."

"태어나서 지금까지 이런 싸움만 해왔거든. 뭐, 재능이 없는 건 이해해줘."

질베르트는 웃으면서 부창 끝을 자루로 되돌렸다. 그때, 리리아나가 앞으로 나갔다.

"페르메니아. 원호할게요."

"부탁해……."

"아아! 넌 뒤로 물러나 있어! 난 어린애하고 싸우긴 싫어!"

리리아나가 앞에 나서자, 갑자기 질베르트가 소리쳤다. 레피르와는 싸우고 싶지 않고, 어린애와도 싸우고 싶지 않은, 여러 가지로 빈틈이 많은 상대다.

"그럼 안 싸우면 돼요."

"그럴 수도 없어! 아아아아아, 진짜! 어이, 백염, 리리아나 잔다이크를 방패로 삼을 생각은 아니겠지?"

"당연해요!"

질베르트가 명령조로 외치자, 페르메니아는 물어볼 것도 없다는 듯이 그렇게 대답했다. 그러자 그 상황에 대응하기 위해, 이번에는 하츠미가 달려 나갔다.

"페르메니아 씨. 제가 앞으로 나갈게요!"

"부탁해요, 하츠미 님!"

유언 실행(有言 實行). 하츠미는 그 즉시 앞으로 달려 나갔다. 옆구리에 찬 칼집에서 언제라도 검을『뽑을』수 있는 상태로, 달려들어 벨 생각이었다.

그러나 그런 하츠미를 향해, 무언가가 유성처럼 날아왔다.

"크윽——."

간발의 차로 그 무언가에 반응한 하츠미는, 재빨리 미스릴제의 대태도를 꺼내 막았다. 은색 도신에 부딪친 것은, 오리할콘의 단도 두 자루였다.

시선을 검 끝으로 향하자, 그곳에는 새하얀 수도복 후드를 푹 덮어쓴 소녀가 있었다.

소녀는 오리할콘제 단도를 반대로 들고, 쉴 새 없이 공격해 왔다. 하츠미도 그 격렬한 참격에 대응했다. 두 자루 대한 자루의 대결이었지만, 솜씨 좋게 받아넘기며 서서히 뒤로 물러났다.

후드 아래로 소녀의 눈매가 이따금 드러났지만, 그 눈동자는 어딘가 공허하고 초점이 맞지 않는 듯했다.

"내 상대는 당신이라는 거야?"

"…………."

물어도, 순백의 옷을 입은 소녀는 대답이 없다. 들리지 않는다는 듯한 반응은 다른 흰옷 무리와 같지만, 어딘가 풍기는 낌새가 달랐다.

하츠미의 물음에는 질베르트가 대답했다.

"그 녀석은 네 동료야."

순간, 동료라는 말에 셀피 일행을 떠올렸지만, 곧 그렇게 부를 만한 자가 또 있음을 깨달았다.

"동료라면…… 이자도 용사라는 거야?!"

"그래. 용사의 상대로는 딱이잖아?"

그 무시하는 듯한 말투에, 하츠미는 날카로운 눈빛으로 상대를 노려보았다. 소녀의 공허한 눈에는 의지가 담겨 있지 않았다. 그렇다는 것은.

"당신들을 따라가면, 이렇게 된다는 거네."

"협력을 거부하면 말이지."

질베르트는 그렇게 말한 뒤, 다시 부창을 겨누었다.

중천에 뜬 태양이 한창 서쪽으로 기울어져가는 무렵이었다.

"레피르 씨. 당신의 검에는 분노와 초조가 그대로 드러나는군요."

크라리사는 삼각 지붕 위에서 붉은빛으로 기운 태양을 등진 채, 레피르를 내려다보며 훈계하듯 말했다.

싸움을 시작한 뒤로 시간은 흘러 이미 저녁에 가까워져 있었다. 레피르는 몹시 눈부신 석양빛 아래, 눈을 가늘게 뜨고 크라리사에게 물었다.

"그건 무슨 뜻이지?"

"말 그대로랍니다. 검에 초조가 배어 있어요. 흐려진 것까진 아니지만, 균형이 깨져 있군요."

크라리사의 지적을, 레피르는 콧방귀를 뀌며 부정했다.

"그런 농간을 부리는 상대와는 이미 싸워본 적이 있어. 자신과 상대의 실력이 비슷하니, 승리할 실마리를 얻기 위해서 그런 말로 상대를 동요시키는 거지."

"이건 충고랍니다. 레피르 씨는 승리라고 말했지만, 저에게는 이 싸움에서 얻고 싶은 승리 같은 건 없답니다. 그건 우리의 목적을 안다면 저절로 알게 될 테죠. 게다가 당신은 알고 있나요? 승리가 어쩌고 말하는 시점에서, 당신이 승리에 안달하고 있다는 사실을요."

"⋯⋯그런 식으로 아는 척 말하지 말아줬으면 좋겠는데."

"위에서 퍼붓는 충고만큼 듣기 싫은 것도 없답니다. 저도 그런 경험이 있어요. 충고가 쓸데없는 참견처럼 들리고, 무엇보다 내려다보는 듯한 시선이 고통스럽죠."

그것은 확실히 핵심을 찌른 말이었다. 한창 싸우는 도중에 충고를 듣는 것만큼 화가 나는 일은 없다. 그것을 알면서도 한 말이므로 더욱 화가 났다.

검격으로 입을 다물게 하고 싶다. 그렇게 생각하지만 그리 간단히 되지 않는 것이 또 분했다. 크라리사가 있는 장소는, 레피르에게 손이 닿지 않는 장소가 아니다. 그러나 여기서 검을 휘둘러 적신(赤迅)이 휘감긴 검격파를 퍼부어도, 크라리사에게 닿을 일은 없다.

그래서 레피르는 크라리사가 잘난 척 말하는 것을 듣고

있을 수밖에 없다.

"레피르 씨. 그 충고를 받아들일 때, 인간은 비로소 강해질 수 있답니다. 모든 이가 무엇에도 지지 않는 힘을 얻는 것이, 저의 소망. 아니, 우리들의 소망이랍니다."

그렇게 듣지도 않는 말을 소리 높여 외치는 모습은, 완전히 구세교회의 신관 그 자체였다.

그러나 레피르에게도 할 말은 있었다.

"……수녀님, 나도 충고 하나 하죠. 상대방에게 그런 고설을 늘어놓는 건 이긴 뒤에나 하는 거야. 상대를 때려눕혀서 찍소리도 못 하게 만든 다음에야 그럴 권리가 있다는 걸 알아둬."

"맞아요. 그럼 말씀대로 하죠. 충고, 고마워요."

"——큭."

수렴하고, 고맙다고 했다. 거칠게 단정한 레피르를 향해, 크라리사는 지붕 위에서 정중히 머리를 숙였다.

상황에 맞지 않는 크라리사의 모습이, 레피르의 심기를 건드렸다.

"하지만——."

크라리사는 그 말 뒤에 훗, 콧방귀를 뀌었다. 그리고——

"그런 아무 짝에도 쓸모없는 긍지에 집착한다면, 영원히 시궁창 같은 패배의 늪에서 벗어나지 못해요. 그런 개죽음에는 아무런 가치도 없답니다."

크라리사가 보인 것은, 지금까지의 정중한 태도에서는 전혀 상상할 수 없는 거친 말투와 태도, 그리고 살기였다.

넌, 착각하고 있어. 언외로 그렇게 말한 것 같아서, 등줄기가 서늘해졌다.

그리고 그 말이 마지막이었을까. 크라리사는 지붕 위에서 튕기듯이 날아올라, 일직선으로 향해왔다.

그 속도는 짐승의 속도를 족히 뛰어넘어, 이미 눈에 보이지 않았다. 움직임이 참선(斬線) 그 자체였다. 크라리사가 옆을 스쳐 지나가는 것만으로도, 손톱인지 송곳니인지 모를 무언가가 몸을 갈랐다.

"크읏……."

지금 레피르가 볼 수 있는 것은, 무언가가 지나간 자리에 남은 잔상 같은 선뿐이다. 그것을 검으로 내리칠 수는 있다. 그러나 상대를 포착할 수 없기에, 그 참격은 마구잡이다. 상대의 어디를 베는지도 모르는 검에 필살은 깃들지 않는다. 베고 싶다는 소망만으로 내리친 검으로는 상대를 벨 수 없다.

"하아앗!"

검이 지나는 자리를 예측하고, 적신과 함께 검을 휘둘렀다.

그러나 아무리 기합을 넣어 휘둘러도, 검은 허공을 가를 뿐이다.

그것이 더욱 불안을 부추겼다. 이대로라면 자신은 패배할 것이라는 불안을.

문득 머릿속에 떠오른 그런 예감에, 레피르는 마음속으로 머리를 저었다. 패배 따위 받아들여서는 안 된다고. 자신은 더 이상, 결코 져서는 안 된다고.

"그렇담……!"

닿을 수 없다면 닿게 하면 된다. 살을 내주고 뼈를 취한다. 뒷일은 모두 무시하고, 공격하는 그 순간에 모든 것을 건다면, 필살의 일념은 통한다. 그런 믿음 아래, 레피르는 다가오는 검에 맞서 혼신의 참격을 시도했다.

"오오오오오오오오오오오오오오오!"

그러나.

"물러요."

검은 허공을 가르고, 가슴속의 예감과 함께 그런 지적이 날아들었다.

"크억!"

뒤이어 몸을 덮친 충격에, 속수무책으로 날아갔다. 보인 것은, 날아오는 팔꿈치였다. 재빨리 급소만은 피했지만, 충격은 피할 수 없었다.

그대로 바닥을 굴렀다. 페르메니아 일행의 비명과 질베르트의 호통이 들려왔다. 순간 의식이 희미해졌지만, 여기서 무너질 순 없다는 생각에 가까스로 정신을 붙잡았다. 구르는 힘을 이용해 일어났다.

"과연 정령의 무녀군요."

"큿……."

크라리사가 피라도 털어내듯 손톱을 털며 유유히 걸어왔다. 그 움직임에서는 넘치는 여유로움이 묻어났다. 자기와 대조적인 그 모습에, 레피르는 조금 전의 지적을 다시 한 번 받는 듯했다.

그때, 돌연 바닥에 마법진이 나타났다. 조금 전에 봤던 광경에, 레피르를 비롯한 나머지 일행은 이를 갈며 경계 태세를 갖추었다.

그러나 잠시 후 그곳에서 나타난 것은, 조금 전에 마법진 속으로 빨려 들어간 스이메이다.

"어디서 온 놈인지는 몰라도, 제법 하는데……."

무릎을 꿇은 스이메이가 **그다운** 험한 말로 조용한 분노를 드러냈다. 옷은 검은색 슈트로 바뀌었지만, 특별히 다친 곳은 없는 모양이다.

"스이메이, 무사했구나……."

"응…… 헉! 레피, 괜찮아?!"

"그럭저럭."

레피르가 스이메이에게 애써 미소 지어 보였을 때.

"──하지만 저와의 싸움에서는 졌다고 해도 되겠죠."

발바닥과 바닥의 마찰로 피어오른 모래먼지를 가르며, 레피르 앞으로 크라리사가 다가왔다. 크라리사의 말에, 레피르의 눈초리가 분노와 짜증으로 치켜 올라갔다.

레피르가 움직일 수 없는 것을 알고, 스이메이가 방어에 나섰다. 그러자 크라리사는 스이메이와의 싸움에 위기감을 느꼈는지, 뒤로 크게 뛰어 거리를 벌렸다.

그 사이에, 스이메이는 페르메니아와 하츠미에게도 상황을 물었다.

"메니아, 그쪽은?!"

"가, 간신히……."

"하츠미!"

"이쪽도 이쪽대로 벅차!"

"크윽……."

페르메니아는 질베르트의 거대한 은폐 부창을 막기 위해, 방어 마술을 전개했다. 날아오는 방향은 오직 왜소한 드워프 여성만이 아는 필살 공격에 맞서, 사방에 장벽을 전개했다. 뒤에서 보좌하는 리리아나와 함께 네 개의 눈으로 착탄 지점을 파악하기 위해 애썼다.

방어만 가능한 전투다.

그 근처에서 검을 휘두르는 하츠미는 흰색 일색의 소녀와 싸우느라 바빴다.

──하나씩, 어떻게든 해나가는 수밖에 없나.

스이메이가 그런 대답을 내리고 단숨에 마력을 높이자, 질베르트가 외쳤다.

"어이, 크라라!"

"알아요!"

크라리사는 부름에 응답한 뒤, 거리를 벌렸다. 질베르트도 부창 끝을 자루로 되돌린 뒤, 크라리사 옆에 섰다.

"질, 방심하지 마세요. 스이메이 씨는 로미온을 쓰러뜨리고, 인르에게 인정받은 분이에요."

"왜 이런 녀석이, 라고 생각했는데, 역시 『보통 녀석』이 아니야. 아주 깜빡 속았어."

스이메이의 힘을 직접 목격하고, 질베르트가 퉷, 하고 침을 뱉었다. 그녀들의 무위도 강력하다. 그 인르라는 자에게도 전혀 뒤지지 않는 힘을 느끼고, 스이메이도 욕을 했다.

"그렇게 말할 입장은 아닐 텐데."

"하긴 그건 그렇지."

그렇게 질베르트가 솔직하게 인정하자, 옆에 있던 크라리사가 다시 제안했다.

"스이메이. 레피르 씨 일행과 함께 물러나주시면 안 될까요?"

"그건 내가 할 말이에요, 수녀님. 뭘 하려는 건지는 모르지만, 다른 방법을 생각해주세요. 어떻게 안 되겠어요?"

"그게 된다면 말이지……."

문득 흐름이 바뀐 것은, 질베르트가 대답한 그때였다.

"──크라리사, 질베르트, 됐다. 지금은 그만 돌아가는 게 좋아."

갑자기 공중에서 남성의 낮은 목소리가 들려왔다. 스이메이는 붉은 하늘을 올려다보며 소리가 난 방향으로 시선을 향했다. 평평한 삼각 맞배지붕 위에 사람 그림자가 보였다.

"하, 또 있었어―― 응?"

그렇게 내뱉자마자, 스이메이는 이상한 사실을 깨달았다. 이미 해도 기울어 조금 뒤면 일몰이지만, 장애물이 없는 지붕 위에 서 있으면 그 모습은 확실히 보일 것이다.

그러나 크라리사 일행에게 철수 명령을 내린 것으로 짐작되는 인물이, 마치 신기루 속에 있는 것처럼 그 모습이 희미했다.

남자가 다시 한 번 크라리사 일행을 향해 말했다.

"가자."

"괜찮으세요?"

"시기가 어긋났어. 늦어지면, 쓸데없는 것에 말려들게 돼."

"말려들다니――."

크라리사가 신기루의 남자에게 그렇게 되물었을 때였다. 문득 어디선가 밤꾀꼬리의 울음소리가 들려왔다. 그 직후, 세계가 흔들렸다. 그것은 지진과도 다른, 불가사의한 공간의 흔들림이었다. 머지않아 밤꾀꼬리의 울음소리가 거대한 쇠가 삐걱거리는 소리로 변했다.

"……이 타이밍에 마나 필드 바이브레이션(신비역장요동)이라고?"

그렇게 당황한 목소리로 외친 사람은 스이메이다. 마술사인 스이메이에게 이 요동은 친숙한 현상이다. 하지만 지금 상황에서, 이 현상을 일으킨 요인이 전혀 짐작되지 않았다. 더욱이 지금 발생한 요동은 마술을 사용할 때 항상 일어나는 요동과 비교하면, 뭐라고 형용할 수 없는 위화감이 있었다.

한편 이 심상치 않은 현상에, 질베르트가 깜짝 놀라 소리쳤다.

"뭐, 뭐야, 이게?!"

질베르트는 이 현상을 처음 겪는지, 지진과는 다른 진동을 느끼고 당황했다. 옆에 있는 크라리사도 마찬가지인 모양으로, 질베르트와 함께 스이메이 일행을 경계하면서 주변을 주시했다.

"진정해라, 질베르트, 크라리사."

"하지만 고트프리트 님!"

"문제없다. 이것도 예상 범위 안이다. 요동은 얌전히 있으면 곧 잠잠해져."

그 말대로, 잠시 후 요동은 멈추었다.

잠잠해진 것을 확인한 뒤, 페르메니아가 물어왔다.

"스이메이 님! 이건 뭐죠?"

"그게 나도 잘……."

발생 원인도, 이 요동이 어떤 사태의 예고인지도, 스이메이는 전혀 짐작이 가지 않았다. 마나 필드 바이브레이션은 고위격 존재의 출현이나 대마술 행사 따위의 전조로 발생한다.

그러나 상황으로 보아, 그중 어느 것도 이번 발생 조건에는 들어맞지 않는다.

그렇다면 왜 일어났을까. 스이메이가 그렇게 생각했을 때, 문득 지금이 『어떤 시각인지』를 깨달았다.

"그래, 해 질 녘이야!"

그렇다, 낮과 밤 사이의 모호한 시간인 해 질 녘. 이 시간 에는 『괴이』 『종말의 괴물들』 따위로 불리는 존재가 출현할 가능성이 있다.

그 생각을 긍정하듯, 석양이 지는 반대편에 밤의 장막이 드리워지고, 쪽빛 파동이 석양에 비친 지면을 천천히 기듯 침범하는 영역에, 검은색 점이 뻥, 뚫렸다.

그곳에서 돌연 거무튀튀한 짐승들이 쏟아져 나왔다.

"저, 저게 뭐야?!"

거무튀튀한 짐승── 괴이가 아바돈(암굴)에서 잇따라 쏟 아져 나오는 것을 목격하고, 하츠미가 경악했다. 한편, 레피 르는 하츠미보다는 침착하게 그 정체를 파악하려 애썼다.

"개…… 아니, 늑대?"

"왠지 기분이 나빠요."

그 거무튀튀한 형상이, 리리아나에게는 죄 많은 형상이나 아스트로소스(불길한 자)를 떠오르게 했을 것이다. 리리아나 는 괴이를 보자마자 반사적으로 레피르 뒤로 숨었다.

확실히 그 짐승은 레피르가 말한 대로, 개 같기도 하고 늑 대 같기도 한 애매한 형상을 하고 있었다. 몸을 물들인 검 은색은 해 질 녘의 어둠을 연상시켰다. 눈동자인 듯한 부분은 선혈처럼 붉어 오싹함을 자아내고, 주위에는 그림자 같은 띠가 어른거렸다.

페르메니아는 언젠가 본 적이 있는 그 모습에, 눈을 휘둥그렇게 떴다.

"이건 이전에 왕성에 나타난 몬스터…… 아니, 현상일까요. 분명 트와일라잇 신드롬(종말 사상)?"

"그래 맞아. 흔히 말하는 괴이야. 전에 본 건 을종으로 불리는 거고, 이건 그것보다 작은 종. 즉 병종이야."

그렇다, 지금 눈앞에 나타난 개도 늑대도 아닌 형체는, 마술사들 사이에서는 종말 사상의 일종인 병종 괴이로 구분되는 것이다.

이 현상이 가장 최초로 관측된 곳이 프랑스 지방이었기에, 「Entre chien et loup(개와 늑대 사이)」라는 현상으로, 그 개념이 정착되었다고 한다.

평화로울 때 나타나는 위기라는 뜻을 가진 이 표현이, 그 현상에 형태를 부여한 것은 더없는 모순일 것이다.

우후죽순으로 출현한 괴이는 움직임에 규칙성이 없다. 어떤 것은 어둠속에 숨어 붉은 눈동자를 번뜩이고, 어떤 것은 석양이 닿지 않는 곳에서 낮게 으르렁대며 이제나저제나 하고 생명이 있는 존재를 노렸다.

거기에는 스이메이 일행뿐만 아니라 질베르트와 크라리사도 포함되었다.

어둠을 타고 공격해 오는 괴이를 보고, 질베르트가 혀를 짰다.

"쯧, 이놈들이 우리한테까지."

"그냥 둬라, 질베르트. 저건 소드티마(검주)나 마술사가 아니면 쓰러뜨릴 수 없다. 나서는 건 체력 낭비일 뿐. 신경 쓰지 않아도 좋아."

"그건 알지만……."

"고트프리트 님……."

이대로는 위험하지 않을까. 크라리사가 그 뜻을 눈빛으로 호소했지만, 지붕 위에 선 신기루의 남자는 역시 부정적이었다.

"아니. 우리가 쓰러뜨릴 것까지는 없다. 잠자코 있어도, 그 남자가 해결할 테지. 못 할 리도 없어. 안 할 리도 없지. 그렇지 않나?"

그렇게 단정한 뒤, 신기루의 남자가 말했다.

"마술왕 네스테하임의 제자, 슈피리어 위저드."

정체를 아는 듯한 말투에, 스이메이는 황급히 지붕 쪽을 바라보았다.

"알고 있었어?!"

그 외침에, 신기루의 남자는 대답하지 않았다. 마치 스이메이를 말로 놀리는 것처럼. 그러나 스이메이는 흐릿한 그 얼굴에 옅은 미소가 번지는 것 같았다.

"모두, 철수한다."

신기루의 남자는 그렇게 말하며 크라리사와 질베르트, 흰 옷을 입은 교단원들에게 철수를 재촉했다.

"기다려! 아직 내 질문에……."

"대답할 의무는 없지만, 그래, 한 가지만 말하지. 우리는 우니베르시타스(보편의 사도)다. 그렇게 알아둬."

"우니베르……?"

스이메이가 당황한 표정을 짓자, 신기루의 남자는 추적을 방지하기 위해선지 주문을 읊었다.

"Code pragmatic Flame resist kenon. To become one, it turned into mud(형상을 가리킨다. 불꽃과 저항, 질량을 가진 케논. 그 개념은 내 말에 의해 하나가 되고, 진흙이 되어라)."

신비 행사. 그것을 깨달은 순간, 스이메이 일행과 크라리사 일행 사이의 공간에 마력광에 의해 도형과 기호가 그려졌다. 그곳에서 불꽃이 무작위로 뿜어져 나와 주변으로 번졌다. 그 직후, 그것들은 전부 아지랑이를 생성하는 붉은 진흙으로 변했다.

붉은 진흙은 마치 불꽃이 번지듯 증식을 시작해, 주위에도 불꽃을 생성했다. 진흙이 벽이 되어, 다가오는 괴이를 막았다. 괴이는 크라리사 일행을 뒤쫓으려 했지만, 결국 그 진흙의 영역을 뚫지는 못했다.

한편 스이메이는 그 현상에 놀라움을 드러냈다.

"이 기술은……."

마력광이 나타낸 기호와 도형은 본 적이 없지만, 이 기술은 이쪽 세계의 엘리멘트를 이용한 마법이 아니었다. 즉, 마술이다. 게다가 스이메이에게는 짚이는 구석이 있는 마술이었다.

"스이메이! 왜 놀란 건지는 몰라도 지금은 그렇게 굳어 있을 때가 아니야!"

"아, 으응! 그렇지!"

레피르의 지적에, 스이메이는 자신들을 향해 오는 괴이에게 의식을 집중시켰다. 지금은 그럴 때가 아니라고 생각했다. 어느새 밤의 장막은 코앞까지 이르렀고, 괴이들도 이미 그곳까지 다가와 있었다.

"──널리 바람이 닿게 하여, 흔들림 속에 비친 그 불꽃을 곁으로. 나의 목소리여, 닿아라. 그대 하얗게 물든 아이심. 나의 목소리여, 닿아라. 그대 모든 재액을 떨치는 아이심……."

트루스 플레어, 하고 외치며 페르메니아가 괴이를 향해 백염치 마술을 걸었다. 눈부신 광선이 괴이를 베었지만, 괴이는 아무 일도 없었던 것처럼 태연히 그곳에 있었다.

"스이메이 님, 어쩌죠?! 마술을 써도 효과가……."

"물러나! 이놈들은 평범한 마술로는 쓰러뜨릴 수 없어! 메니아는 리리아나를 데리고 뒤로 가!"

"아, 알겠어요!"

페르메니아는 스이메이의 지시에 따라, 레피르 뒤에 있던 리리아나를 데리고, 아직 어둠이 미치지 않은 뒤쪽으로 물러났다. 그 와중에도 스이메이는 레피르를 향해 외쳤다.

"레피도 물러나! 그놈들은 특수해서……."

"잠깐만. 시험해볼게."

레피르는 그렇게 말하며 물러나지 않고 붉은 바람을 검 끝에 모아, 어둠속에서 튀어나온 괴이를 향해 검을 내리쳤다.

스피릿(정령의 힘)의 일부인 붉은 바람은 괴이에게도 효과를 발휘하는 것일까. 괴이는 붉은 바람이 생성한 난류에 휩싸여, 시커먼 피를 뿜으며 쓰러졌다.

"성공이야. 이쪽은 맡겨둬."

"굉장…… 으응, 알았어. 나머지는…… 하츠미?"

문득, 근처에 소꿉친구가 없는 것을 깨닫고, 스이메이는 주위를 두리번거렸다. 어디에 있을까. 곧 그 모습을 찾았지만, 하츠미는 이미 괴이들에게 둘러싸여 있었다.

"무……."

조금 전까지는 분명 근처에 있었는데, 언제 저 먼 곳까지 간 것일까. 어둠의 영역에서, 하츠미는 끊임없이 몰려오는 괴이 떼에 맞서 검격을 퍼부었다. 그러나 검격은 괴이에게 전혀 먹혀들지 않았다. 때려눕히거나 튕겨낼 수는 있지만, 상처 하나 입히는 것도 뜻대로 되지 않았다.

——인간은 느닷없는 현상에 대한 대책을 세우고, 물리치거나 몸을 보호할 수 있다. 그러나 그 현상 자체를 이 세계

에서 없앨 수 없는 것처럼, 종말 사상이라고 불리는 『현상』인 괴이는, 단순한 검격만으로는 사라지게 할 수 없다.

"점점 늘어나고 있어⋯⋯!"

괴이를 상대하는 하츠미의 얼굴에 초조감이 드러났다.

"하츠미! 안 되겠어! 물러나! 놈들은 내가 어떻게든⋯⋯."

"그렇게 말해도! 이대로라면 이놈들이 저쪽까지 침범할 거야!"

그 말에, 스이메이는 순간 깨달았다. 지금 하츠미가 있는 곳은 다리 앞이다. 그리고 다리 너머에도 많은 사람이 있다. 이쪽은 자신들이 있으니 어떻게든 될 것이다. 하지만 괴이를 다리 너머로 한 마리라도 보내면 큰일이 벌어질 것이다.

숫자로 밀어붙이는 괴이들이라 범위 공격이 유효하다. 하지만——

"젠장, 조금만 더 있으면 되는데⋯⋯."

하늘은 아직 밝고, 완전한 밤은 아니었다. 엔스 아스트레일(별하늘의 마술)을 사용하고 싶어도 쓸 수가 없었다.

한 번에 쓰러뜨리지 못하는 사실을 안타깝게 생각하면서도, 스이메이가 마술을 이용해 괴이를 한 마리씩 처리하며, 혼자 남겨진 하츠미의 곁으로 달려가려 한 그때.

"⋯⋯꺄앗!"

균형을 잃은 하츠미가 괴이와 충돌해 튕겨 날아갔다. 날아간 하츠미 앞에, 개의 형상을 한 괴이가 몰려들었다.

"아⋯⋯."

하츠미의 입에서 새어 나온 것은, 절망 섞인 한숨이었다. 그러나 어째서일까. 하츠미는 도망치기는커녕, 움직일 수 없게 된 사람처럼 꼼짝도 하지 않았다. 겁에 질린 눈빛으로 괴이를 바라보며, 칼자루를 잡은 손을 달달 떨었다.

"젠장! 하츠미이이이이이이이이이!"

움직이지 못하는 하츠미 앞으로, 스이메이는 앞뒤 재지 않고 뛰어들었다.

──괴이에게 부딪쳐 날아갔다. 그때까지만 해도 자신의 마음은 견고했다고 생각한다. 그러나 날아가 바닥에 떨어진 순간, 느껴보지 못한 공포가 몸을 지배했다.

괴이의 날카로운 이빨과 손톱에 죽을 거라는 생각이 들자, 손과 심장이 마구 떨리고, 갑자기 움직일 수 없게 되었다.

마족을 상대했을 때도 이런 위기는 여러 번 있었는데, 어째선지 꼼짝도 할 수 없었다. 두렵다. 두려운 존재가 앞에 있다. 그런 말이 머릿속에 떠올라 시끄럽게 울려 퍼졌다. 아무것도 할 수 없었다.

그때 문득 깨달았다. 이것이 그때 그가 빠져 있던 것이 아닐까 하고. 트라우마(심적 외상)다. 자신에게는 눈앞에 있는 이것이 트라우마가 아닐까. 그것을 깨달아버려서, 움직일 수 없게 된 것이다.

괴이가 달려들 기미를 느끼고, 두 눈을 질끈 감았다. 두려웠다.

그러나 느껴져야 할 통증이, 아무리 기다려도 느껴지지 않았다.

이상하게 생각하고 눈을 뜨자, 그곳에는 검은 슈트를 입은 소년이 있었다.

야카기 스이메이. 지금은 은빛 검을 쥐고서 거친 숨을 내뱉고 있다. 자신을 보호하려 뛰어들었을 때 다친 걸까. 슈트의 어깨 부분이 찢어져 있었다.

"아──."

보이는 것은, 얼마 전 드래고뉴트를 상대했을 때처럼 자신을 위해 내밀어진 등. 언젠가 꿈에서 보았던, 그리고 지금의 자신이 떠올리지 못하는 과거에 존재했을 등이다.

이렇게 그가 자신을 구하러 와준 것은 몇 번째일까. 혼자 숲 속을 헤맸을 때나 드래고뉴트가 나타났을 때 말고도, 기억할 순 없지만, 분명 여러 번 있었을 것이다.

이런 모습이 한심하다. 그때도 그렇게 생각했으면서, 어째서 자신은 늘 이렇게 그의 등 뒤에 숨는 걸까.

강해졌을 텐데. 검을 익히고 오직 휘둘러, 싸울 수 있게 되었을 텐데. 그런데 지금 이렇게 떨고 있다.

과연 이것이 자신이 바라던 모습일까.

"──아니야."

그렇다. 보호받기만 하는 것이 싫어서 강해지자고 생각했다. 그런 여자는 그와 함께할 수 없다고 생각했으니까. 누군가를 지키기 위해서 앞으로 나서는 그와 함께 걸어갈 수 없으니까.

그러니까.

"──지금의 난, 달라."

그렇다. 그래서 그가 자신을 두고 가지 않도록, 강해지려 했다.

그래, 그래서──

"난 검으로 강해지려고 했던 거야……."

그렇게, 저절로 떠오른 말을 입 밖에 꺼낸 직후, 잊고 있던 모든 기억들이 거친 파도처럼 밀려왔다. 자신은 누구였고, 어디에 살았는지. 누구와 함께였고, 무엇을 했었는지. 언젠가의 과거가, 언젠가 품었던 생각이. 하나도 빠짐없이 되살아났다.

거센 물살처럼 밀려든 기억에 현기증을 느끼며, 칼을 고쳐 잡고 일어서자, **스이메이**가 걱정하는 목소리로 물어왔다.

"괜찮아?"

"응, 괜찮아. 미안해, 여러 가지로 걱정 끼쳐서."

"……?"

의아한 표정으로 바라보는 스이메이에게, 다시 한 번 괜찮다고 대답한다.

"이제, 괜찮아."

"하츠미 너 설마."

그 말에, 알아챘을까. 놀란 스이메이의 앞으로 나와, 옆에서 달려든 괴이를 노렸다.

그리고——

"나의 마음 검신의 환영에, 삼독을 파하는 기술이 아니니. 바위에서 이 몸을 내던져, 버린 목숨은 부동의 구리가라……."

구리가라타라니 환영검. 이 검기와 함께 전해진 그 말, 타라니를, 조용히 외었다.

스이메이가 사용하는 주문은 아니지만, 한 번 말하면 마음이 평온해져서 검에 의식을 집중할 수 있다.

괴이는 검으로 쓰러뜨릴 수 없고, 대미지를 입히는 것도 불가능하다. 그러나 공격을 받아넘기고 검으로 밀어낼 수는 있다.

검고 날카로운 이빨을 들이미는 괴이를 검격으로 물리쳤다. 금세 다른 괴이들이 사방에서 몰려왔지만, 당황하지 않고 검을 자루에 넣었다. 그리고.

"——구리가라타라니 환영검, 선정, 열반 숙정의 태도(太刀)……."

타라니를 외듯 중얼거린 뒤, 검을 뽑았다. 찰나보다 짧은 순간에 검을 휘두르기를 스물네 번. 그 모든 공격을 괴이에 퍼부었다.

주위 사람들의 눈에는 은빛 검이 번쩍이는 것밖에 보이지 않을 것이다. 달려든 괴이들은 모두 검을 맞고 튕겨 날아가 공중에 떠올랐다.

그 즉시 스이메이가 광휘 마술을 퍼붓자, 괴이는 순식간에 무너졌다.

"하츠미, 너…… 기억이 돌아온 거야?"

마술의 여운으로, 마력광의 잔재가 주위에 흩어졌다. 그 가운데 선 스이메이가 다행이다, 하고 뜻밖의 기쁨이라는 표정을 지었다. 그런 스이메이를 돌아보며 말했다.

"스이메이. 너한테는 불평할 말이 산더미지만, 이 말만은 먼저 할게. 고마워."

조금 솔직하진 못했지만, 진심으로 감사한 마음을 담아 말했다. 그러나 스이메이는 어째선지 겁먹은 표정을 지었다.

"오, 오빠를 던지지만 말아줬음 좋겠는데."

"……정말, 입만 살았어. 그리고, 언제부터 네가 내 오빠가 된 건데?"

"아―, 그게 예전엔 말이야."

"그때는 그때고, 지금은 지금이야! ……근데."

그렇게 말하고, 옛날에 스이메이가 구하러 와준 때를 떠올렸다. 그렇다.

"그때도 개였어."

"……? 아아, 그러고 보니 그런 적도 있었지…… 아, 어쨌든 지금은."

물러나, 하고 눈짓을 보내는 스이메이에게, 고개를 저어

보였다.

"싫어. 도망치고 싶지 않아."

"하지만."

"저쪽으로 안 갈 테니까. 싸우게 해줘."

자신도 싸우겠다고, 함께 싸우고 싶다고 말하자, 스이메이는 체념의 한숨을 내쉬었다. 그리고 대담한 미소를 지어보이며.

"나한테 맡겨."

그렇게 믿음직하게 말했다. 그래서 지금 자신이 해야 할일에 착수했다.

다리를 넘어가려는 괴이를 검격으로 튕겨내는 것. 한 마리도 통과하지 못하게 하는 것.

그 뜻을 가슴에 품고 괴이들을 때려눕히자, 스이메이가 한층 어둠이 짙어진 하늘을 향해 손을 쳐들었다.

어떤 준비를 끝마친 걸까. 머지않아 스이메이는 마력을 내뿜으면서 입을 열었다.

"Velam nox lacrima potestas. Olympus quod terra misceo misucui mixtum. Infestant militia. Dezzmoror pluviaincessanter. Vitia evellere. Bonitate fateor. Lux de caelo stella nocte(장막의 안. 밤에 흐르는 눈물의 무위. 그대는 천지의 증표를 비추고, 현실의 부조리에 눈부시게 쏟아져라. 그가 탄식하는 것은 악. 그가 노래하는 것은 선. 모든 것은 그 소란 끝에 존재하는 눈부신 별빛)."

밤하늘에 크고 작은 마법진이 무수히 떠올랐다. 그것들이 마치 포구를 겨누듯이 움직였다. "Enth astrarle(별이여, 떨어져라)——" 하고 스이메이가 외친 순간, 주변 일대 가득 빛이 흘러넘쳤다.

……그 빛이 잠잠해지자, 괴이는 모조리 사라져 있었다. 마찬가지로 뻥 뚫린 시커먼 구멍도 아무 일도 없었다는 듯이 사라진 뒤였다.

어두운 거리가 본래의 고요함을 되찾았다. 조금 전까지 일어났던 사건은 모두 백주몽이었을까. 그런 생각이 들 만큼, 주위는 평온했다.

"끝났어."

"응."

미소를 보이는 스이메이에게, 미소로 답했다. 그것만으로도 소중한 모든 것이 제자리로 돌아온 것 같았다.

문득 페르메니아 일행을 떠올리고, 시선을 돌렸다. 어째선지 그녀들은 크게 동요하고 있었다.

무슨 일일까. 그렇게 걱정하며 달려가려는데, 문득 크라리사 일행이 사라진 쪽을, 험악한 표정으로 홀로 응시하고 있는 스이메이가 눈에 들어왔다.

하츠미가 먼저 스이메이에게 말을 걸려 했을 때.

"아루스 마그나 라이문디…… 아니, 그 마술은——."

그런 스이메이의 중얼거림이 어두워진 밤하늘에 울려 퍼졌다.

……용사 하츠미가 노려진 일이나 그 뒤처리는 어수선한 것이었지만, 애초에 하츠미를 노린 움직임은 예상한 바였다. 그러니 큰 혼란이라고 한다면, 반 여신 교단의 교단원들이 일으킨 도시에서의 소란에 한정되었다.

그 소동을 일으킨 교단원들은 그 후로 한 명도 잡히지 않았다. 크라리사 일행이 바람처럼 사라진 뒤, 그들도 골목이나 건물의 어둠 속으로 사라졌다고 한다.

연합에서도 이번 사건은 전대미문의 소란이라고 했다. 하지만 스이메이 일행에게도 역시 충격적인 사건이었다. 물론 그 충격의 초점은, 그곳에서 적으로 만난 크라리사 일행이었다.

그녀들은 바로 며칠 전에 안부를 묻고 헤어진 지인들이다. 아직 알고 지낸 지는 얼마 되지 않지만, 스이메이는 그녀들에게 적잖이 신세를 졌고, 레피르는 친했던 질베르트가 적이 되었다. 왜, 라는 의문도 컸다. 이것이 운명의 기구함이라고도 말할 수 있을 것이다.

스이메이 일행은 그런 일로 우울해할 만큼 세상의 부조리에 내성이 없지 않았다. 하지만 이제 좀 친해져보려는 시기에 이렇게 되어 다소 씁쓸하긴 했다.

──스이메이 일행이 크라리사 일행과 싸운 날로부터 며칠 후. 이날 스이메이와 페르메니아, 리리아나 세 사람은 하츠미에게 작별 인사를 고하기 위해 미어젠 궁전에 있는 그

녀의 거처를 방문했다.

방에는 하츠미 외에 셀피도 있었는데, 스이메이 일행의 관계를 아는지 그들이 도착하자 방 내외에 있던 경비병들을 데리고 어디론가 사라졌다. 편안한 분위기에서 대화할 수 있게 배려해준 것이리라.

모두 의자에 앉자, 하츠미가 스이메이에게 불평을 줄줄 늘어놓기 시작했다.

야, 왜 마술사인 걸 숨겼어. 저쪽에서는 무슨 일을 했던 거야. 그런 말하지 않은 것들에 대한 불평불만이 쏟아지는 바람에, 한바탕 대화를 치른 스이메이는 핼쑥해져 있었다.

기억이 돌아옴으로써, 소환이나 기억 상실의 경험이 상당한 스트레스로 바뀐 것이리라. 잠시 쉰 뒤 다시 시동을 거는 하츠미를, 페르메니아가 쓴웃음을 지으며 말렸다.

"……저, 저어, 하츠미 님? 스이메이 님을 몰아붙이는 건 이쯤에서 그만하는 게 어떨까요?"

"응? 아직 하고 싶은 말은 반도 못 했는데."

"이, 이제 반……인가요……."

마치 실력의 절반도 드러내지 않았다, 처럼 들리는 말에, 리리아나는 부르르, 몸을 떨었다. 한편, 불평이라면 이미 실컷 들어먹은 스이메이는, 뭉크의 「절규」와 같은 표정으로 입에서 엑토플라즘을 쏟아내고 있었다. 그리고 벌써 몇 번째인지 모를 용서를 빌었다.

"내가 다 잘못했으니까 제발 이쯤에서 용서해줘……."

"그래. 어쩔 수 없는 이유도 있으니까 오늘은 이 정도로 해둘게."

아무래도 어느 정도는 마음이 풀린 모양이다. 분위기가 안정되자, 스이메이가 하츠미에게 물었다.

"……그래서 하츠미는 어때? 기억이 돌아와서 조금은 편안해졌어?"

"응. 뭐, 기억이 없을 때의 일도 있으니까 기분이 묘하지만, 내가 처한 상황은 잘 받아들일 수 있게 됐어."

그 말이 나온 것은 당연히 귀환 방법의 유무와 관계가 있을 것이다. 돌아갈 수 있다는 믿음이 있기에, 조금이나마 불안이 사라진 것으로 짐작되었다.

그래서 스이메이는 하츠미에게 물었다.

"하츠미. 기억도 돌아왔으니까 한 번 더 물을게. 우리하고 함께 갈 마음은 없어?"

"……으응. 역시 그럴 순 없어. 전에도 말했지만, 난 스스로 이 싸움에 뛰어들었어. 그러니 이제 와서 그걸 나 몰라라 할 순 없어."

"그게 어쩔 수 없는 일이었다고 해도?"

"너도 저번에 말했잖아? 지금의 내 모습을 보면 사범님이 노발대발할 거라고. 여기서 내가 나만 생각하고 도망치면, 그때야말로 아버지한테 혼쭐이 날 거야."

웃으면서 그렇게 말한 하츠미에게 근심은 없었다. 기억이 돌아와, 자신의 확고한 신조를 회복했기 때문일 것이다. 그

신조에 따라 살아가기로 결정한 이상, 망설임은 저절로 사라진다.

"그래. 뭐, 그렇게 말할 거라고 예상했어."

"강제로 데려간다는 말은 안 해?"

"난 네 뜻을 존중해. 그리고 조만간 좋은 소식을 들려 수 있을 것 같고."

"알아냈어?!"

"머지않았어. 일단 제국으로 돌아가서, 거기서 얻은 정보와 합쳐 기술을 시험해보려고 해. ……그 인르라는 녀석이 유물을 날려버리지만 않았어도, 연합에 있는 동안에 전부 밝혀냈겠지만."

"그래……."

아직 시간이 걸린다는 말에, 하츠미의 표정이 어두워졌다. 레이지나 미즈키도 그랬지만, 역시 누구나 돌아가고 싶은 마음은 큰 것이다.

"연합 북쪽의 마족을 쓰러뜨릴 때까지 돌아갈 계획은 없겠지만…… 뭐, 기술이 완성되면 잠시 갔다오는 것 정도는 괜찮지?"

"응. 다들 걱정하고 있을 테고, 또……."

"또?"

무슨 걱정이라도 있는 걸까. 어두운 표정을 짓는 하츠미에게 스이메이가 묻자, 하츠미는 당연한 걸 묻는다는 얼굴로 말했다.

"출석 일수 말이야, 출석 일수! 학교 계속 빠지고 있잖아."

"그거라면 돌아갔을 때 내가 어떻게 해볼게."

"어떻게라니?"

"나 마술사잖아~."

언외로 감쪽같이 해결하겠다는 뉘앙스를 풍기자, 하츠미는 노골적으로 싫은 티를 냈다.

"으아, 최악…… 마술사는 얼렁뚱땅 처리할 생각이네. 으아―."

"응? 뭐? 그럼 유급할래? 나는 어느 쪽이든 상관없는데~."

"어? 으, 음…… 그건 또 싫으려나……?"

"그럼 됐잖아."

하츠미가 민망한 듯 시선을 돌리자, 스이메이는 그렇게 지적하며 대화를 매듭지었다. 그러자, 이번에는 페르메니아가 하츠미에게 질문했다.

"귀환에 관해서는 결정된 것 같지만, 하츠미 님을 노리는 움직임이 있는 건 괜찮으세요?"

"그 수녀 일행들 말이네."

"네. 용사를 데려가겠다고 선언한 이상, 또 습격해올 가능성이 있어요. 그때는……."

어떻게 할 것인가. 그러나 결국 그것은 원래 세계로 돌아가지 않는 이상, 어쩔 수 없는 일이다.

그것을 전제로, 다시 그들이 습격해 왔을 때 어떻게 할 것인지를, 스이메이가 하츠미에게 물었다.

"하츠미, 솔직히 어떨 것 같아?"

"힘들겠지. 이번에는 너희들이 있어서 어떻게든 위기는 넘겼지만, 아버지 정도 되는 검객이 아니고서야 상대할 수 없는 실력이라고 생각해."

"그렇지."

스이메이는 며칠 전에 있었던 싸움을 떠올렸다. 그때 본 크라리사와 질베르트의 실력은 레피르나 페르메니아를 압도한 것에서도 알 수 있듯이 상당한 것이었다. 용사의 실력은 미지수다. 하지만 그녀들뿐 아니라, 이번에는 나타나지 않은 인르와 스이메이를 이계 전송했을 것으로 짐작되는 신기루의 남자도 있다.

그들이 한꺼번에 공격한다면, 자신들이 있어도 지는 것이 쉽게 상상되었다.

그러나 하츠미의 예상은 다른 모양이다.

"이기는 건 몰라도 도망치는 것 정도는 가능할 거라고 생각해. 기억도 돌아왔고."

하츠미는 표정에 슬쩍 자신감을 내비쳤다. 확실히 기억을 되찾은 하츠미는, 기억을 잃었을 때에 비해 강할 것이다. 크라리사와 질베르트는 뛰어난 상대지만, 작정하고 도망친다면 도망칠 수 있을 것이다. 그러나 그렇다고 그 마술사의 손아귀에서도 벗어날 수 있느냐고 묻는다면, 그 물음에는 스이메이도 선뜻 끄덕일 수 없었다.

"나도 가능한 한 빨리 원래 세계로 돌아갈 방법을 찾아낼

게. 그럼 위험할 때 도망칠 수 있으니까."

"……왠지 도망칠 생각을 하게 되는 것 자체가 좀 싫다."

"어쩔 수 없어. 그 남자, 상당히 강해."

"응…… 나는 마술사에 대해서는 잘 모르지만, 스이메이가 그렇다면 그런 거겠지."

인르와의 싸움도 있었으니, 일단은 하츠미도 스이메이를 강자라고 인식하는 것이다.

이윽고 대화는 마무리되었다. 스이메이 일행은 하츠미와 작별 인사를 나눈 뒤 방을 나왔다.

숙사로 돌아가는 길에, 문득 페르메니아가 입을 열었다.

"그러고 보니, 하츠미 님은 배웅을 안 하네요?"

"응. 나는 툭하면 나가서 집을 비웠거든. 그러다 보니 헤어진다고 일일이 배웅하는 일도 없어졌어."

"꼭 같이 살았다는 것처럼 들리네요."

페르메니아가 눈을 흘기며 뾰로통한 표정을 지었다.

"뭘 그래. 하츠미는 사촌이고 집도 바로 옆이라서 가족처럼 지냈어. 그리고 메니아야말로 지금 나랑 같이 살잖아?"

"네? 아, 그건 그렇지만……."

페르메니아의 뾰로통한 표정이 순간 밝아졌다.

"레피르랑 리리아나도 함께고."

"네."

한 지붕 아래라고 말한 스이메이는, 그것에 대해서 특별히 신경 쓰지 않는 듯하다. 스이메이는 그녀들을 오직 거처를

공유하는 동료로만 인식하는 것이다. 그녀들과의 사이가 지금보다 발전한다면 의식할지도 모르지만, 『페르메니아는 아스텔 왕국 알마디아우스의 명령으로』『레피르는 그녀에게 걸린 저주를 완전히 풀기 위해서』라는, 함께 지내는 확고한 이유가 있기 때문에, 늦되고, 연애 경험 제로인 스이메이는 그녀들의 호의를 제대로 파악하지 못하는 것이다.

"…………페르메니아 스팅레이, 이제부터야. 이제부터! 마술도 이제 막 배우기 시작했고, 저쪽 세계에 데려가기로 약속도 했어. 가까워질 기회는 아직 얼마든지 있어. 얼마든지!"

페르메니아는 고개를 돌리고 그렇게 혼자 중얼거리면서 스스로를 격려했다. 그때 리리아나가 스이메이의 소매를 끌어당겼다.

"왜?"

"저번에 그 덩치 큰 마법사 말이에요. 정말 스이메이가 제대로 싸워도 못 이기는 거예요?"

"아마도. 그 정도 수준의 마술사가 나서면 꽤 힘들어져."

"그 정도군요."

"응. 저 마술사가 사용한 마술 계통은 상당히 오래되고, 성가시……다기보다, 터무니없는 기술을 사용한 거야."

스이메이의 표현에, 페르메니아와 리리아나는 고개를 갸웃했다. 그도 그럴 터.

"스이메이 님은 지금 **오래됐다**고 하셨는데, 무슨 말이에요?"

"말 그대로야. 그건 우리 세계의 오래된 마술 계통에 해당해. 아마도 내가 살던 세계와 관련이 있는 거겠지."

그것은 충분히 생각할 수 있는, 아니, 그렇게밖에 생각할 수 없다고 하는 것이 맞는 표현일 것이다. 로미온이 사용한 만명, 크라리사의 토테미즘. 그리고 결정적인 것은 그 마술사가 사용한 마술이다. 그 무리는 저쪽 세계와 어떤 관련이 있는 것이 틀림없다.

"하츠미 님의 일을 생각하면, 새삼 놀랄 일도 아니지만……."

"이건 정말로 큰일이네요."

스이메이는 그렇게 전제한 뒤, 두 사람의 의문에 답했다.

"그 마술을 깨려면, 반드시 한 번은 저쪽 세계로 돌아가야해. 그 마술을 아는 마술사에게 근본부터 배우지 않는 이상, 나도 어쩔 도리가 없어."

그런 스이메이의 대답에 페르메니아와 리리아나의 표정이 어두워졌다. 그런 그녀들에게 스이메이는 추측한 것을 말했다.

"상당히 주관적인 예상이긴 한데…… 그때 사용된 건 합성 개념일 거야. 가깝지 않은 개념들을 두세 개 붙여서 생성한 거라고 생각해."

"개념을 붙여서 새, 생성이요?!"

페르메니아가 놀라자, 스이메이는 "응" 하고 대답했다. 그런 스이메이에게 페르메니아는 이해하기 힘들다는 듯 의아한 표정을 지어 보였다.

"그런 걸 합친 것도 모자라 형태로 만들 수도 있는 거예요?"

"가능하니까 그런 형태가 된 거라고 생각해. 다른 것과 같아. 예를 들면, 그래……."

"예를 들면요?"

"괭이는『땅을 간다』라는 개념을 가졌어. 개념은 그것으로 할 수 있는 것을 가리키고, 괭이라는, 쇠붙이가 붙은 막대기라는 형체가, 누구나 그렇다고 알아보는『기호』가 되는 거지. 거기에 전혀 다른 개념을 가진 도구를 붙여서 새로운 도구(기호)를 만드는 것과 같다고 생각해……."

말하자면 오덕(五德) 같은 것이 아닐까. 스이메이가 그렇게 말하며 좌우를 보자, 두 사람 모두 난해하다는 표정을 짓고 있었다. 그것도 당연할 것이다. 그 말을 긍정하는 것은 곧『프래그머티즘의 부정』이라는, 마술 세계에서 말하는 **불변의 법칙의 돌파**에 해당한다. 그것은 설령 그 사실을 모르더라도, 도무지 이해할 수 없는 개념일 것이다.

"아―, 미안. 자기도 잘 모르면서 설명하는 건 너무 성급하지? 지금 말한 건 잊어줘."

스이메이가 지금 한 말을 없었던 것으로 하자, 불쑥 페르메니아가 물어왔다.

"스이메이 님이 살던 세계에는 그 마술 계통을 다루는 마술사들이 많아요?"

"아니, 나도 본 건 처음이고, 그 마술을 다뤘다고 알려진 마술사도 몇 명 안팎일 거야."

"그렇게 적은데 아는 분이 계세요?"

"짐작으로는 두 세 명 정도. 그 마술을 다뤘다고 알려진 마술사가 살았던 시대, 친퀘첸토(1500년대) 중엽부터 세이 첸토(1600년대) 중엽에 걸쳐서 활약했던 사람들이야."

"그 말씀은?"

"모두 500년 정도 살았나."

"오백?! ⋯⋯⋯⋯엘프인가요?"

"아니, 인간이야. **인간이었다**라고 하는 게 맞으려나. 진 즉에 그만뒀을 테니까."

"인간을, 그만두다니. 그건 또 무슨⋯⋯."

"다 괴물이야, 괴물."

"스이메이인데도 괴물인가요."

"저기 말이야, 미리 말해두는데 나는 햇병아리 수준이야. 뭐 그 정도 레벨이 되면, 전 세계 대부분의 생물이 햇병아 리나 갓난아기 레벨이겠지만⋯⋯."

그 마술사들의 실력은, 그 위계에 도달하지 못한 자가 완 전히 파악할 수 있는 것이 아니다. 낮게 예상해도 이 정도 인 것이다. 자신들의 위계에 도달한 고위의 존재가 아니라 면, 설령 상대가 아무리 고위 마술사라 할지라도, 갓난아이 를 어르는 정도의 노력으로 전부 상대할 수 있을 것이다.

"⋯⋯⋯⋯."

스이메이는 침묵한 채 상당히 오래 전 일을 떠올렸다. 맹주 네스테하임이 드물게 마술사들의 항쟁에 출장했을 때, 그에 맞선 상대는 마술사를 포함해, 그가 내뱉은 한 마디에 전부 갓난아기로 변해버렸다. 무위를 사용하지 않고, 대상을 복종시키는 기술 중에서도 가장 **의미를 알 수 없는** 기법이었다.

"스이메이, 그 현상도 그 마술사가 일으킨 건가요?"

현상. 즉, 마지막에 자신들을 덮친 **그것**이다.

"아니, 그건 다른 요인이야. 그건 사람이 마음대로 일으킬 수 있는 게 아니야."

"분명 이름이."

"트와일라잇 신드롬."

리리아나에게는 아직 정식으로 알려주지 않은 개념이다. 그러나 페르메니아는 그것을 한 번 본 적이 있다.

"스이메이 님. 어째서 그때 그 트와일라잇 신드롬이라는 게 발생한 거예요? 저번에 물었을 땐, 그건 이쪽 세계에는 없다고 하셨잖아요."

"나도 그렇게 생각했어. 실제로 이 세계는 자연적인 힘이 강해서 아직 트와일라잇 신드롬이 일어날 단계가 아니야."

"그런데도 그때 일어났다는 건……."

"정말 무슨 뜻인지~."

스이메이가 멋쩍은 듯 뒤통수를 긁기 시작했다. 그러면서도 곰곰이 생각했는지 말하기 시작했다.

"일단 예측하자면, 그자들의 행동이나, 그 행동에 포함된 무언가가 세계 종말을 앞당겼던 게⋯⋯ 아닐까?"

그 말에, 리리아나가 고개를 갸웃했다.

"세계 종말을⋯⋯ 그때는 그들이 습격했던 것뿐인걸요?"

"분명 그렇지만⋯⋯『큰 일은 작은 일에서 비롯된다』『자연은 비약하지 않는다』같은 말도 있어. 자연 안에서 발생하는 모든 현상은 서서히 일어나는 것이지, 『갑자기』『비약적으로』일어나는 일은 없다는 거야. 그렇게 생각하면, 그자들이 습격해 온 이유⋯⋯ 그러니까 용사를 납치하려는 목적이, 앞으로 일어날지도 모르는 세계 종말을 앞당길 중요한 일부분일 가능성도 있다는 거겠지."

크라리사 일행에게는 용사 납치라는 뚜렷한 목적이 있다. 그것이 세계 종언과 어떤 연관성이 있는지는 아직까지 전혀 밝혀지지 않았다. 그러나 관계가 있기 때문에 그곳에서 아바돈이 열리고 트와일라잇 신드롬이 발생한 것이다.

"단계를 밟지 않았기 때문에 우연일 가능성도 배제할 순 없지만⋯⋯ 어쨌든 그쪽 방면은 문외한이라. 해 질 녘의 주민이 아니라서 나도 잘 모르겠어."

그렇게 대화를 매듭지은 스이메이는 또 하나의 걱정을 입에 담았다.

"그리고 레피 말인데."

"레피르요?"

리리아나의 물음에, 스이메이는 현재의 레피르의 상태를

떠올리고 인상을 찌푸렸다.

"분위기는 평소와 다름없지만."

"분명 패배로 느낀 바가 있었겠죠. 평소처럼 행동했지만, 분했을 거예요."

레피르는 크라리사와의 전투에서 패배한 사실을 꽤 무겁게 받아들였다. 그 이후로 사소한 행동에서 왠지 모를 초조함이 엿보였다.

"뭐, 그것도 그거지만."

"그거 말이죠."

"그거군요."

패배가 가져온 변화 이외에, 그 전투 뒤에 레피르의 몸에 일어난 일을 떠올리고, 세 사람은 머리가 무거워졌다.

스이메이 일행이 고뇌하고 있을 때, 당사자인 레피르는 혼자 땅거미 정의 길드 마스터 집무실에 와 있었다.

……그랬는데.

"와하하하하하하하하하하! 아—하하하하하하하하하핫!"

"웃지 마세요, 루메이어 님! 이건 웃을 일이 아니에요!"

"아니, 그래도! 그런 걸 보면! 나, 나! 힛, 히히히히히히히, 히—!"

루메이어는 배를 잡고 꼬리를 휙휙 흔들면서 집무실 바닥을 데굴데굴 굴렀다. 숨이 넘어가라 웃는 통에 자칫하면 질식사하는 게 아닐까 걱정될 만큼, 휴, 휴, 간격이 긴 호흡을 반복했다.

그런 루메이어 앞에서 소파에 앉아 귀여운 분노를 그대로 드러내고 있는 것은, **작아진 레피르**다.

"어쩔 수 없잖아요! 나도 좋아서 이렇게 된 게 아니라고요……."

"아—, 아—, 배 아파 죽겠네. 올해 들어 제일 웃겼어."

아직 웃음을 그치지 못하는 루메이어를, 레피르는 눈물이 그렁한 눈으로 원망스럽게 노려보았다. 하지만 그 표정은 너무 귀엽기만 해서 위엄이라고는 전혀 느껴지지 않는다.

루메이어는 웃음을 가라앉히고, 다시 소파에 앉았다.

"아아, 그건 그렇고, 정령의 힘을 과도하게 쓰면 몸이 작아진다니. 아디파이즈는 그런 적은 없었는데. 뭐 그만큼 정령의 힘이 레피의 대부분을 차지하고 있다는 거겠지만…… 푸, 크크큭."

루메이어는 입을 막고, 다시 터진 웃음을 어떻게든 삼키려 했다. 그러나 그것도 한계인지, 웃음을 참느라 볼이 빵빵해지고, 입 밖으로 조금씩 웃음이 새어 나왔다. 한편, 레피르는 반쯤 질려 한숨을 토했다.

"이제 그만하세요. 곧 동료들이 작별 인사를 하러 올 거예요."

"그래? 흠…… 그럼 오기 전에 너와는 잠깐 얘기를 해두는 게 좋겠네."

그렇게 말하며, 루메이어는 담뱃대를 가까이 끌어당기며

진지한 표정을 지었다. 그런 루메이어의 표정에, 저절로 레피르의 표정도 진지해졌다.

"루메이어 님, 얘기라니요?"

그렇게 묻자, 루메이어는 담배를 한 모금 피운 뒤, 꿰뚫을 듯이 날카로운 시선을 향해왔다.

"……레피, 너 졌지?"

"그건……."

"말 안 하면 모를 거라고 생각했어? 얕보지 말았으면 좋겠는데."

루메이어는 마치 현장에 있었던 것처럼 확신을 담아 말했다. 레피르는 간파당한 사실을 순순히 인정했다.

"레피, 진 이유를 알고 있어?"

"……오로지 제 힘이 부족했기 때문이에요."

"그런 이유도 있겠지만…… 다른 한 가지에 대한 자각은?"

그런 루메이어의 말에, 레피르는 내심 덜컥했다. 그러나.

"아뇨, 제 실력이 미숙했던 것뿐이에요. 다른 이유 같은 건 없어요."

레피르는 반쯤 밀어내는 태도로, 또 한 가지 이유를 부정했다. 인정하고 싶지 않았다. 그것을 인정하면, 지금의 자신을 지탱하고 있는 무언가가 무너져버릴 것 같아서였다.

한편 루메이어는 레피르의 완고한 표정을 보고, "그래" 하며 한숨을 쉬었다.

레피르는 초조함 때문인지 불쑥 책망하는 투로 루메이어에게 물었다.

"……루메이어 님께서는 다른 이유가 있다고 생각하시나요?"

"여기서 그런 걸 말하는 건 간단하지만…… 굳이 말하자면, 스스로 깨닫고 받아들였으면 하는 부모 같은 마음도 있어. 지나친 참견은 도움이 되지 않으니까. 흠, 어떻게 할까."

루메이어는 그렇게 고민하는 듯한 말과 함께 천장에 담배 연기를 뿜은 뒤, 담뱃대의 재를 재떨이에 털었다.

"그래. 뭐, 그 녀석이나 믿음직한 동료도 있겠다, 그렇게 서두를 것도 없겠지. 지금부터라도 자신이 해왔던 싸움을 잘 돌이켜 생각해봐. 그래도 또 진다면…… 다시 한 번 날 찾아와. 단단히 단련시켜줄 테니."

"……알겠어요."

"그래. 그러니까 요점은, 너무 기 쓰지 말라는 건데, 이렇게 말해도 잘 모르겠지. 특히 젊을 때는…….""

그렇게 작게 중얼거린 것은, 자신이 경험했기 때문일까. 루메이어는 아련한 눈빛으로 창밖을 내다보았다. 담배를 다 피울 때까지 한동안 침묵을 유지한 뒤, 루메이어는 불쑥 웃으면서 레피르에게 말했다.

"레피, 이리 좀 와봐."

"왜 그러시는데요?"

"쓰다듬게 해줘."

"싫, 어, 요!"

손짓으로 쓰다듬고 싶은 것을 어필하는 루메이어를 보며, 레피르는 완강히 거부의 자세를 취했다. 지금의 몸에는 너무 큰 모자를 깊숙이 눌러쓰고, 소파 위에서 몸을 움츠렸다.

"에~! 모처럼 쓰다듬기 좋은 사이즈가 됐기도 하고, 괜찮잖아~!"

"괜찮지 않아요! 이 나이에 누가 쓰다듬어주는 걸 좋아하는 사람이 어디에 있어요?!"

그렇게 말하며, 레피르가 고개를 휙 돌리자, 루메이어는 피식, 웃었다.

"싫다고 해도 강제로 쓰다듬을 건데."

그런 말이 레피르의 귀에 들린 순간, 루메이어의 모습은 맞은편 소파 위에서 잔상만을 남긴 채 사라졌다.

그 직후, 무언가가 엄청난 기세로 모자를 덮쳤다.

"아아아아아아아! 루메이어 님!"

"자, 쓰담쓰담쓰담쓰담~."

"크읍……."

위에서 가해진 부드러운 압박에, 레피르는 굴욕을 맛보았다. 이렇게 되면, 아직 힘으로는 루메이어를 이길 수 없는 레피르가 벗어나는 것은 불가능했다.

루메이어에게 농락당하고 있는데, 문득 루메이어의 여우 귀가 실룩거렸다.

"어이쿠, 온 모양이네. 그럼 소소하게 송별회라도 할까."

"……네."

레피르가 뾰로통하게 대답했을 때, 집무실 문을 두드리는 소리가 들려왔다.

에필로그 I

엘리어트 오스틴은 현재 아스텔 왕국의 서쪽에 위치한 크란트 시에 도착해 있었다.

구세교회에서 의뢰받은 위무 업무를 겸하여, 아스텔 왕국을 거쳐서 북방의 토리아 왕국으로 향하는 여정에 있었다. 지금 그의 앞에는 저택 한 채가 우뚝 서 있다.

시각은 밤. 마력광을 내뿜는 가로등 등불 밑에서, 낮에 자신 앞으로 도착한 편지에 다시 한 번 시선을 떨구었다.

"──이거야 원, 도착하자마자 초대라."

질린 한숨은 용사의 다망함에 대한 것이다. 도착하자마자 마치 기다렸다는 듯이 편지가 도착했고, 그 편지를 보낸 상대가 바로 이 저택의 주인이었다.

그 사람의 이름은 루카스 드 하드리어스. 이곳 크란트 시의 영주이자 아스텔에서도 막강한 권세를 자랑하는 대귀족이다.

구세교회에서 정한 영주와의 접견일은 내일이다. 그러나 영주 쪽에서 그 예정을 앞당겼다. 엘리어트는 거절하지도 못하고, 크리스터를 교회 숙사에 남겨둔 채 이렇게 이곳에 왔다.

문을 지키는 경비병에게 사정을 말하고 편지를 보여주자, 바로 들여보내주었다.

하드리어스가 있다는 개인 집무실 문을 통과하자, 달빛만이 어둑한 방 안을 비추고 있었다. 한편, 호출한 당사자는 집무 책상에 앉아, 그라체라마저 압도할 만한 강렬한 무위를 내뿜고 있었다.

그 상황에 엘리어트도 당황했지만, 겉으로 드러나지 않게 애쓰면서 앞에 섰다.

무위는 확실히 엘리어트를 향해 있었다. 그러나 하드리어스는 그런 사실을 모른 체하며 엘리어트에게 말을 걸었다.

"엘 메이데의 용사, 엘리어트 씨. 갑작스러운 호출에 응해주셔서 감사합니다. 그래, 기분은 좀 어떻습니까?"

"아까까진 보통이었는데, 여기에 온 뒤로는 아주 별로입니다."

"그렇겠지."

엘리어트의 비꼬는 말에, 하드리어스는 코웃음을 치며 대답했다. 그런 남자 앞에서, 엘리어트는 경계심을 숨긴 채 생각했다.

'역시 이 남자는 알고서…….'

네페리아 황제가 늘 풍기는 위압감과는 달리, 하드리어스의 무위는 『누구를 향해서』라는 대강의 지향성을 갖고 있었다. 시험해볼 생각이었을까. 어느 것이었든 시험당하는 쪽은 기분이 좋지 않다.

엘리어트는 하드리어스에게 의심을 품으면서도, 겉으로는 티 내지 않고 물었다.

"불을 안 켜십니까?"

"달빛을 조명 삼는 것도 풍류라고 생각하거든. 불편하지 않다면 이대로 두고 싶은데."

하드리어스의 수상쩍은 낌새를 속으로 의심하면서도, 엘리어트는 승낙의 의미로 고개를 끄덕였다.

"그럼 오늘은 무슨 용건으로 절 부르신 겁니까?"

"영주로서 인사를 해야지."

"인사라면 내일로 예정되어 있었을 텐데요. 게다가 이게 인사라니, 방법 한번 고약하시군요."

"용사 레이지도 비슷한 말을 했었어."

그렇게 말하며, 하드리어스는 희미하게 웃었다. 엘리어트는 불쾌감을 슬쩍 드러내며 말했다.

"용건이 그것뿐이라면 이만 돌아가겠습니다."

"잠깐, 하나 더 있어. 오늘 자넬 부른 건, 둘이서 대화를 하고 싶었기 때문이야."

"자──. ……무슨 대화 말입니까?"

불쑥 튀어나온 「무례한 말투」에 대한 불만을 속으로 삼키고 묻자, 하드리어스는 집무 책상 위에서 손깍지를 고쳐 끼며 말했다.

"오늘은 자네의 생각을 물어보고 싶었어."

"생각? 내 생각을 물어서 어쩌시게요? 혹시 내가 이 나라에 해라도 끼칠 것 같습니까?"

"아니, 그런 생각은 하지 않아. 다만, 자네가 이 세계를 구하리라 마음먹은 계기가 궁금한 것뿐이야."

귀족 특유의 농담일까. 희롱하는 듯한 말투지만, 엘리어트는 솔직하게 대답했다.

"나는 딱히 이 세계를 구하려는 게 아닙니다. 구원을 바라는 사람들을 구하는 것이, 세계 구원으로 이어지는 것뿐입니다. 그렇게 거창한 생각은 하지 않아요."

"…………."

"마음에 들지 않으십니까?"

하드리어스에게는 이해되지 않는 대답이었을까. 그런 생각이 들었지만, 어쩐 일인지 하드리어스는 고개를 저었다.

"질문이 잘못됐군. 자네는 왜 마족을 쓰러뜨릴 생각을 했지?"

"……? 방금 말한 대로, 구원을 바라는 사람들을 구원하기 위해섭니다."

"그래. 그건 숭고한 정신이군."

"역시 뭔가가 마음에 안 드십니까?"

"미묘해."

비꼼이 섞인 완곡한 대답이 이어지자, 엘리어트의 목소리에 살짝 짜증이 배어났다.

"누군가를 위해 일어나는 것은 인간으로서 자연스러운 일 같은데요?"

"하지만 자네와는 관계없을 텐데? 이 세계의 위기 따위, 다른 세계 사람인 자네와는 말이야."

"분명 그렇지만……."

그렇지만, 엘리어트에게도 긍지는 있었다. 엘리어트도 원래 살던 세계에서는 이름이 알려진 용사다.

그곳에서 쌓아온 긍지와 가치관은 결코 자신의 이익만을 옳다고 하는 것이 아니다. 분명 관계는 없지만, 맺어진 인연을 무시할 수는 없다.

그러나 그 생각도 간파당한 걸까.

"그럼 그게 왜 마족 토벌이지? 딱히 마족과 싸우지 않더라도 이 세계 사람들을 구원할 수 있을 텐데?"

"내가 마족과 싸우는 건, 그렇게 부탁받았기 때문입니다. 그리고 나에게는 싸울 힘이 있고요. 그래서, 응한 겁니다."

"그래. 그건 다른 자와 같군."

"……?"

하드리어스가 내뱉은 수수께끼 같은 말의 참뜻을 파악하지 못한 엘리어트가 답을 내기 위해 고심하고 있자.

"……자네는 그 남자보다 세계라는 것을 잘 이해하고 있어."

"……?"

"조금 전 자네가 한 말에 근거해서 묻지. 마족을 쓰러뜨리겠다고 결정한 뜻이 어떻게 자기 안에서 나왔다고 생각하지? 알지도 못하는 세계와 그곳에 사는 인간들을 구하는 데 아무런 의문도 품지 않은 것을, 자네는 이상하게 생각해본 적은 없나?"

"이상할 것 없습니다. 싸우기로 마음먹은 건 틀림없이 내 뜻입니다."

그렇다, 마족과의 전투는 스스로 결정한 사항이다. 분명, 의욕이 다하지 않는 것은 이상하게 생각한 적도 있지만──.

"아니지. 자네는, 아니, 자네들은 조종당하고 있어."

"조종? 누구에게 말입니까?"

"여신. 자네들이 이 세계에서 싸우기로 결정한 뜻에는 모두 여신의 뜻이 얽혀 있어."

"…………."

하드리어스의 단언에, 엘리어트는 잠시 말없이 생각했다. 이 문답에는 도대체 어떤 의도가 숨어 있을까. 자신이 싸우는 이유에서 시작돼, 이제는 여신까지 나왔다. 대화의 종착지가 전혀 보이지 않는다. 의미 없는 말장난의 연장 같기도 하지만, 웃어넘길 수 없는 이유는 뭘까.

"그게 어쨌다는 겁니까? 우리들 용사는 여신의 가호를 받았으니, 여신의 개입이 있는 건 당연한 일. 더욱이 사람들을 구하기 위해서라면, 딱히 나쁘다고는 생각하지 않는데요?"

"자네 말은 틀리지 않아. 하지만, 그게 사람들을 위한 게 아니라면? 용사의 존재가 여신의 사리사욕을 위한 것이라면 어떨 것 같지?"

"이상한 말씀을 하시는군요. 신격처럼 큰 존재는 인간처럼 타산적인 뜻은 가지지 않습니다. 신격은 쓸데없는 욕심을 품지 않죠."

단언했다. 그러나 말하는 것과 동시에 땀이 배어 나왔다. 그렇다, 알고 싶지 않은 진실이 코앞까지 다가와 있었기 때문에.

그러나 그 진실을 구하려는 자는 틈을 주지 않았다.

"그 정도로 신의 성질을 알고 있다면, 자네도 알겠지. 확실히 신은 욕심이 없어. 하지만 신이란 결국 뭐지? 그들은 대체 뭘 하는 존재지?"

엘리어트는 침을 삼켰다. 신은 뭘까. 무엇을 하는 존재일까. 언젠가 스이메이 야카기와 나누었던 대화를 떠올렸다.

이 대화는 그때 스이메이 야카기와 나눈 대화와 닮았다. 신을 어떻게 생각하느냐고 물었던 그때. 결국 스이메이 야카기는 말을 얼버무렸고, 자신은 그를 이 세계 사람이라고 착각하고 있었기에 추궁하지 않았다. 하지만 대화가 계속되었다면, 어쩌면 이런 결론에 다다르지 않았을까——.

"엘리어트 씨."

"……스스로의 힘을 키우기 위해 권능을 휘두르는 존재."

"그런 존재가 자기 권능을 나누어준 자들을 자유롭게 둘 거라고 생각하나? 자네도 속으로는 여신에게 놀아나고 있다는 것을 알고 있을 텐데?"

그렇다. 분명 자신의 뜻만이 아닐지도 모른다. 싸워야 한다고 생각한 것은, 어떤 암시가 작용했기 때문이라는 생각도 든다.

그러나.

"……그게 잘못됐습니까?"

"무슨?"

"분명 내 뜻만이 아닐지도 모르죠. 우리들의 싸움은 여신의 횡포가 만들어낸 결과일 수도 있습니다. 하지만 그 결과 사람들은 구원받습니다. 그렇다면 그렇게 나쁜 것도 아니죠. 어쩔 수 없는 일이라고도 할 수 있습니다."

"그 어쩔 수 없는 것 때문에, 인간은 가능성을 박탈당했어. 여신이 관리하는 세상에서는 약한 생명을 구할 수단은 무시받고, 늘 버려지지. 당신은 그것도 어쩔 수 없다고 말할 건가?"

"무슨 뜻이죠?"

그렇게 물었지만, 하드리어스는 물음에 물음으로 답했다.

"먼저 묻지. 자네가 살던 세계는 어떤 세계지? 사람들이 보다 풍족한 삶을 살기 위해 매진하고, 또 그것이 이루어지는 세계인가?"

"무슨 말인지. 그야 당연히――."

그렇다, 위를 지향하는 것은 당연하다. 발전은 인간의 삶에서 지극히 당연한 일이다. 그러나 지금 하드리어스의 말은 그 존재 방식에 의문을 가진 듯한데――.

거기서 알아차렸다. 이 물음 끝에 있을, 세계의 구조를.

"설마 이 세계는……."

핵심을 물으려 한 순간, 집무실 문이 열리고 병사들이 나타났다.

신속히 정렬하는 그들을 흘끗 본 뒤, 하드리어스에게 물었다.

"무슨 생각이죠?"

"얘기는 일단 끝났어. 자네를 시험하지."

"폭력을 쓸 생각이라면, 구세교회에 알리겠습니다만?"

"그건 여길 나갈 수 있다면이겠지?"

"저들로 날 막을 수 있다고 생각합니까?"

대담하고 오만한 발언으로 들릴 수도 있지만, 상대는 고작 병사들이다. 떼로 덤빈다 해도 여신의 가호를 받은 자신에게는 상대가 못 된다.

그렇게 생각하고 있는데, 웬일인지 하드리어스가 책상에서 물러났다.

"네 상대는 나다."

"공작께서 직접 싸우신다니. 다치기라도 하면 곤란하시지 않겠습니까?"

"그건 해보면 알겠지"

하드리어스는 엘리어트의 비꼬는 말을 무시하고 도발했다. 영주의 저택에서 싸우는 것은 내키지 않지만, 응하지 않으면 대화가 진행되지 않을 것이라고 판단하고, 검을 뽑고 달려들었다.

그러나 어느새 뽑힌 하드리어스의 검이 엘리어트의 검을 막았다.

"아니?!"

"호오…… 역시 다른 놈들보단 실력이 뛰어난 것 같군."

"내 검을 한 손으로 막았어……?"

벨 생각은 없었다. 베기 직전에 멈출 생각이었다. 그러나 검의 속도는 평범한 사람이 간파할 수 있는 게 아니었다. 그래서 당할 처지가 된 것은 큰 충격이었다.

"용사. 설마 이 정도가 다는 아니겠지? 제국의 제3황녀 전하와 싸웠을 때도, 모든 실력을 발휘한 건 아닐 텐데?"

"그걸 어떻게……?"

"알 방법이 있다는 소리지."

엘리어트는 겹쳐진 검을 밀어내며 뒤로 물러났다. 일단 검을 자루에 집어넣었다.

……이 남자의 정체를 알 수 없다. 물론 무슨 생각을 하는지도 알 수 없다. 이대로라면 무슨 일이 일어나도 이상하지 않다. 그렇다, 붙잡힐 수도 있고, 살해당할 수도 있다.

그렇게 생각한 엘리어트는 결단을 내렸다. 지금은 전력을 다해 이곳을 벗어나야 한다. 맨손 상태로, 오른팔 소매를 걷어 올렸다. 그러자 엘리어트의 팔에 은백색의 갑옷용 장갑이 나타났다.

그리고 최후 통고.

"……내가 진짜 실력을 발휘하면, 이 건물도 무사하진 못할 텐데요?"

"그건 힘을 다 쓸 수 있었을 때의 얘기지."

"좋습니다. 내 힘을 보여드리죠."

팔에 강한 전류가 휘감겼다. 방 안의 가구가 강한 전류 의해 부서졌다. 이것도 아직 힘을 억제한 편이지만, 하드리어스는 그조차 간파한 듯했다.

"강력한 힘이군. 과연 이 정도면 거리에선 사용할 수 없겠어."

"당연하죠. 영걸 소환의 가호도 더해져 힘이 늘었거든요. 이걸 거리에서 사용하면 관계없는 많은 사람들이 피해를 입겠죠."

그 말 뒤, 하드리어스에게 전기 충격을 날리려 한 그때.

"그 정도 힘이면 충분하군."

"충분……?"

"가호 말이야. 그 정도로 몸에 익숙해진 걸 보면, 필요한 양은 채워졌다는 거겠지."

"무슨 말인지는 모르지만, 이제 와서 막는 건 늦었어."

"상관없어. 어차피 **막는 건 내가 아니니까.**"

하드리어스가 그런 의미심장한 말을 내뱉은 직후, 엘리어트의 목덜미에 충격이 스쳤다.

"뭐, 지……?"

드러낸 것은 의문이었다. 불시의 타격으로 몽롱해져가는 의식 속에, 온힘을 다해 자신의 감각에 물었다. 뒤에 있는 병사가 움직인 낌새는 없었다고.

그러나.

"──역시 고영. 용사조차 눈치채지 못하다니. 그 이명은 괜히 붙여진 게 아니군."

귀에 들린 것은 들어본 이름이다. 제국에 있을 당시, 군인들이 그자를 고영이라 부르며 두려워하곤 했다. 그렇다, 그자는 회색이 섞인 흑발을 올백으로 넘긴 남자. 엄격한 얼굴에 다갈색 눈동자를 가진, 기척을 내지 않는 영법사(影法師)와 동화된 듯한 제국 최강의 검객이자 암살자.

"로, 로그 잔다이크, 대체 어디서……?"

"처음부터다. 뒤에서 들어온 병사를 경계한 건 좋지만, 다른 침입자를 생각하지 않은 건 용사답지 못한 실수군."

"큭…….."

다리에 힘이 빠져 무릎을 꿇었다.

로그의 충고를 들으면서, 엘리어트의 의식은 진흙 같은 어둠 속으로 빨려 들어갔다.

기절한 것을 확인한 로그는 엘리어트를 안아 소파에 눕혔다.

그리고 하드리어스에게 말을 걸었다.

"……내가 나설 것까진 없지 않았나?"

"나보다 당신이 확실해. 용사의 힘은 무시할 수 없어."

"그 힘을 정면으로 맞으려 한 사람이 말은 잘하는군."

로그가 무뚝뚝하게 말했다. 로그의 태도는 불손하지만, 말투에 대해서는 서로 합의가 이루어졌는지, 하드리어스는 불쾌한 기색이 없고 뒤에 있는 병사들도 아무 말도 하지 않았다.

그러던 중, 문득 하드리어스가 로그에게 물었다.

"그런데 괜찮은가? 우리와 같은 우니베르시타스가 되어도."

"어리석은 질문이다. 내 검은 고트프리트 씨에게 맡겼어. 그건 당신도 마찬가질 텐데?"

"아니."

"……무슨 말이지?"

"내 검은 이미 바친 분이 있다. 거기에 관해선 거짓말을 못 해. 물론 그분에 대한 존경을 잊은 적은 없지만."

그렇게 말한 하드리어스는 누구를 생각하는 걸까. 로그는 그가 시선 끝에 환시한 상대가 보인 것 같았다.

"……하드리어스 씨. 당신에게 전해줘야 할 말이 하나 있어."

"들어보지."

"마족이 움직였어. 이미 토리아를 점령하고 제국을 향해 오고 있어."

"그래. 역시 그분의 예상대로 움직이는 건가."

탄식하는 하드리어스에게, 로그는 늘 품었던 의문을 던졌다.

"괜찮은가? 당초 예정과는 조금 다를 텐데? 마족의 아스텔 침공이나 그 후의 용사 레이지의 자치주행. 연합 용사의

탈환 실패. 당초 예정과는 다른 무시할 수 없는 차질이 생겼어."

"거기에 관해서는 그때마다 수정을 해서 문제없어. 그리고, 일단 모든 용사를 이쪽으로 끌어들일 계획이었지만, 그건 살짝 바뀔 거라고 한다."

"무슨 말이지? 그럼 제국은 용사 없이 마족과 싸우게 될 텐데?"

"아니, 그렇게는 안 돼."

"……음. 그럼 연합 용사를 제국에? 그것도 아니면 역시 마족 토벌은 당초 예정대로 이 엘리어트 씨에게 맡기는 건가?"

로그는 엘리어트를 곁눈으로 보았지만, 하드리어스는 고개를 옆으로 저었다.

"아니, 그 역할은 용사 레이지에게 맡긴다."

"하지만 레이지 씨는 아직 힘이 부족한 것 아닌가? 마족 대군을 상대하기엔 부담이 클 텐데. 제국도 그때의 책략으로 유력 귀족이 줄었어. 엘리어트 씨가 아니면 균형이 맞지 않을 거야."

"실력에 관해서는 신경 쓸 것 없다고 한다. 이길 수 있도록 손을 쓴다니까. 게다가 지금은 용사 레이지가 유명해. 아스텔에서 일만 마족을 쓰러뜨린 걸로 되어 있어서 엘리어트보다 명성이 높지."

"하지만 연합 용사도 마족 장군을 쓰러뜨렸는데?"

"연합 용사 하츠미는 이번 마족과의 전투는 무승부로 끝냈고, 미어젠에서 일어난 소동도 진압하지 못했어. 그것만으로도 명성에 상처가 남았지. 반면 용사 레이지는 자치주에서 옛 용사의 무구를 손에 넣고, 습격해 온 마족 장군을 물리쳤다. 거기다 이번에 제국에 밀어닥친 마족을 물리친다면."

"분명 레이지 씨가 가장 강한 용사로 알려지겠지."

현재, 레이지의 용사로서의 공적은 엘리어트의 그것을 추격하고 있다.

실력에 비해 다소 과대평가된 것은 있지만, 용사를 맹신하는 민중들은 그런 것을 중요하게 생각하지 않는다.

납득한 듯한 로그를 보고, 하드리어스가 엘리어트를 흘끗 보았다.

"중요한 건 민중의 신앙심이다. 확실히 마족을 쓰러뜨리기 위해서는 힘이 있는 게 중요하지만, 그건 둘째 문제야. 실제로 연합 용사는 원래 가진 힘이 강해서인지, 여신의 가호가 그다지 좋지 않아. 하지만 착실히 두각을 나타내는 용사 레이지는 여신도 눈여겨보겠지. 물론 다른 용사도 쓰겠지만."

하드리어스는 잠시 말을 멈추고 창문 너머 달빛에 시선을 던졌다.

"──그 용사 레이지는 최대한 이름을 날리게 하겠어. 여신의 은총을 한 몸에 받는 희대의 용사로서 말이지."

존경받기 위해서는 고생이 뒤따른다. 실력이 받쳐주지 않으면, 고생은 더욱 커진다.

　로그는 레이지를 생각하며, 조금 불쌍하군, 하고 중얼거렸다.

에필로그 II

　사디어스 연합에서 네페리아 제국으로 되돌아온 스이메이 일행은 거점이 있는 뒷골목까지 도착해 있었다.

　살던 곳의 분위기는 여전했다. 스이메이가 석고를 잔뜩 바른 주위 건물 외벽은 산뜻한 흰색으로, 뒷골목 특유의 습한 느낌이 아닌 청결감이 넘쳐흘렀다. 햇살도 더해져 정원을 연상시켰다.

　문득 보니, 앞에 놓인 의자와 테이블 위에 한때 스이메이 일행이 임시 사역마로 부린 고양이 몇 마리가 뒹굴고 있었다. 의자 등받이에 기대 배를 긁거나 벌러덩 드러누운 모습은 영락없이 툇마루에서 일광욕을 하는 모양새다.

　"고양아!"

　리리아나는 고양이를 발견하자마자, 들고 있던 양산을 내팽개치고 자주색 트윈 테일을 흔들면서 고양이를 향해 돌진했다. 멀리 떠나 있었기에, 고양이 성분이나 개의 성분을 보충하지 못했기 때문일 것이다. 그러고 보니 하고, 스이메이는 제국을 떠나기 전에 리리아나가 몹시 아쉬워하던 모습을 떠올렸다.

　"포옹이에요."

　"냐―앙."

　리리아나는 몇몇 고양이들을 끌어안고 한꺼번에 볼을 비

벘다. 고양이들도 임시 사역마를 했을 당시 리리아나가 돌봐줘서인지 싫어하지 않았다.

그 모습에 작아진 레피르가 아이고, 하고 한숨을 흘렸다. 리리아나가 내팽개친 양산을 세워 쓰고, 고양이 한 마리를 안아 올려 물었다.

"그런데 너희들, 원래 있던 곳으로 안 돌아가?"

"냐옹."

그렇게 물으며 고양이의 뺨을 툭툭 건드려도, 당연히 울음소리밖에 돌아오지 않는다. 알면서도 심정적으로 물어보고 싶었던 것이리라.

레피르의 물음에 옆에서 고양이를 쓰다듬던 리리아나가 대답했다.

"여기는 깨끗하고 지내기 좋으니까 가끔씩 온대요."

"고양이는 깨끗한 걸 좋아하니까. 돌아다니다가 잠깐 쉬고 있는 거네."

"냐~옹."

고양이가 대답하는 것처럼 울자, 리리아나가 다시 귀를 기울였다. 대화처럼 보이는 그 행위는 스이메이가 리리아나에게 가르쳐준 동물과의 의사소통 방법이다.

——제국에서의 소동이 끝난 뒤, 역할을 다한 고양이들은 『일정 기간 먹이와 잘 곳을 제공받는 대신 협력한다』라는 당초의 계약에 따라, 부분적 지능 향상과 임시 계약 마술에서 풀려나 자유의 몸이 되었다.

모두 원래 있던 장소로 돌아갔지만, 이곳이 지내기 좋다고 느낀 고양이들만 이따금 찾아오는 것일 것이다.

"이 정도면 밤에는 집회장이 되겠어."

"네. 고양이는 모인다고들 하니까요."

스이메이의 말에, 페르메니아가 밝게 대답했다. 페르메니아도 고양이를 좋아해, 고양이들이 모여 뒹구는 모습을 보면 위안이 되는 것이다.

"그, 그런데 스이메이 님, 그⋯⋯."

페르메니아는 그렇게 말하며 고양이와 스이메이를 번갈아 보았다. 어쩐지 부끄러워하며 우물쭈물하는 것은 왜일까——

"응? 아, 고양이 말이네."

"네!"

눈치챈 스이메이가, 큰 소리로 대답하는 페르메니아에게서 짐을 받았다. 그 즉시 페르메니아도 긴 은발을 휘날리며 리리아나와 레피르가 있는 곳으로 달려가 고양이를 쓰다듬기 시작했다.

한동안 그렇게 평화로운 시간을 보내고 있자, 골목 입구에서 귀에 익은 목소리가 들려왔다.

"아, 있네 있어!"

그것은 스이메이에게는 익숙한 소년의 목소리다. 어딘가 안도한 것처럼도 들리는 그 목소리에 스이메이가 돌아보자, 그곳에는 사디어스 연합에 갔을 터인 레이지 일행이 있었다.

레이지 옆에 있던 티타니아가 온화한 표정을 향해왔다.

"돌아왔군요."

"방금 도착했어."

스이메이가 어깨를 움츠리며 대답하자, 그 뒤에서 페르메니아가 고양이를 안고서 달려왔다. 그리고 티타니아 앞에 무릎을 꿇고 신하의 예를 갖추었다.

"공주 전하, 안녕하셨습니까."

"백염님도 좋아보여서 다행이네요. 고양이를 좋아하나 봐요?"

"네? 아…… 네……."

페르메니아가 고양이를 안은 채로 인사했기에, 티타니아가 미소 지었다. 페르메니아는 수줍게 대답한 뒤, 티타니아에게 물었다.

"공주 전하. 자치주로 위무를 떠나신 거 아니었어요?"

"네. 다녀와서 오늘 아침 제국에 돌아왔어요."

거기서 레이지가 돌아온 이유 중 하나로 짐작되는 말을 했다.

"사실 또 그 귀족께서 불렀거든."

"또 그 귀족인가."

"응……."

레이지가 험악한 표정으로 대답한 그때, 스이메이는 늘 가장 먼저 말을 걸어왔을 인물이 나서지 않는 것을 깨달았다.

"그런데 미즈키는 왜 그래? 아까부터 전혀 말이 없는데."

"아, 그게. 미즈키는 말이지……."

"무슨 일인데?"

스이메이가 의아해하며 물었지만, 레이지는 어색하게 시선을 피했다. 그때였다.

"우하하하하하하하하하하하!"

돌연 레이지 일행 뒤쪽에서 들려온 것은, 그런 몹시 흥분한 웃음소리였다. 그 여자 웃음소리를 듣고, 스이메이는 바로 머리가 무거워졌다.

"…………야, 레이지. 뭐냐, 이 불길한 웃음소리는."

"응, 알아채주면 좋겠는데……."

레이지의 지친 기색이 묻어나는 대답에 이어 마침내 모습을 드러낸 사람은, 한쪽 눈을 금빛으로 빛내는 미즈키다.

"오랜만이군. 나와 같은 하늘(우주)의 어둠보다 더 깊은 어둠에 사는, 스칼렛(심홍)을 등에 진 다크 크림슨 하이더(암진홍의 암약자)이자 나의 영원한 라이벌이여!"

"아……아—."

미즈키가 지껄인 말을 듣고, 스이메이는 탄식했다. 보니, 레이지와 티타니아도 질리다는 듯 머리를 감싸기 시작했다. 유유히 걸어 나오는 미즈키를, 스이메이는 묘한 시선으로 바라보았다.

"……미즈키, 저기 말인데, 그거 그만둔 거 아니었어?"

"무슨 소리냐. 그리고 나는 미즈키가 아니다. 이 세상에

단 하나뿐인 존재, 구천 성왕 이오 쿠자미다."

"네네네네. 그런 사람은 없거든요⋯⋯."

스이메이가 건성으로 대답하는 한편, 페르메니아도 묘한 시선을 향했다.

"⋯⋯스이메이 님. 이건 도대체 무슨 상황이에요? 저는 잘 이해가 안 되네요."

"그건 내가 묻고 싶어⋯⋯ 어이, 레이지, 대체 어떻게 된 거야?"

스이메이가 묻자, 레이지는 자치주에서 있었던 일을 이야기하기 시작했다. 용사가 남긴 무기를 손에 넣은 일. 그곳에 마족 장군이 나타난 일. 그리고 미즈키가 이렇게 된 일까지.

"⋯⋯과연. 그 무기를 손에 넣으러 간 곳에서 미즈키가 이렇게 됐단 거네."

"응. 그러니 내 잘못이야. 내가 미즈키를 지키지 못했어⋯⋯."

레이지의 표정은 딱딱하게 굳어 있었다. 아스텔을 떠나기 전부터, 미즈키는 제대로 지키겠노라 다짐했기에 더욱 마음에 걸리는 것이리라.

"그건 신경 쓰지 마."

"하지만."

"따라간다고 말한 미즈키에게도 책임이 있어. 그리고 지금 깊이 생각한다고 달라지는 건 없어. 이미 엎질러진 물이야. 그리고 갑자기 이상해진 거면, 또 갑자기 원래대로 돌아올지도 모르잖아?"

낙천적인 대답 덕분인지, 레이지의 표정이 다시 밝아졌다.

"그래."

"이런 상황은 역시 예상 못 했지만……."

"……응."

순간, 미즈키를 바라보는 레이지의 표정이 복잡해졌다. 하필 이런 시기에 이렇게 될 건 없잖아, 라고 말하고 싶은 것이리라. 모두 같은 생각이었다. 어쨌든.

"──뭐 됐다. 일단은 안으로 들어가자. 우리도 방금 돌아와서 대접할 건 없지만."

"신경 쓰지 않아도 돼요. 우리도 정보 교환을 하러 온 거니까요."

티타니아의 말에 이어, 미즈키, 아니, 이오 쿠자미가 거만한 태도로 말했다.

"흠. 그럼 네 성으로 가볼까."

"미즈키. 넌 잠깐 기다려."

"나는 이오 쿠자미다."

"네네, 알겠어요, 이오 쿠자미 씨. 메니아, 먼저 다른 사람들을 데리고 가줘."

페르메니아에게 그렇게 부탁한 뒤, 그들이 집 안으로 들어간 것을 본 스이메이는 이오 쿠자미를 향했다.

"자…… 그래서? 그건 진짜 연기가 아닌 거지?"

"넌 아직 못 믿는 거냐?"

"확인이야. 미즈키, 잠깐 이리 와봐."

"거부한다."

"하지만 거부한다. 그보다, 내가 가는 게 빠르겠네. 머리 줘봐."

싸움을 거는 듯한 태도로 스이메이가 다가가자, 이오 쿠자미는 놀리는 것처럼 웃었다.

"나는 거부한다고 했다?"

"안 들려."

이오 쿠자미의 말을 무시하고, 그녀의 머리에 손을 뻗었다. 하츠미 때는 기억 상실이라서 손을 대지 못했지만, 인격이 흩어진 경우라면 자극을 줌으로써 원래대로 되돌릴 가능성도 있다. 그래서 죄악감을 느끼면서도 마술을 걸려한—— 그때였다.

"너는 또 그렇게 이 아가씨의 머리를 만질 거냐?"

"——?!"

이오 쿠자미가 안다는 듯한 미소를 짓는 것을 보고, 스이메이가 황급히 뒤로 물러났다. 놀란 표정을 짓는 스이메이에게, 이오 쿠자미는 그늘진 표정을 보였다.

"왜 그러지? 그렇게 놀랄 일은 아니잖아?"

"……너, **뭐야**? 어떻게 그걸 알고 있지?"

험악한 표정으로 물었다. 그것은 자기만 아는 비밀이었다. 어째서 그것을 풋내기 일인격이 아는 걸까. 머릿속에서

의념과 의문이 뒤섞였다.

한편 이오 쿠자미로 말하자면 여유만만하게 미소를 짓고 있다.

"꽤 무서운 얼굴을 하네. 하지만 사실이잖아? 그건 너희들이 이곳에 오기 훨씬 전의 일이야. 그래, 이 아가씨는 널 좋아했어. 하지만 너는 이 아가씨의 호의를 짓밟았지. 너는 네 힘을 이용해서 이 아가씨의 호의를 다른 녀석에게 향하게 만들었어."

"⋯⋯⋯⋯그래, 맞아."

그렇다. 이 이오 쿠자미라고 자신을 소개한 녀석이 말한 대로다.

처음에 하츠미는 정말 레이지를 마음에 두고 있었다. 하지만 레이지에게 접근할 수 있도록 도와주다 보니, 어느새 자신에게 호의를 품게 됐는지, 고백받은 적이 있다.

그것을 이오 쿠자미의 말대로 마술을 이용해 바꿔치기 했다.

하지만 어째서 아느냐는 시선을 보내자, 이오 쿠자미는 말했다.

"뭘. **이 아가씨한테 붙었을 때,** 살짝 기억을 엿본 것뿐이야. 물론 네가 봉인한 기억도 본 것뿐이라는 얘기지."

그 말을 듣고, 어렴풋이 이 이오 쿠자미가 무엇인지 알게 됐다.

"대답해. 넌 뭐야? 무슨 정령이지?"

"그렇게 화내지 마. 나도 나쁜 짓을 할 생각은 없어. 내가 이 아가씨의 몸을 빌린 건, 이 아가씨와 나의 이해관계가 일치했기 때문이다. ——게다가 너는 날 어떻게 하지 못해."

"슈피리어 위저드를 얕보지 마. 우리는 말이야, 동서고금의 모든 마술을 이용해서 너 같은 놈들을 없앨 수 있거든?"

"관둬. 확실히 그럴지도 모르지만, 이 아가씨에게도 부담이 상당할 거야. 어쩌면 망가질지도 모른다고?"

"…………."

그것은 부정할 수 없었다. 미즈키에게 달라붙은 것이 큰 존재라면, 무리하게 제거하려 하다가 미즈키에게 큰 부담을 주게 된다. 무조건 거짓말이라고 판단할 수는 없었다.

스이메이가 이오 쿠자미를 노려보았다.

"무서운 얼굴 하지 마. 걱정할 일은 없어. 나는 이 아가씨에게 나쁜 짓을 시킬 마음도 없고, 위험하게 할 마음도 없어."

"정말이지?"

"거짓말은 안 해."

분명 그것도 말한 대로일 것이다. 정령은 기본적으로 거짓말은 할 수 없다. 진실을 말하지 않음으로써 상대를 속이는 경우는 있지만, 나쁜 짓을 하지 않는 종류라면, 미즈키의 안전을 약속한다는 말은 믿어도 좋을 것이다.

무리하게 쫓아내는 것을 포기한 스이메이를, 이오 쿠자미는 의아한 표정으로 보았다.

"이 아가씨를 소중하게 생각하나 보군. 그런데 왜 밀어냈지?"

"닥쳐. 나는 마술사고, 미즈키는 평범한 사람이야. 미즈키를 이쪽 세계에 끌어들일 순 없어."

그 말에, 이오 쿠자미는 "그래"라고 한마디 한 뒤, 다시 비웃는 표정을 지었다.

"그리고 이건 녀석들에게는 말하지 마. 이건 우리 둘만의 비밀이다."

그렇게 말하며, 미즈키에게 붙은 『무언가』는 미즈키의 얼굴로 비웃었다.

후기

여러분, 오래간만입니다. 히츠지 가메이입니다.

이번 이야기는 사디어스 연합 완결편입니다.

스이메이 일행의 연합전이 잠정적으로 끝을 맺고, 강적도 속속 출현합니다.

스이메이를 둘러싼 환경은 점차 가혹함을 더해갑니다. 힘내라, 스이메이!

뭐니 뭐니 해도 역시 이번 권의 묘미는 인르와의 전투일까요. 오래간만의 뜨거운 전투입니다!

그리고 또 하나! 이번 권에서는 레이지의 이야기가 거의 처음이다 싶을 만큼 많이 그려졌습니다.

드디어 나왔습니다! 레이지의 활약! 그리고 미즈키의 활약도(웃음)!

앞으로 레이지가 성장해나가는 장면과, 미즈키, 아니, 이오 쿠자미의 개그 성분이 점점 늘어날지도 모르겠군요!

스이메이뿐만 아니라 그들의 활약도 더욱 기대해주시면 좋겠습니다.

6권이 무사히 출간되는 데 도움을 주신 모든 분께 감사드리며, 담당 편집자 S씨, 일러스트의 himesuz 씨, 장정 디자이너 호리에 히데아키 씨, 교정회사 오라이도, 정말 감사합니다.

히츠지 가메이

The Different World Magic is Too Behind! 6
© 2016 by Gamei Hitsuji
First published in Japan in 2016 by OVERLAP, Inc.
Korean translation rights reserved by Somy Media, Inc.
Under the license from OVERLAP, Inc., Tokyo JAPAN

이세계 마법은 뒤떨어졌다 6

2017년 6월 15일 1판 1쇄 발행
2019년 4월 30일 1판 2쇄 발행

저　　자 히츠지 가메이
일러스트 himesuz
옮　긴　이 김보미
발　행　인 유재옥
본　부　장 조병권
편집 1팀 정영길 김민지 이성호 조찬희
편집 2팀 김다솜
편집 3팀 박상섭 김효연
라이츠담당 박선희 오유진
디　지　털 최민성 박지혜
발　행　처 ㈜소미미디어
인쇄제작처 코리아피앤피
등　　록 제2015-000008호
주　　소 서울시 마포구 토정로 222, 403호 (신수동, 한국출판콘텐츠센터)
판　　매 ㈜소미미디어
마　케　팅 한민지 한주원
물　　류 허석용 최태욱
전　　화 편집부 (070)4164-3962, 3963　기획실 (02)567-3388
　　　　　판매 및 마케팅 (02)567-3388, Fax (02)322-7665

ISBN 979-11-5710-984-5 04830
ISBN 979-11-5710-085-9 (세트)